Voorbij, voorbij

www.meulenhoff.nl

Clairy Polak

Voorbij, voorbij

Roman

MEULENHOFF

ISBN 978-90-290-9339-2
ISBN 978-94-023-1332-1 (e-book)
NUR 301

Omslagontwerp: Pinta Grafische Producties
Omslagbeeld: 'Keepsakes' © Jim Holland
Auteursfoto: © Tessa Posthuma de Boer
Zetwerk: CeevanWee, Amsterdam

Deze uitgave kwam tot stand dankzij bemiddeling van Sebes & Bisseling Literary Agency te Amsterdam

Voor (en door) Nico

Oh my man I love him so
He'll never know...

I

HET LIEFST ZOU ze nu in de auto stappen, naar Zwitserland rijden, uitstappen in Stechelberg, naar boven klimmen het Sefinental in, een laatste groet brengen aan de plek waar ze ruim twintig jaar geleden de as van haar vader had uitgestrooid, verder lopen naar het eind van het dal, voorbij die prachtige grote zwerfkei aan de rivier waar ze altijd picknickten en de meegebrachte drank koelden, de gletsjer op klauteren en het zich gemakkelijk maken met een fles wodka in de hand en Schuberts *Winterreise* op de oren.

Hoe romantisch kan zelfmoord zijn, denkt Judith, en bovendien zou het wel wat overdreven zijn om er negenhonderd kilometer voor te reizen. Dus blijft ze op de bank zitten, het bijna lege glas rode wijn in de hand, met de andere hand wezenloos de oude kat aaiend, de wangen nat van zelfmedelijden en schuldgevoel. Met dat ene beeld voor ogen: Leo met een van woede en onbegrip vertrokken gezicht, handen diep in de zakken van zijn regenjas, weglopend en weer terugkerend, haar vervloekend omdat ze hem ergens naartoe had gebracht waar ze hem zou achterlaten, tussen allemaal vreemde mensen. Want hoewel hij niet meer in staat was de dingen te benoemen, na te denken in termen van oorzaak en gevolg, en allang niet meer wist waar hij woonde of waar hij thuis was, voelde hij blijkbaar feilloos aan dat ze hem onder valse voorwendselen had meegenomen op een tochtje – 'kom schat, we gaan een eindje rijden' – waarvan hij niet zou terugkeren. Dat ze hem verraden had en in de steek zou laten.

Ze heeft zich dit moment het afgelopen jaar talloze malen proberen voor te stellen, maar het was haar telkens weer ontglipt. Zoals je bij het ontwaken een vaag besef kunt hebben van een gebeurtenis waarvan je moet hebben gedroomd, maar die je niet kunt thuisbrengen. Ten slotte had ze het moment zo lang mogelijk uitgesteld en de gedachten eraan verdrongen totdat de werkelijkheid ondraaglijker was geworden dan de droom.

'Je moet nu weggaan,' had de Eerste Verzorgende tegen haar gezegd – de mensen worden hier regelmatig aangeduid met hun functie – 'het is beter dat je nu gaat. Wij nemen het over, we zijn dit gewend. Bel morgen maar even.'

'Ach gut,' had ze de receptioniste die de deur voor haar ontsloot nog horen zeggen toen ze snikkend naar buiten liep. Zo was ze naar Amsterdam teruggereden en sindsdien had ze niet meer kunnen ophouden met huilen.

Vrijheid. Wat had Judith er de laatste vier zware maanden naar verlangd, toen Leo ieder moment van de dag en de nacht agressief kon worden of weg kon lopen en ze bijna was bezweken van vermoeidheid. De vrijheid om dingen te doen waar ze de afgelopen jaren niet meer aan toe was gekomen, omdat ze Leo geen minuut van de dag meer alleen kon laten zonder dat er ongelukken gebeurden. Omdat hij het gas aandeed om water op te zetten of te koken en hij het volgende moment al niet meer wist waarom hij bij het fornuis stond. Omdat hij de wc niet meer wist te vinden en zijn plas dan maar deed in een stoel of op de bank. Omdat hij haar doorlopend zocht en in paniek raakte als hij haar niet vond, de straat op liep om haar te roepen, de weg kwijtraakte en in het gunstigste geval door een buurtbewoner werd opgepikt, gekalmeerd en weer thuisgebracht. Maar ook als ze er was rende hij regelmatig de straat op, op weg naar iets onduidelijks dat hij thuis noemde. Dan was het alsof hij vluchtte, zo ver mogelijk bij haar vandaan, de cipier die hem gevangenhield op een plek die hij niet langer herkende als hun woning en die hem altijd wilde vergezellen als hij eens een frisse neus wilde halen. Ze had het hem zo vaak proberen uit te leggen, maar hij begreep het niet – hij was toch geen kind? Of hij onthield het niet, wat er na haar zoveelste poging om het duidelijk te maken steevast toe leidde dat ze tegen hem uitviel. Uit wanhoop, woede of onmacht, dat maakte niet uit, maar ze had dat natuurlijk nooit mogen doen. Hij kon het tenslotte ook niet helpen, het was die stomme ziekte, en bovendien hielp het niet om te schreeuwen, maar ze had er steeds minder weerstand tegen kunnen bieden. Om vervolgens verteerd te worden door spijt, bittere spijt dat ze zich had laten gaan en hem had gekwetst en in verwarring gebracht. Haar Leo, van wie ze zo ontiegelijk veel hield, die ze zo miste en zonder wiens nabijheid ze zich zo eenzaam voelde.

Judith schenkt zichzelf nog eens in. Even moet ze glimlachen bij de gedachte aan het begin van hun liefde, toen na de eerste maanden duidelijk werd dat hij bij haar in Amsterdam zou intrekken. Aanvankelijk had het vooruitzicht voortaan alles met z'n tweeën te moeten doen of in ieder geval doorlopend rekening met hem te moeten houden haar beangstigd. Nooit meer onderuit op de bank met een zak chips of chocoladetoffees, ongegeneerd zitten snotteren bij een sentimentele flutfilm, nooit meer de boel de boel kunnen laten, onaangekondigd een paar dagen weg naar vrienden, *Vier letzte Lieder* keihard door de kamer laten schallen of een dagje ongewassen in badjas door het huis scharrelen. Maar ze had het allemaal geen moment gemist. Tot haar verbazing vond ze het heerlijk Leo voortdurend om zich heen te hebben. Op het ongezonde af. Als Leo in de buurt was ging het leven een octaaf omhoog. Behalve werken deden ze al snel alles samen en dat was al die jaren zo gebleven.

Nu zou ze voortaan alles weer alleen moeten doen. Alleen uitgaan en alleen thuiskomen, alleen naar bed en alleen opstaan, alleen eten, alleen drinken. Alleen herinneringen ophalen. Alleen leven, alleen doodgaan. Ze neemt nog een glas wijn en zet de televisie aan.

Zestig is Judith nu. Totdat ze Leo leerde kennen, bijna dertig jaar geleden, was ze overtuigd single, had ze haar eerste schreden in de journalistiek gezet en verdiende ze de kost met allerlei schnabbels. Een handjevol goede vrienden en een iets grotere kennissenkring was voldoende om zich mee te amuseren, slap te ouwehoeren, felle politieke discussies te voeren en uit te gaan. Zo nu en dan nam ze iemand mee naar huis uit het café, omdat dat er nou eenmaal bij leek te horen en de drank ervoor zorgde dat ze zich wat minder bewust was van haar lichaam. Over het algemeen vond ze seks een nogal overschat genoegen, maar ter afsluiting van een avondje uit was het ontspannen en vrijblijvend genoeg om er plezier aan te beleven. En het was ook niet vervelend je zo nu en dan begeerd te voelen.

Een avondje stappen was in die tijd een vast onderdeel van haar levensstijl. Als ze iemand de weg moest uitleggen in Amsterdam deed ze dat meestal aan de hand van de kroegen langs de route. Het was dus niet vreemd dat ze ook Leo in het café had leren kennen. Hij was een drinkmaatje uit de stamkroeg van haar vriendin Gerdie, die had besloten Leo aan haar te koppelen nadat het haar zelf, ondanks menige gezamenlijk doorgebrachte en rijkelijk besprenkelde avond, niet was gelukt hem in bed te krijgen. Je zou het een vriendendienst kunnen noemen.

Toen ze op een koude winteravond tegen elven het café binnenkwam stonden ze aan de bar met hun jassen nog aan. Gerdie gehuld in een halflange jas van namaakbont met naast haar een soort michelinmannetje in een dik gewatteerd jack met een rood hoofd van de kou en de kennelijke hoeveelheid drank die er al doorheen was gegaan.

Het was geen liefde op het eerste gezicht geweest, zeg maar gerust een valse start.

'Dit is nou Leo.'

'Hallo, Leo dus,' zei Leo. 'Veel over je gehoord.'

'Nou, dan hoef ik je dus niets meer te vertellen,' had ze stuurs geantwoord. 'Leuke avond gehad?' Ze had er een hekel aan op achterstand te beginnen als het gezelschap al een slok ophad. En het ergerde haar behoorlijk dat Gerdie blijkbaar al van alles over haar had verteld zonder dat ze wist wat. Hoe het verder was gegaan die avond was ze vergeten, die herinnering was verzopen in een poging haar ongemak te verdrinken.

Daarna was hij vaker langsgekomen als ze met Gerdie in het café had afgesproken. Op eigen gelegenheid. Min of meer nuchter, minder rood en niet verpakt in een glimmend jack bleek Leo een aardige, charmante man te zijn, een levensgenieter met onverwacht veel humor, prachtige handen, blauwe pretogen achter de brillenglazen, en mondhoeken die, als hij het naar zijn zin had, omhoog krulden tot zijn mond een half maantje vormde.

'Nou, het is geen Robert Redford,' begroette een van haar beste vrienden haar nieuwe liefde. Op de een of andere manier klonk dat geruststellend, als een bevestiging dat het deze keer echte liefde was en geen kortstondige betovering door een quasiromantische sprookjesheld. Niet dat ze in het verleden heel erg verwend was met knappe heren. De meeste mannen met wie ze in haar volwassen leven iets had gehad waren een flink stuk ouder geweest dan zij en met enige regelmaat ook min of meer getrouwd, wat de vrijblijvendheid zeer ten goede kwam. Ook Leo was ouder, dertien jaar maar liefst. Hij was al een tijd gescheiden en aanvankelijk nogal terughoudend om een relatie met haar te beginnen júíst vanwege het leeftijdsverschil, wat ze op een bepaalde manier wel aandoenlijk vond. Ze hadden het heerlijk samen, konden niet van elkaar afblijven, wat Judith buitengewoon verbaasd deed staan over zichzelf en wat de omgeving afwisselend vertederde en irriteerde.

Geheel tegen de tijdgeest in had ze hem na anderhalf jaar ten huwelijk gevraagd, op een ijskoude winterse avond – vele malen kouder dan die toen ze elkaar voor het eerst hadden ontmoet, er werd later die week een Elfstedentocht gereden. Ze zaten in een afgeladen vol Amsterdams eetcafé. Hij had tranen in zijn ogen gekregen, maar tegelijkertijd had zijn mond gelukkig het halve maantje gevormd waar ze zo dol op was: 'Ja, o, graag. Meen je dat, weet je het zeker?' had hij geantwoord en ze waren starnakel geworden en over het ijs van de Bloemgracht teruggewankeld naar huis.

2

'IK HEB HEM net nog gezien, hij zwerft hier beneden ergens rond,' is het eerste wat de conciërge zegt als Judith door de dubbele glazen deur de hal van de instelling binnenkomt waar Leo nu woont. De vloer bestaat uit straattegels, om een natuurlijke overgang te suggereren van de buitenwereld naar de binnenwereld van de bewoners. Vanuit de hal ziet ze het centrale plein met het waterbassin en de klaterende fonteintjes. Eenmaal binnen lijkt het net een kleine woonwijk. Leo heeft een kamer in woning nummer 23. Hij wandelt veel door de wijk en gaat met enige regelmaat buurten bij een van de andere woningen. Dan moet ze hem zoeken, wat soms wel een halfuur kan duren. Hij is niet iemand voor achter de geraniums, nog niet.

Toen hij nog thuis woonde, was het niet anders geweest. De laatste paar jaar was hij rusteloos. Hij wilde voortdurend naar buiten, ongeacht het weer. Binnen verveelde hij zich. Lezen ging niet langer, de televisie boeide hem niet, naar de dagopvang wilde hij niet. Met de mensen daar had hij niets gemeen, vond hij. Bovendien zag hij het nut niet in van al dat schilderen, koekjes bakken, bloemschikken of wat ze verder bedachten om hem van de straat te houden. Een zorgboerderij? Hij moest er niet aan denken. Hij wilde niet beziggehouden worden, hij wilde bij Judith zijn. Leo begon als een hondje achter haar aan te lopen, hij liep zelfs met haar mee tot in de wc, ze werd er soms gek van. Voor het eerst drong het tot haar door dat zijn doorlopende aanwezigheid haar verstikte. Om lucht te krijgen, en in de hoop dat het hem enigszins zou vermoeien, ging ze zo vaak mogelijk met hem wandelen, want met zijn lichamelijke conditie was niets mis. Ze liepen hand in hand, niet veel anders dan vroeger, met dit verschil dat Leo de blik voortdurend op de grond gericht hield, zich niet langer bewust van zijn omgeving. Judith kon het niet helpen dat ze soms dacht dat ze er misschien een hond bij moest nemen, dan hadden die dagelijkse rondjes door de buurt tenminste een doel. Ze schaamde zich vrijwel onmiddellijk voor die gedachte, maar de associatie met het uitlaten van de hond schoot sindsdien met enige regelmaat door haar hoofd.

Ze werkte inmiddels zo veel mogelijk thuis om hem gezelschap te houden.

'Waarom ben ik hier?'

'Je woont hier.'

'Ik woon hier helemaal niet. Ik ga naar huis.'

Natuurlijk probeerde ze hem er iedere keer weer van te overtuigen dat hij thuis was, maar hij geloofde haar niet, werd driftig, beweerde dat ze hem opsloot en liep dan buiten zichzelf van woede de deur uit. Judith had geen andere keuze dan achter hem aan te gaan. Ze volgde hem op enige afstand, zoals in een slechte detective, om te voorkomen dat hij haar zag, omdat hij anders begon te rennen om haar kwijt te raken. Dat kon uren zo doorgaan, tot hij vergat waar hij was. Dat was het moment om hem te benaderen. Meestal deed ze of ze hem toevallig tegenkwam. Dan klaarde zijn gezicht op: 'Hé, schat, wat een toeval, jij hier. Wat heerlijk!' Dat gebeurde soms drie of vier keer per dag en op den duur ook 's nachts. Ze had hem er de laatste paar jaar vaak om vervloekt.

Voor hun vrienden was het al veel eerder duidelijk dat het niet meer ging. Een aantal van hen moest ze regelmatig inschakelen om op hem te passen, hem af te leiden en bezig te houden als ze voor haar werk toch buitenshuis moest zijn. Judith had tegen beter weten in nog lange tijd gedacht dat het zo'n vaart niet zou lopen doordat ze hem consequent overal mee naartoe bleef nemen: naar concerten, theater, etentjes, het café. Maar dat bleek zelfbedrog. Ze haatte zichzelf toen ze moest toegeven dat niets wat ze deed of had gedaan zijn ziekte kon vertragen. Ze haatte het gelijk van hun vrienden. Ze haatte de wereld die niet was ingericht op de groeiende beperkingen die ze ondervonden bij hun pogingen – nou ja, háár pogingen – zich niet te laten inperken door die godvergeten ziekte.

Pas nadat ze Leo eindelijk had ondergebracht in een verpleeghuis, had ze zich gerealiseerd dat het 'thuis' dat hij had gezocht waarschijnlijk het ouderlijk huis was geweest, in Rotterdam – een van de vage herinneringen die alzheimer hem nog gelaten had. Dat zijn wanhoop minstens zo groot moet zijn geweest als de hare. En dat hun situatie en haar onvermogen de handdoek in de ring te gooien een zware wissel hadden getrokken op het geduld en het begrip van het slinkend aantal vrienden die hen omringden. Leo nam niet langer deel aan gesprekken, kon niet volgen waar ze over gingen en voelde zich in toenemende mate buitengesloten. Hij werd er ongedurig van en kwaad. Steeds vaker eindigden bijeenkomsten die gezellig hadden moeten zijn in een overhaast vertrek. Steeds minder werden ze gevraagd te komen eten of mee uit eten te gaan.

Nu vindt Judith het bijna plezierig als ze Leo niet in zijn woning aantreft. Nu is ze blij dat hij vrij is om binnen de grenzen van het terrein te gaan en staan waar en wanneer hij wil. Hoewel het een gesloten instelling is die hij niet op eigen houtje kan verlaten, lijkt hij geen moment het idee te hebben dat hij opgesloten zit. Hij voelde zich bij haar meer een gevangene dan hier, denkt ze met een mengeling van ironie en berusting, terwijl ze aanbelt bij nummer 17, waar hij vaak naar binnen loopt. Ze heeft geluk, Leo staat naast een van de verzorgers met z'n handen op z'n rug toe te kijken hoe ze aan het strijken is.

Ze prijst zich gelukkig met deze locatie, die ze na lang zoeken gevonden heeft. Niet de gebruikelijke betonnen blokkendoos met lange gangen, kleine kamertjes, een troosteloze gemeenschapsruimte en een cijferslot op de buitendeur, waar niemand zonder toestemming in of uit kan, maar eerder een soort bungalowpark. Dat was tenminste haar associatie geweest toen ze er de eerste keer doorheen liep. Woningen met een eigen terras, een plein met zitjes, bomen, planten en bloemen, een restaurant en een café, een supermarkt, een theater, een werkplaats en een kapper. De pleintjes en de straatjes hebben er een naam. De deuren van de woningen zijn open. Wel wordt je verzocht aan te bellen voor je er binnengaat, je komt tenslotte op bezoek, op het privéterrein van de zes of zeven bewoners en hun verzorgers. Je komt binnen in een grote woonkamer met een eetkamer en aangrenzende open keuken, want er wordt iedere avond gekookt. Aan weerszijden van de gemeenschappelijke ruimte zijn de eenpersoonskamers en de badkamers met wc.

'Kijk eens wie daar is, Leo,' en tegen Judith: 'Hij heeft hier vanochtend koffie zitten drinken en nu helpt hij me met strijken.'

Ondanks de aanmoediging is Leo te veel in beslag genomen door het strijken om te reageren, dus zegt Judith: 'Dag, lieverd.'

Bij het horen van haar stem kijkt hij op, spreidt de armen en zegt: 'Ha jongen! Jij hier! Wat heerlijk dat je er bent!' en tot de verzorgster: 'Dat is mijn vrouw.' Hij haalt al enige tijd de geslachten door elkaar, of misschien alleen de woorden waarmee ze worden aangeduid, dat weet ze niet precies. Maar hij herkent haar nog steeds en dat is een zegen, want geen vanzelfsprekendheid in deze omgeving. 'O schat, wat een toeval dat we elkaar hier tegenkomen!'

Ze glimlacht. 'Ik was naar je op zoek. Heb je zin om met me mee te gaan en samen iets te gaan drinken?'

'O, ja hoor. Hoeveel mensen zijn daar? Drie, vier, zes?'

'Nee, wij met z'n tweetjes.'

'O? Leuk!'

Leo heeft een goede dag. Dit is tegenwoordig al een hele conversatie voor zijn doen, met woorden die een logische volgorde en betekenis hebben en ook door hem min of meer worden begrepen. Leo's vocabulaire bestaat nog voornamelijk uit losse woorden en zinnen die vroeger tot zijn standaardrepertoire behoorden en die vooral betrekking hadden op hun verhouding, zoals 'Judith, wat hou ik van je' of 'Wat hebben we het goed'. 'Komt wel goed' en 'We zien het wel' hadden zich ook nog ergens gehecht aan de wanden van Leo's brein. Hij was altijd zeer bedreven geweest in Gods water over Gods akker te laten lopen, wat dan ook niet zelden tot flinke overstromingen had geleid. Vroeger werd dat laatste zinnetje meestal nog voorafgegaan door 'Een mens lijdt het meest door het lijden dat hij vreest...' Tegenwoordig leidt het een eigen leven en kan Leo plotseling, als uit het niets en tot niemand in het bijzonder zeggen: 'We zien het wel.'

'Kijk, allemaal mensen.' Leo wijst naar een groep Japanners die zich hebben verzameld in de grote hal rond een van de twee stafleden wier voornaamste bezigheid bestaat uit het geven van rondleidingen door het complex. Ze had de touringcar al buiten zien staan.

Leo's verpleeghuis blijkt tevens een soort zorgmodel te zijn. Van heinde en ver – vorige week stuitte Judith nog op een groep Australiërs – komen er beleidsmakers, directies van zorginstellingen en verpleegkundigen om te kijken hoe ze hier omgaan met mensen met dementie. Het had haar aanvankelijk nogal geërgerd, ze had het beschouwd als een vorm van aapjes kijken, maar de bewoners leken er geen last van te hebben.

Tegen een niet gering bedrag, ruim 100 euro per persoon exclusief lunch, maar met inbegrip van een drankje, worden de bezoekers rondgeleid door een wereldje waarin zo goed en zo kwaad als het gaat wordt geprobeerd het normale leven na te bootsen. Zo wordt er rekening gehouden met het milieu en de leefstijl waaraan de bewoner gewend is. Dat zie je in de aankleding en inrichting van de woningen. In Leo's woning staan altijd verse bloemen op tafel, hoor je zachte klassieke muziek en wordt wijn gedronken bij het eten. Iedere woning heeft een budget, waarmee het vaste team van verzorgers moet rondkomen. Zij runnen het huishouden, in de letterlijke betekenis van het woord. Dat houdt in dat ze de bewoners niet alleen verzorgen en verplegen, maar dat ze ook zelf boodschappen halen, koken en de was doen. Dat bespaart enorm veel overhead en het zorgt voor een huiselijke sfeer in de woning. Ook dit huis wordt gefinancierd uit algemene middelen en zucht onder de bezuinigingen. De rondleidingen zijn hard nodig om de gaten in de begroting te helpen dichten.

3

'DE ENIGE NAAM die ik nog kan onthouden is Alzheimer,' grapte haar vader altijd als hij weer eens was vergeten hoe iemand heette. Het werd een gevleugelde uitdrukking in hun gezin, hij was zijn hele leven al slecht geweest in namen en bovendien was hij de leukste thuis. Ze konden er wel om glimlachen. Temeer daar hij verder geen spoor van geheugenverlies of gaten in zijn geheugen vertoonde. Zijn hersens hadden minimaal honderd kunnen worden als de longkanker er geen stokje voor had gestoken.

Alzheimer of kanker, ze wist niet wat hoger staat in de hiërarchie van het leed, bezien vanuit degene die eraan lijdt. Tot nu toe was Judith slechts toeschouwer geweest. Ze behoorde tot de 'gelukkigen' die hun dierbaren verloren hadden aan de dood vanwege ouderdom, kanker of beide. Voor het eerst was het nu anders. Voor het eerst verloor ze iemand van wie ze zielsveel hield al tijdens zijn leven. Haar geliefde om precies te zijn. Ze kon hem weliswaar nog omhelzen, maar geestelijk was hij al voorgoed weg.

Ongeveer zes jaar geleden was door de neuroloog vastgesteld dat Leo alzheimer had. Dat was niet heel verrassend meer, gezien de jaren die hij erover gedaan had om de moed te vatten zich te laten onderzoeken. Ook zonder allerlei geheugen- en reactietestjes, de hersenscan en een pijnlijke ruggenprik was het duidelijk dat hij in verwarring raakte als hij te veel prikkels kreeg, meer dan één ding tege lijk moest doen, iets moest uitrekenen, of wilde weten hoe laat het was.

Na het onderzoek had Judith, duizelig van alle informatie en niet in staat goed te luisteren, gevraagd of de neuroloog de diagnose wilde samenvatten en op schrift wilde zetten.

'Na uitvoerig onderzoek waaronder neurologisch, neuropsychologisch, laboratorium-, EEG- en MRI-onderzoek, alsmede onderzoek van het door middel van een lumbaalpunctie verkregen hersenvocht, is onomstotelijk vast komen te staan dat hij lijdt aan de ziekte van Alzheimer, in een matig-ernstig stadium. Afgaande op de resultaten van het neuropsychologisch en MRI-onderzoek kan worden afgeleid dat deze ziekte minimaal vijf jaar daarvoor reeds moet zijn begonnen.'

Het was moeilijk te bepalen hoe en wanneer precies de alzheimer zich begon te manifesteren. Iedereen vergeet weleens een naam, een boodschap, een afspraak, z'n sleutels of waar hij z'n bril heeft gelaten. Iedereen mist weleens een afslag, voegt weleens per ongeluk tweemaal zout toe aan z'n stoofschotel, vergeet een belangrijk ingrediënt of vertelt voor de tweede keer een verhaal. Iedereen moet weleens een noodstop maken als er uit het niets een fietser opduikt. Althans, denkt ze nu, dat maak je jezelf wijs in het begin. Het was de frequentie waarmee die zaken zich voordeden die langzaam de gedachte bij haar deed postvatten dat er meer aan de hand was dan een toevallige verstrooidheid. En dan was er natuurlijk nog de familie.

Zijn oudste broer Joop was, na enkele malen te zijn aangetroffen ver buiten Dordrecht, waar hij pas enkele jaren woonde en waar hij al een tijdje moeite had gehad de weg naar zijn huis te vinden, inmiddels opgenomen in een verzorgingshuis. Hij bleek een opbeurende variant van alzheimer te hebben, had het behoorlijk naar zijn zin in zijn nieuwe omgeving en verwelkomde er iedere bezoeker alsof hij de directeur van de instelling was. Altijd keurig in het pak, stropdas om, de schoenen gepoetst.

Leo had hem in al die jaren dat zijn broer was opgenomen slechts twee keer bezocht. Hij kon slecht tegen de sfeer, tegen de manier waarop mensen in hun rolstoel voor een televisie met beelden van André Rieu of een natuurfilm hingen, slapend of met nietsziende ogen, dat maakte weinig verschil. Hij huiverde bij de eenzame uitzichtloosheid die het ademde, de door merg en been gaande kreten die zo nu en dan opklonken en de geur van uitwerpselen en te lang gekookte bloemkool. 'Overdrijf niet zo,' had ze na die eerste keer gezegd, 'dat is toch allang niet meer zo tegenwoordig.'

De tweede keer was hij opnieuw aangeslagen en verdrietig thuisgekomen, Joop had hem al niet meer herkend. Hij had 'u' tegen Leo gezegd, geen moment stilgezeten en niet gereageerd op zijn pogingen herinneringen op te halen aan hun ouders en aan hun jeugd. 'Als ik ooit zoiets krijg, denk er dan om dat je me niet de deur uit doet en in zo'n verschrikkelijk tehuis stopt,' had hij gezegd, en ze had hem bezworen dat ze altijd voor hem zou blijven zorgen: 'Zet het uit je hoofd. Wie dan leeft, dan zorgt. En een mens lijdt het meest...'

Het bleek een erfelijke kwestie. Leo's vader was er vlak na zijn pensioen waarschijnlijk aan doodgegaan. Toen werd het nog niet herkend als alzheimer, maar over één kam geschoren met ouderdomsdementie of aderverkalking. De wetenschap staat niet stil, denkt Judith. Alleen jammer dat ze er nog steeds niets tegen kunnen doen.

De weinige keren dat Leo erover gesproken had waren zijn ogen vochtig geworden. Hij had zijn vader na een halve eeuw slopende, dagelijkse routine van om vier uur 's morgens opstaan om de ovens van de bakkerij aan te steken, brood te bakken en langs de deuren te brengen, om daarna nog tot laat in de middag de rest te verkopen in de winkel, zo graag een rustige oude dag gegund. Of een echte vakantie. Eindelijk zou hij tijd hebben om boeken te lezen, te genieten van de kleinkinderen, om vijf uur 's middags een pijpje bruin bier soldaat te maken, misschien voor de eerste keer naar het buitenland te gaan. Geld was eindelijk geen probleem meer. De AOW zorgde ervoor dat hij meer te besteden had dan ooit tevoren. Maar hij kwijnde weg, lijdend aan een ziekte die toen nog minder begrepen werd dan nu. Binnen een jaar was hij dood.

Leo's zus Annie, slechts enkele jaren ouder dan hij, was de volgende die aan alzheimer ten prooi viel, al snel gevolgd door zijn jongere zus Mina. Toen was Leo aan de beurt. Alle verschijnselen, die Judith tot dan toe had geprobeerd af te doen als incidenten, verstrooidheid of een gebrek aan concentratie, pasten in het patroon. Hij stelde zich voor aan mensen die hij kende, anderen herkende hij niet, steeds vaker mankeerde er iets aan de gerechten die Leo – een verdienstelijk hobbykok – op tafel zette, steeds vaker bezorgde hij haar een halve hartstilstand als hij autoreed en de weg niet meer precies wist, plotseling inhaalde of afsloeg zonder acht te slaan op de rest van het verkeer of rechts vergat voorrang te geven. Hij kreeg moeite zich te oriënteren. Steeds vaker betrapte ze zich erop dat ze een smoes verzon om zelf te koken of zelf te rijden.

Op een keer, toen ze enkele dagen voor het Oerol Festival op Terschelling waren, kwam hij niet terug toen ze ergens hadden gegeten en hij naar de wc was gegaan. Een halfuur later vond ze hem terug in de duinen. 'Even naar buiten gegaan om een luchtje te scheppen,' zei hij, blij haar daar ook aan te treffen, maar verbaasd over de half hysterische huilbui waarmee ze hem begroette. Geleidelijk drong het tot haar door dat hij niet meer wist dat ze samen een gebakken scholletje hadden zitten eten en dat ze daarna naar een voorstelling zouden gaan. Hij wist niet meer wat ze die dag allemaal hadden gedaan, hoe ze hadden genoten, waar hij was en waarom. Dat moment van inzicht zou ze niet meer vergeten.

Het enige wat Judith kon denken was: Niet in paniek raken nou, niet in paniek raken!, maar ze kon het niet helpen dat ze haar zelfbeheersing verloor. Achteraf bezien moet dit het moment zijn geweest dat ze wist: we moeten er echt over praten. Zo gaat het niet goed, dit is onomkeerbaar. Maar eerst moest ze hem proberen uit te leggen waarom ze zo moest huilen. Zonder hem ongerust te maken, zonder de avond voor hem te bederven. Het drong niet tot hem door dat ze hem een halfuur lang had moeten zoeken. Toen ze haar tranen had gedroogd, was er voor hem niets meer aan de hand.

Voorzichtig probeerde ze het na die gebeurtenis zo nu en dan ter sprake te brengen, maar zijn reactie was onveranderd boos: 'O, dus je denkt dat ik gek ben.'

De maat was vol toen hij op een tweebaansweg een auto inhaalde terwijl er een tegenligger in zicht was die gelukkig tijdig remde, evenals de ingehaalde auto, waardoor ze nog net op tijd weer terug waren op hun eigen weghelft. Hij was zo geschrokken dat hij niet protesteerde toen ze zei dat zij voortaan zou rijden en dat ze niet meer bij hem in de auto zou stappen als hij achter het stuur zat.

Toch duurde het nog ruim een jaar voordat hij zich liet onderzoeken. Uiteindelijk stemde hij ermee in nadat ze hem had verleid door te beloven dat hij weer auto mocht rijden als hij geen alzheimer zou blijken te hebben. Een smerige truc, waar ze zich lang schuldig over had gevoeld. En wat had het uiteindelijk voor zin gehad te weten dat hij aan het dementeren was? Er was niets aan of tegen te doen. Hij had weliswaar pillen gekregen die het ziekteverloop moesten vertragen, maar daarvan kon niemand met enige zekerheid zeggen of ze dat ook werkelijk deden. Haar lief werd langzaam maar zeker vanbinnen uitgehold, opgevreten door een onzichtbare hersenmijt die gaten knaagde in zijn brein. Beginnend bij het kortetermijngeheugen en geleidelijk naar achteren werkend, terug naar zijn jeugd. 'Het leven is een gestadige dood,' had Leo in zijn gereformeerde jeugd met de paplepel ingegoten gekregen. Hij had het vaak met een mengeling van spot en berusting geciteerd als iemand klaagde over verschijnselen die zich nu eenmaal voordoen bij het ouder worden. Zelf had hij lak aan deze passage die was ontleend aan zijn doopformulier. Leo wilde honderd worden. Als hij zich al spiegelde aan anderen was het aan de krasse dames en heren in hun omgeving die jaren jonger leken dan ze waren. Met het gebruikelijke 'een mens lijdt het meest door het lijden dat hij vreest' had hij het mogelijke vooruitzicht van een minder voorspoedige oude dag bezworen en verre van zich gehouden.

Het jaar van de diagnose was het Rampjaar, zoals ze het later voor zichzelf zou noemen. Judith had in januari te horen gekregen dat ze in september ontslagen zou worden vanwege een ophanden zijnde reorganisatie. Dat ze dit al zo vroeg te horen kreeg was in zekere zin een gunst van haar hoofdredacteur, die haar de tijd wilde geven om maatregelen te treffen. De directie had graag nog even willen wachten het haar te vertellen, omdat 'je geen oude schoenen moet weggooien voordat je nieuwe hebt'. Ze had het niet zien aankomen, maar toen de eerste paniek was weggeëbd, had ze haar gekwetste ego een hart onder de riem proberen te steken met de gedachte dat ze nu weer vrij was om nieuwe paden te bewandelen en er een wereld voor haar openlag van ongekende journalistieke mogelijkheden, niet alleen bij de 'oude' media, maar wellicht ook op internet. Of misschien zou ze wel een boek gaan schrijven. Het vooruitzicht van een nieuw professioneel bestaan was helemaal niet zo onaantrekkelijk, hield Judith zichzelf voor als ze 's nachts wakker lag en daarmee, mede geholpen door de nodige slaapmiddelen, suste ze zichzelf in slaap. Bovendien zou ze nu meer tijd kunnen doorbrengen met Leo, wat een minder confronterende formulering was voor haar behoefte hem beter in de gaten te kunnen houden.

Het lijkt al zo lang geleden. Judith denkt aan de momenten van vertwijfeling, afgewisseld met het troostende gevoel dat er best mee te leven viel. Ze denkt aan de manier waarop Leo en zij hebben geprobeerd zich teweer te stellen tegen de uitzichtloosheid van hun situatie. Ieder op z'n eigen wijze. Leo door er luchtig over te doen en zijn toenemende ontreddering te ontkennen, zij door zich vast te klampen aan de leuke momenten die er desondanks ook nog dikwijls waren geweest. Haar bezorgdheid en vertwijfeling had ze zo veel mogelijk voor hem trachten te verbergen. Misschien gold dat omgekeerd ook voor hem. Over wat Leo echt had gevoeld, of hij diep vanbinnen niet werd verteerd door wanhoop, is ze nu niet meer zo zeker.

4

ENIGE TIJD NADAT hij te horen had gekregen dat hij alzheimer had, begon Leo plotseling fanatiek verhalen te schrijven, iets wat hij voordien nooit had gedaan. In het begin had dat Judith nogal verbaasd, aangezien zijn eerste reactie op dit vonnis nogal laconiek was geweest, op het onverschillige af. Blijkbaar realiseerde hij zich nu pas ten volle dat zijn geschiedenis hem aan het ontglippen was. Ook dat had haar trouwens verrast, gezien Leo's eerdere geïrriteerde gedrag als ze het onderwerp ter sprake had proberen te brengen. Hadden ze voorheen altijd samen over van alles kunnen praten, alzheimer was van meet af aan taboe voor hem. Hij verschool zich achter zijn gebruikelijke 'Het komt wel goed' en beschouwde het onderwerp daarmee als afgedaan. Maar blijkbaar realiseerde hij zich wel degelijk dat er al van alles mis was met zijn kortetermijngeheugen en had hij behoefte datgene wat hem nog levendig voor de geest stond alsnog vast te leggen. Op een andere manier kon ze het niet verklaren. Dat hij daarbij al snel teruggreep op een ver verleden baarde haar zorgen, maar was gezien de aard van de ziekte ook wel begrijpelijk. Judith moedigde hem zo veel mogelijk aan, bood aan hem te helpen als hij vastliep of als hij behoefte had aan een klankbord. Na verloop van tijd liet hij haar inderdaad een verhaal lezen en, aangemoedigd door haar enthousiasme, later nog een en nog een.

Schrijven werd een nieuwe invulling van zijn onvermogen nog langer boeken te lezen: een uiterste poging de aftakeling van zijn geheugen een halt toe te roepen.

Het restaurant van het hotel waar ik logeerde was volledig bezet. Dat wil zeggen: aan elk tafeltje zat één kranten lezend persoon al of niet geduldig, maar in elk geval stilzwijgend, op de dagschotel te wachten. De man naast mij begon, kennelijk uit verveling, omstandig zijn krant in een handzamer formaat te vouwen. Hij deed dat nogal onhandig en liet de krant op de grond vallen, binnen mijn handbereik. Ik raapte hem op en gaf de krant aan de eigenaar. 'Dank u,' zei hij, de stilte verbrekend. 'Dom van mij, maar ziet u, ik heb wat last van mijn handen en dus laat ik ongewild nogal eens wat vallen. Gelukkig kan een krant niet breken, maar ik heb in de loop der jaren naar alle waarschijnlijkheid al een fors aantal complete serviezen doen sneuvelen.'

Het was duidelijk: mijn buurman was uit op aanspraak. En inderdaad, het onvermijdelijke basisverhoor begon al direct: 'Waar komt u vandaan?' 'Nederland,' antwoordde ik. 'Dat is een mooi klein land, ik ken het goed, maar ik ben er eigenlijk nooit geweest.' Deze cryptische opmerking vereiste natuurlijk toelichting en die kwam ook. 'Weet u,' zei hij, 'ik ben handelsreiziger van beroep: ik reis langs alle Engelstalige scholen hier in de Emiraten, Egypte, Soedan en vroeger ook wel in Libië, maar ja, daar mag ik als Engelsman niet meer komen. Ik verkoop schoolartikelen, van potloden tot complete inrichtingen: schoolbanken dus eigenlijk. Het is wel een aflopende zaak, maar ik red het nog wel de laatste twee jaar die ik nog te gaan heb tot aan mijn pensioen.' Ik schraapte mijn keel, als teken dat ik ook wat wilde zeggen, maar hij ging onverstoorbaar verder: 'Niet dat ik naar dat pensioen uitzie, want ik ben een man alleen en heb eigenlijk kind noch kraai. Er zijn dagen, meneer – à propos, hoe heet u?' Ik noemde mijn naam, de zijne gaf hij niet – 'dat ik met niemand een woord wissel, behalve dan met een nauwelijks Engelssprekende ober. Maar ja, dat gaat dan eigenlijk alleen maar over wat ik wil eten en drinken, niet dat ik veel drink, want ik heb daar veel narigheid van zien komen bij collega's. Dit is trouwens de enige plek in deze regio waar alcohol wordt verkocht – het is nu woensdag, dan mag het niet – maar als u tot en met het weekend hier blijft, weet u niet u meemaakt. Van heinde en verre komen de expats, sommige honderden kilometers hiervandaan, om een whisky of iets dergelijks te kunnen drinken. Nou, u begrijpt, dat is aan het eind van de dag geen verheffend tafereel. De westerse beschaving op z'n smalst! Aan de andere kant, moet u zich ook voorstellen: er is hier geen enkel vertier, helemaal niets, behalve een zwembad, waar steevast aan het einde van de dag mijn en uw landgenoten laveloos in ronddobberen. Dat er nog niemand verdronken is, is een wonder!

Maar goed,' ging hij door, 'ik ken dus uw land vanuit de lucht. Een mooi klein land, ik zei het al, vooral vanuit de lucht gezien. Hoewel ik eigenlijk nog een kind was, ik was achttien, werd ik in de oorlog opgeleid als vliegenier in zo'n bommenwerper. Daar moesten ze jonge mensen voor hebben, want oudere waren niet alleen lichamelijk niet meer geschikt, maar vroegen ook te veel aan de officieren. Een voor de hand liggende vraag als: wat is militair gezien het nut om bommen op woonwijken te gooien? werd niet beantwoord maar bestraft met drie dagen cel. Ondermijning van het moreel, heette dat. Nou ja, dat was toen en een andere tijd, zullen we maar denken. Waar komt u precies vandaan?'

Ik vertelde hem dat ik, in de oorlog, geboren was in Rotterdam. 'Nou,' was zijn reactie, 'dan weet u wat een bombardement teweegbrengt.' Daarna viel hij stil en zat peinzend voor zich uit te staren.

'U moet weten dat in de laatste dagen van de oorlog, gebombardeerd werd er niet meer, wij nog een paar opdrachten hebben uitgevoerd. Net buiten Rotterdam, op het platteland dus, moesten we voedseldroppings verzorgen. De Duitsers hadden praktisch alle voedselvoorraden geconfisqueerd en voor de burgers was niets meer over. Honger dus. Ik kan je bijna niet vertellen hoe emotioneel dat was. Dat kwam voor ons eigenlijk goed uit, want uiteindelijk konden wij ons troosten: we hadden niet alleen dood en verderf gezaaid, maar ook levens gered. We vlogen, met toestemming van de Duitsers, heel laag en konden de mensen, die op de daken met lakens en vlaggen naar ons stonden te zwaaien, bijna aanraken.' Er viel een stilte.

'Ik was erbij,' zei ik, 'op de arm van mijn moeder, ik was nog geen jaar oud, maar als ik wil zie ik de complete scène weer voor mij: ik heb naar u en uw collega's gezwaaid!'

Hij zweeg minutenlang, stond op en liep naar de deur. Hij deed de deur open en op het laatste moment draaide hij zich om en stak zijn hand op.

Leo werd geboren in Rotterdam, een halfjaar na het min of meer in de vergetelheid geraakte tweede bombardement op de stad, een vergissing van de geallieerden. Die hadden het eigenlijk voorzien op scheepswerf Wilton-Fijenoord, waar onderdelen voor Duitse onderzeeërs werden geproduceerd. Maar door bewolking en de stormachtige wind hadden ze een dichtbevolkte woonwijk in Rotterdam-West te grazen genomen.

Het gezin woonde in Charlois – of beter gezegd óp Charlois.

Hoewel Leo steevast beweerde dat hij een kind was van de Hongerwinter, werd hij een jaar daarvoor geboren als zesde van acht kinderen. Negen eigenlijk, de oudste zoon was er een van een tweeling, waarvan het meisje dood ter wereld was gekomen. Maar dat hoorde Judith pas jaren later.

Leo had altijd enorm opgekeken tegen zijn negen jaar oudere broer Joop, die – als je de familiesage mocht geloven – als tienjarige jongen in de Hongerwinter een voettocht naar Friesland had gemaakt, om het gezin in Rotterdam te voorzien van iets eetbaars. Daar in het noorden had zijn twee jaar jongere broertje onderdak gevonden bij een boerenfamilie. Hoe dat was geëindigd vertelde het verhaal verder niet, maar de hele familie had de oorlog ruimschoots overleefd. Verder werd er nauwelijks over die tijd gesproken. Behalve dat Leo bij hoog en bij laag kon volhouden dat hij zich als de dag van gisteren herinnerde dat hij, gezeten op de arm van zijn moeder, getuige was geweest van de voedseldroppings boven Rotterdam. Judith had dit verhaal altijd al met een korreltje zout genomen, aangezien hij toen pas anderhalf jaar oud moet zijn geweest, en het dus waarschijnlijker leek dat de beelden en de verhalen daarover zich aaneen hadden gesmeed tot iets wat op een herinnering leek.

Leo werd niet moe te verhalen over hoe zijn vader in zijn jeugd iedere morgen om vier uur opstond om brood te bakken dat vervolgens door hemzelf werd bezorgd met paard-en-wagen. Het aantal paarden varieerde in de verhalen van één tot vier, maar gezien de kennelijke armoede waarin hij werd grootgebracht en afgaand op een verbleekte foto die ze later vond was het eerste het meest waarschijnlijk. Over brood op tafel had het gezin dus niet te klagen, dat was er altijd, ook als er geen geld was om ander voedsel te kopen. Het kwam Leo weleens z'n neus uit. Maar rond Koninginnedag en Bevrijdingsdag was het feest. Dan mocht hij mee naar de bakkerij om zijn vader te helpen met het maken van tompouces en zich te goed doen aan zoveel banketbakkersroom als hij maar wilde.

Leo leek trots te zijn op zijn afkomst. Of misschien eerder trots op het feit dat hij zich eraan had weten te ontworstelen.

Rang en stand telde niet in onze buurt. Rooms, gereformeerd, communist, socialist, Joods en 'mensen die nergens aan deden' leefden elk in hun eigen kringetje, zonder de ander te schofferen, laat staan te molesteren. Eén ding hadden ze gemeen: iedereen was arm.

Ons gezin bestond uit de ouders en acht kinderen. We bewoonden een bovenwoninkje. De woning bestond uit een woonkamer – het grootste vertrek in huis: ik schat 3 bij 4 meter –, een keukentje, dat op de zaterdagavonden werd omgetoverd tot badkamer middels de plaatsing van een grote zinken teil, en een ouderslaapkamer, net groot genoeg voor een tweepersoonsledikant en een linnenkast. De tweede verdieping bestond uit een soort zoldertje, waar een grote houten wasmachine dominant aanwezig was, en twee slaapkamertjes: een voor de vier zonen en een voor de vier dochters. Een luik gaf toegang tot het platte dak, waar in grote bruine Keulse potten de winterse voedselvoorraad, zwaar gepekeld, werd bewaard.

Elke zaterdagmiddag werden de kinderen gewassen, daar waren twee grote zinken teilen voor beschikbaar. Die zaterdagse wasbeurten vereisten een punctuele strategie. Er waren twee ploegen: de eerste was bestemd voor de oudste vier kinderen. Terwijl zij zichzelf schoon mochten schrobben, stond een gigantische waterkoker op het gasstel het water voor de tweede shift te verwarmen. De volgorde van de baders werd bepaald naar anciënniteit. De oudste dus eerst en de jongste als laatste. Die jongste kinderen, het tweede groepje, werden twee bij twee gebaad. Nadat deze hele operatie was afgerond, mochten wij in onze schone kleertjes nog even opblijven. Niet al te lang overigens, want de volgende dag werden wij geacht om 9.30 uur, gezeten op een houten bank, anderhalf uur naar een voor ons volstrekt onbegrijpelijke preek te luisteren, afgewisseld met het zingen van eveneens volstrekt onbegrijpelijke liederen. Het spannendst was het doorgeven van het collectezakje. Dat was een zwartfluwelen zakje waaraan twee handgrepen zaten. Er kwamen drie van die zakjes voorbij. Wij werden geacht in elk zakje één van de vooraf gekregen drie stuivers te deponeren en vervolgens het zakje aan je buurman c.q. -vrouw door te ge-

ven. Soms was de verleiding te groot. Met een klein kniestootje tegen de collectezak werd gesuggereerd dat de stuiver was ingeleverd. De andere dag kochten we voor vijf cent een pakje kauwgom met een plaatje van een wereldberoemde filmster, van wie wij nog nooit hadden gehoord.

Ze woonden in een buurt aan de rand van Rotterdam, die aanvankelijk was gebouwd als tijdelijke vervanging van de door de Duitsers gebombardeerde binnenstad. Het grensde aan de polder. De scheiding was een sloot. Leo mocht graag vertellen hoe vaak hij of een van zijn vriendjes een nat pak haalde, omdat de sloot net iets te breed was voor hun kinderbeentjes. Het buurtje zelf bestond uit een tiental straten die parallel aan elkaar liepen. De straat was alles: voetbalveld, werkplaats, fietsenstalling – auto's waren er nog niet – en ontmoetingsplaats, waar in tijden van verkiezingen felle politieke discussies werden gevoerd. Het was ook altijd mooi weer in Leo's herinnering en in de winter lag er altijd volop sneeuw. De jaarlijkse sneeuwpoppencompetitie was een serieuze aangelegenheid. Op de in zijn herinnering immer warme zomerdagen werd de Tour de France nagebootst. Leo's vader had zes of zeven afgedankte fietsen weten om te bouwen tot twee of drie berijdbare fietsen en Leo had er daar voor zijn verjaardag een van gekregen.

Hij had Judith ooit de straat laten zien waar hij was opgegroeid. Het huis waar hij zijn hele jeugd had doorgebracht stond er niet meer. Hij beschreef hoe hij een bed had moeten delen met zijn jongste broer, met zijn hoofdkussen aan diens voeteneinde en omgekeerd.

Eigenlijk was het gezin min of meer verdeeld geweest in twee kampen: met intervallen van ongeveer een jaar waren er eerst twee zoons geboren, gevolgd door twee dochters, toen een tijdje niets en toen, wederom met tussenpozen van een jaar, de jongste vier broers en zussen. Ze mochten allemaal 'leren', wat toentertijd en in dat milieu zoveel wilde zeggen als dat ze allemaal naar de mulo mochten. Ook de meisjes, wat niet zo vanzelfsprekend was, aangezien meisjes nog vaak werden voorbereid op hun rol als huisvrouw en moeder en naar de Rotterdamse huishoudschool werden gestuurd. Wel moesten de kinderen allemaal meteen na hun examen aan het werk om een bijdrage aan het gezinsinkomen te leveren. Als ze wilden doorleren moesten ze dat doen in de avonduren, wat in zo'n overbevolkte huiskamer geen sinecure was en de nodige concentratie vergde, om van doorzettingsvermogen maar te zwijgen. Daar kwam nog bij dat de oudste kinderen op den duur ook hun 'verkering', zoals dat toen heette, mee naar huis namen. Leo vertelde over de drukte thuis als iedereen zich verzamelde voor het avondeten, de verplichte passage uit de Bijbel die eerst verteerd moest worden voordat ze mochten beginnen, over de kachel waarop des zondags, de enige dag in de week dat er vlees werd gegeten, het stoofvlees stond te pruttelen, de woordeloze gevechten om het grootste stukje vlees.

Het verschil tussen de oudste en de jongste broer was twaalf jaar. De oudste broers en zusters waren vroeg getrouwd, wat gebruikelijk was geweest in die tijd, maar wat ongetwijfeld mede was ingegeven door een behoefte aan meer vierkante meters en aan enige afstand van een moeder die iedere zaterdag de inhoud van de loonzakjes natelde om er het grootste deel van te gebruiken om het huishoudbudget aan te vullen. Geld voor vakanties was er niet, maar voor de jongsten was er de gemeentelijke 'Vakantieschool'. Pas later was het Leo opgevallen dat de samenstelling van het woord een tegenstrijdigheid in zichzelf was.

Elke week, ik meen op vrijdag, moest een van ons enkele dubbeltjes brengen naar een zaaltje waar een aantal mannen, gezeten achter een tafel, deze geldstorting bijschreef op ons conto. Als de zomervakantie aanbrak, 1 augustus, bleek er dan min of meer voldoende te zijn gespaard om voor de kleinere kinderen twintig retourtjes Rotterdam-Zuid – Hoek van Holland te bekostigen. Deze dagelijkse vakantiereis ging als volgt: 8.30 uur: vertrek van huis naar verzamelpunt één (plm. 25 minuten lopen). Vanaf het verzamelpunt liepen wij in groepsverband achter ons nummer, dat door de trotse drager van dienst werd hooggehouden, naar Station Zuid (plm. 40 minuten). Daar aangekomen werden wij in een, ik moet zeggen altijd gereedstaande, stoomtrein geladen, op houten bankjes neergezet om vervolgens naar schatting drie kwartier fluitend en stomend naar Hoek van Holland (Station Strand) te boemelen. Vandaar liepen we naar het strand (wandeltijd 30 à 40 minuten). Vervolgens werden we in groepen ingedeeld en mochten we ons overgeven aan de geneugten van het strandleven.

Om twaalf uur werden de vakantiegangertjes opgetrommeld om aan lange kale houten tafels en banken in de daartoe speciaal gebouwde barakken de in een trommeltje meegebrachte boterhammen (met appelstroop) te verorberen. Daarbij werd aan eenieder een klein flesje melk geserveerd. Na deze lunch werden de groepen gewisseld: de strandgroepen werden duingroepen en de duingroepen werden strandgroepen. Na ongeveer weer een uurtje spelen, soms wat langer of korter, werden we weer op de trein gezet.

De stranduitjes waren niet de enige zomerse activiteiten geweest waar Leo aan was blootgesteld. Hij had ook in groepsverband aardbeien moeten plukken. Voor iedere volle mand hadden ze een dubbeltje gekregen. Veel meer had hij Judith er niet over verteld, maar op de een of ander manier moet het een ingrijpende ervaring zijn geweest. Voor haar had het tot de hoogtepunten behoord van de vakantie die zij als kind met haar ouders altijd doorbracht in Zwitserland, wanneer ze bosbessen, frambozen of bosaardbeitjes gingen verzamelen. Maar toen ze later, tijdens een vakantie met Leo in hetzelfde gebied, vervuld van jeugdsentiment had voorgesteld het dessert bij hun avondmaal te gaan plukken, had hij haar met een van afschuw vertrokken gezicht aangekeken. Ze had hem proberen te verleiden met verhalen over hoe ze op pad gingen, gewapend met een emmertje waarin de plaatselijke bevolking iedere ochtend verse melk ging halen, waarna ze bij terugkomst verse slagroom kochten ter vervolmaking van het geplukte dessert, maar het vermocht hem niet te vertederen. 'Laat je niet weerhouden hoor, liefste, als je zo graag een hele middag op je hurken wilt zitten, ga je gang. Ik help je wel het op te eten. Desnoods ben ik nog bereid even langs de Coöp te gaan voor slagroom. Ik hou van je.'

Leo met z'n kleine jeugdtrauma's, ze verwonderde zich er weleens over. Natuurlijk, het was vast niet leuk geweest om in de vakantie als het ware tewerkgesteld te worden, en ze kon zich ook nog wel voorstellen dat hij als kind waarschijnlijk zo nu en dan liever een aardbei in z'n mond had willen stoppen dan in z'n mandje. Maar ze had het eerlijk gezegd nogal kinderachtig van hem gevonden dat hij daar zoveel jaar later nog moeilijk over bleef doen. Leo daarentegen bleef onvermurwbaar. Dat nooit meer. Dat had hij, mét de armoede, gelukkig ver achter zich gelaten.

5

ZE MIST LEO. Ze mist hem meer dan ze ooit heeft kunnen bevroeden. Niet alleen bij het opstaan, tijdens het eten of in bed, maar elke minuut daartussenin. Het maakt niet uit of ze thuis is of elders, in gezelschap of niet. Zelfs bij dingen die ze nooit samen deden – het leeghalen van de wasmachine, de planten water geven, tijdens het werk. Dat is eenzaamheid, denkt ze. Niet meer genoeg hebben aan jezelf.

Ze kan niet eens goed onder woorden brengen wat ze precies mist. Natuurlijk: zijn aanraking, zijn blik, de Leo van vroeger, de man op wie ze verliefd was geworden, met wie ze zo lang gelukkig was geweest, met wie ze zo had kunnen lachen, plannen en afwegingen had gemaakt, de halve wereld over was gereisd, zo onbehoorlijk had genoten van het leven. Maar die man had al een jaar of zes niet meer bestaan, was geleidelijk aan verbleekt. Zoals die paar foto's uit zijn jeugd die ze enkele dagen eerder had gevonden: een klassenfoto, de foto met de broodkar van zijn vader, wat plaatjes met of bij een broertje of zusje op schoot.

Ze mist zelfs het onafgebroken bezig zijn om het hem naar de zin te maken en dingen voor hem te verzinnen die het halve maantje weer op zijn gezicht zouden kunnen doen doorbreken. Welbeschouwd mist ze ook de zorg en het zorgen. Het duurt enige tijd voor dit besef ten volle tot haar doordringt. Zo leuk was het niet geweest om hem bij het opstaan onder de douche te zetten en te helpen met afdrogen, aankleden, tandenpoetsen en scheren. Om hem voortdurend in de gaten te moeten houden, te helpen met naar de wc gaan, dingetjes te verzinnen om hem bezig te houden, of in elk geval rustig, zodat ze even tijd had om te lezen of achter de computer te kruipen. Schuldbewust denkt ze terug aan de momenten dat ze gehaast was omdat ze de deur uit moest om te werken. Ongeduldig, omdat ze niet kon verdragen dat hij zo afhankelijk van haar was geworden. Of kwaad, omdat ze de moeder was geworden die ze nooit had willen zijn.

Kinderen heeft Judith nooit gewild, die zorg had ze zich in ieder geval bespaard. Het was een beslissing geweest die ze al vroeg in haar leven had genomen, aan het einde van de middelbare school. Ze was nooit bijzonder dol geweest op kinderen, ze behoort niet tot het type vrouw dat bij het zien van een baby een onbedwingbare neiging krijgt onder het kinnetje te kietelen of aan de teentjes te sabbelen. Opgegroeid tijdens de Koude Oorlog en met een toekomstbeeld dat was ingekleurd door het rapport van de Club van Rome had ze bovendien weinig behoefte gevoeld een bijdrage te leveren aan de groei van de wereldbevolking. Het had haar omgeving nogal bevreemd, temeer daar Judith geenszins een ongelukkige jeugd had gehad. Sommigen noemden het tegennatuurlijk en voorspelden haar dat de hormonen op den duur wel de overhand zouden krijgen. En anders zou een man haar wel van gedachten doen veranderen. Dat was allemaal niet gebeurd.

Ze had natuurlijk weleens getwijfeld, zeker toen bij de meesten van haar vriendinnen op een gegeven moment de behoefte om zich voort te planten begon op te spelen. Iedereen in haar omgeving kreeg ineens kinderen en kon over niets anders meer praten. Een goede vriendin, die in die tijd hemel, aarde en de hele medische wetenschap bewoog om zwanger te kunnen worden, beet haar zelfs een keer toe dat ze zich moest laten nakijken. Door een psychiater welteverstaan, want als je geen kinderen wilde zat er een steekje bij je los. Met al dat prille geluk om zich heen had Judith zich daar wel degelijk een tijdlang onzeker over gevoeld. Maar hoe meer ze zag dat haar vriendinnen zich begroeven in het moederschap, ten koste van hun vriendschappen, talenten en mogelijke carrière, des te minder ging ze twijfelen. Hoe meer ze hen zag worstelen met de verantwoordelijkheid voor de opvoeding, des te meer schrok zij ervoor terug. Zij zou nooit in staat zijn het goede voorbeeld te geven, zij zou haar eigen angsten projecteren op een kind, overbezorgd zijn, verstikkend.

Toen Leo en zij een verhouding kregen had hij al vrij snel voorzichtig geïnformeerd of ze kinderen wilde. Even voorzichtig had ze hem proberen te vertellen over haar bedenkingen. Maar al snel was zijn gezicht opgeklaard. Opgelucht had hij verteld dat jaren geleden, toen zijn eerste vrouw en hij kinderen wilden en het niet lukte, was gebleken dat hij onvruchtbaar was. Hij had zich al vrij snel neergelegd bij een kinderloos bestaan.

Het was een pak van haar hart. Leo bleek gelukkig niet te behoren tot het slag mensen dat vindt dat het niet normaal is als een vrouw geen kinderen wil. Hij vond niet dat kinderen onmisbaar waren om zin te geven aan het leven. Hij accepteerde haar beslissing zonder commentaar.

En toch bekruipt haar nu op latere leeftijd zo nu en dan onverhoeds enige twijfel. Heel soms, als ze even wordt opgenomen in het gezinsleven van een van haar vrienden en als ze daarin iets herkent van haar eigen jeugd, vraagt ze zich af of ze er goed aan heeft gedaan zich de warmte, de gezelligheid, de geborgenheid van een gezin te ontzeggen. Of ze de natuur geen handje hadden moeten helpen. Of kinderen hadden kunnen adopteren. Heel soms. Dan troost ze zich met de gedachte dat zo'n harmonisch huishouden eerder uitzondering is dan regel. Dat in veel gevallen, die ze net zo goed kent in haar omgeving, ouders en kinderen niet in staat zijn aan elkaars verwachtingen te voldoen en uit elkaar groeien.

Hoe ironisch was het dus dat Judith, op een leeftijd dat het moederinstinct bij een enkele vrouw nog het verstand zozeer benevelt dat ze een Italiaanse arts bezoekt om via de nodige kunstgrepen zwanger te worden, alsnog een soort oermoeder werd, omdat Leo in toenemende mate kind aan het worden was. 'God kan met een kromme stok heel rechte slagen maken', placht een oude gereformeerde vriend te zeggen als hij van mening was dat boontje toch nog onverwacht om z'n loontje kwam.

Ze had lang geprobeerd zich te verzetten tegen haar nieuwe rol, maar onwillekeurig begon ze Leo te betuttelen. Hij ervoer het in ieder geval als zodanig. Het begon er natuurlijk mee dat hij van haar geen auto meer mocht rijden, al had hij zich daar inmiddels bij neergelegd. Leo's omgang met geld was al jaren problematisch. Ze had hem ooit gemachtigd geld te pinnen van haar rekening, maar toen ze ontdekte dat hij op de raarste momenten geld uit de muur trok en ze niet kon achterhalen waar het bleef, verdonkeremaande ze zijn pinpas. Als Leo voortaan iets moest kopen kreeg hij gepast geld van haar mee. Ze begon in de gaten te houden hoeveel Leo dronk en zei er iets van als het haar te snel ging. Hij had nooit in de alcohol gespuugd, maar nu kon hij vergeten dat hij een borrel ophad en kon hij blijven drinken alsof het z'n eerste glaasje was.

Ze hoorde zichzelf steeds vaker vragen: 'Heb je dit gedaan? Heb je dat gedaan? Moet je niet zus? Moet je niet zo?'

In de loop der jaren was zijn ergernis daarover omgeslagen in een vorm van berusting. De berusting werd later agressie. 'Wie ben jij?'

'Ik ben je vrouw.'

'Jij bent helemaal m'n vrouw niet, laat me gaan, ik roep de politie!'

Hij kreeg fantasieën en fantasmen: de gaten in het geheugen werden opgevuld met verzinsels of flarden van losse, onbestemde herinneringen.

Alleen de deur uit kon hij op den duur niet meer. Nou ja, eruit wel, maar hij vond de deur niet meer terug, raakte de weg kwijt, ging ronddwalen. Steeds vaker reageerde hij kwaad als ze zei dat ze hem graag wilde vergezellen: 'Laat me toch, ik ben geen kind meer!'

'Nee, maar je raakt de weg kwijt, er is de laatste tijd iets mis met je oriëntatievermogen.'

'Hoe kom je daar nou bij?'

'Weet je dan niet meer dat je gisteren verdwaald was?' De dag tevoren had ze Leo voor de zoveelste keer na enig zoeken gevonden toen hij verstrikt was geraakt in het web van straatjes in de Jordaan, een paar honderd meter van waar ze woonden. Toen hij niet was thuisgekomen had ze hem gebeld op z'n mobiele telefoon, die hij gelukkig bij zich had. Hij wist niet meer hoe hij ermee moest bellen, maar nam hem nog wel op. Als hij hem hoorde overgaan tenminste.

'Ja, hallo?'

'Hé liefje, met mij.'

'Waar ben je?'

'Eh, ik ben thuis. Waar ben jij?'

'Ik ben hier.'

'Oké. Kun je kijken welk nummer er staat naast de deur van het huis waar je voor staat?'

'Ik zie een trap.'

'Oké. Boven die trap is een deur. Zie je daar een nummer?'

'430.'

Hij stond dus op een gracht, gezien het nummer. 'Zie je een brug?'

Stilte.

'Leo, zie je een brug?'

'Ja.'

'Loop daar maar even heen, dan kom je waarschijnlijk op een straathoek. Hou de telefoon maar bij je oor.'

'Ben je er al?' Geen antwoord. 'Leo? Ben je al op een hoek?'

'Ja?'

'Zie je daar een straatnaambordje?'

'Ja?'

'Wat staat daarop?'

'Prinsengracht.'

'Oké. Blijf daar even staan, dan kom ik je nu halen.'

Omdat Judith hem niet meer alleen thuis wilde laten nam ze Leo zo veel mogelijk overal mee naartoe, zelfs naar haar werk als zich dat buiten de deur afspeelde. Vreemd genoeg had hij daar geen enkel bezwaar tegen. Zo vervelend als hij het vond als zij met hem mee wilde, zo plezierig vond hij het mee te gaan met haar.

Judith was er lange tijd van overtuigd geweest dat hij beter af was onder haar vleugels en die van hun naaste vrienden dan onder de hoede van professioneel vriendelijke vreemden die hem niet kenden, in een omgeving waarmee hij geen enkele binding had.

De laatste jaren waren ze bijna voortdurend in elkaars gezelschap geweest, vierentwintig uur per dag. Ze waren elkaars schaduw geworden, onafscheidelijker dan ooit tevoren. Zonder haar hulp, zonder haar constante aanwezigheid had hij in toenemende mate een verloren indruk gemaakt. Of was dat slechts in haar perceptie? *Wishful thinking*? Gecamoufleerde verlatingsangst? Diep vanbinnen wist ze natuurlijk dat het zo niet kon blijven doorgaan, dat ze niet achter hem aan kon blijven rennen, dat ze hem op een gegeven moment niet meer zou kunnen bereiken. Wat dan? Waar moest hij heen, aan wie kon ze hem toevertrouwen? En vooral: hoe zou ze het hem ooit duidelijk maken?

Nu weet ze: ze heeft haar belofte aan hem gebroken. En ze heeft het hem niet kunnen uitleggen.

6

ZE ZITTEN IN het restaurant van Leo's nieuwe thuis. Buiten waait een frisse bries, het is net geen weer om op het terras te zitten. Dit is de centrale ontmoetingsplek, hier luncht het personeel, wordt koffiegedronken of geborreld, eten de vrijwilligers aan het eind van de dag soms een maaltijd, en wordt elke woensdagavond een lange aanschuiftafel georganiseerd, waar iedereen tussen halfvijf en zes uur kan gaan zitten met andere familieleden en naasten, bewoners en buurtbewoners van de wijk.

Hoewel de prijzen heel redelijk tot laag zijn, is het de bedoeling dat het restaurant z'n eigen broek ophoudt. Daarom wordt het tegenoverliggende café en een deel van de ruimte soms verhuurd voor feesten en partijen. In de praktijk zijn dat meestal verjaarspartijtjes van de bewoners of afscheidsrecepties van rouwende familieleden. Er wordt hier veel gestorven.

Intussen houdt het bedienend personeel ook een oogje in het zeil waar het gaat om het welzijn van de bewoners. Als ze de weg kwijt zijn worden ze opgevangen met een koekje of een kopje koffie en gerustgesteld, en wordt de woning gebeld om ze te laten ophalen. Leo drentelt er zo nu en dan gewoon binnen op zijn wandelingen door de wijk, gaat niet zitten, maar krijgt vaak wel een chocolaatje of een biscuitje toegestopt.

Ze drinken een glaasje witte wijn en Judith snijdt de bitterballen voor Leo doormidden om ze af te laten koelen. Het is zondagmiddag, in het theater wordt een kerkdienst gehouden. Hoewel Leo zijn hele leven lang al kerkdiensten verfoeit en als het even kan vermijdt, had hij vorige week plotseling gezegd: 'Ik wil naar de kerk.' Na de eerste verbazing had ze zich gerealiseerd dat ook dit vrij logisch was, nu zijn herinnering zich steeds verder terugtrok in de tijd. Dus waren ze gegaan. Leo had het uitgezeten, maar daar was alles mee gezegd. Ze had niet de indruk dat hij enige associatie had met de kerkdiensten van vroeger, de psalmen had hij niet meegezongen. Toen de dominee hem een hand kwam geven en vroeg hoe hij het had gevonden, had Leo hem niet-begrijpend aangekeken. Toch waren ze deze middag weer gegaan, omdat Judith niet zeker wist of er toch niet iets was geweest wat hij herkend had of plezierig had gevonden. Hij was die eerste keer tenslotte wel tot het eind toe blijven zitten. Maar deze middag was hij bij de deur meteen weer omgedraaid. Geen kerkdiensten meer voor Leo.

Oom G. was organist in onze kerk. Na de zondagse ochtenddienst kwam hij regelmatig onuitgenodigd bij ons thuis koffiedrinken. Daarbij kon de preek worden bekritiseerd, de jurk van de vrouw van de dominee van commentaar voorzien, of het gedrag van de kinderen van de dominee, dat waren er twaalf, ons tot voorbeeld worden gesteld. Oom G. was welis-

waar geen echte oom, maar zo moesten wij hem noemen. Oom G. had een handicap: hij was blind. Van dit gemis een deugd makend veroorloofde hij zich iedere week bij de kinderen, onder wie ik, handmatig vast te stellen of we sinds de laatste keer alweer gegroeid waren en of we al borsthaar hadden. Deze inspecties vonden elke week plaats. Toen wij deze handelwijze en passant eens aan tafel aan de orde stelden mocht oom G. nooit meer alleen met ons spelen. Helaas gold dat niet voor het spelen op het harmonium.

Voor alle duidelijkheid: een harmonium was een soort namaakorgel. Het had een toetsenbord en – heel belangrijk – twee pedalen, die de lucht in het harmonium persten. Het instrument was erg populair in onze kringen, want betaalbaar en je kon er alle honderdvijftig berijmde psalmen en de negenentwintig streng geselecteerde gezangen mee begeleiden. Deze liederen werden zondag in de avond, ná de tweede kerkdienst te hebben doorstaan, bij ons thuis ten gehore gebracht. Een van mijn zusters kon het harmonium bespelen en de rest, inclusief potentiële schoonzusters en zwagers, moest zingen. Alles bij elkaar toch vaak vijftien tot twintig personen. Je werd geacht mee te zingen. Ook al kon je geen noot goed raken, dispensatie werd niet verleend. Tot op de dag van vandaag heb ik grote achting voor onze toenmalige buren. Ze hebben nooit geklaagd. Ze hebben wel een jaar of wat later 'wraak' genomen. Ze kochten als een van de eersten een grammofoon. Wij hadden daar geen geld voor.

Op zondag ging het hele gezin, zondagse kleren aan, tweemaal ter kerke. Dat Leo alle psalmen en gezangen nog uit het hoofd kende, bleek als hij iemand ontmoette in wie hij een lotgenoot herkende. Ongeacht tijd en plaats ontaardde dat menigmaal in luide en weinig godvruchtige samenzang. En niet alleen psalmen. Tientallen jaren later had een afdeling van de AA onderdak gevonden in een pand naast hun huis in de Amsterdamse binnenstad. Op zondag werd de ruimte echter onderverhuurd aan een groepje blije mensen dat onder begeleiding van een harmonium christelijke gezangen ten gehore bracht. 's Zomers, als de ramen bij de buren openstonden en Leo en zij op hun terras een glaasje wijn zaten te drinken, konden ze genieten van een breed repertoire, variërend van religieuze liedteksten als 'Tel uw zegeningen een voor een, tel ze alle en vergeet er geen...' tot psalmen als nummer 42: ''t Hijgend hert, der jacht ontkomen, schreeuwt niet sterker naar 't genot van de frisse waterstromen, dan mijn ziel verlangt naar God.' Afhankelijk van de hoeveelheid genoten drank mocht Leo hun graag een verzoeknummer toeroepen en na verloop van tijd vond hij zowaar gehoor. Leo kon het niet nalaten luid en niet erg toonvast mee te zingen, aanvankelijk tot enige hilariteit, later tot gêne en ergernis van Judith. Op een dag voegde zich een tweede stem bij die van Leo. Van de nieuwe bovenbuurman, die kort daarvoor was gescheiden van zijn vrouw omdat hij had besloten zich na dertig jaar huwelijk volledig aan de herenliefde te wijden en om die reden naar Amsterdam te verhuizen.

Hoewel zelf nogal anti-theïstisch opgevoed had Judith van jongs af aan geleerd een zekere waardering op te brengen voor de eruditie die regelmatig gepaard ging aan het gereformeerde geloof. Een goede vriend van haar vader was dominee geweest. Bekend van de televisie, want hij verzorgde de 'dagsluiting' voor de NCRV, bij Judith thuis steevast de nachtopeningen genoemd vanwege des dominees sensuele uitstraling en dito mond. Ze had genoten van de gesprekken en discussies aan tafel, al werden die voorafgegaan door een hardop voorgedragen gebed waarin de dominee Gods zegen afsmeekte voor alle behoeftigen en hongerenden in de wereld, om zich vervolgens over te geven aan een rijk met wijn besprenkelde zevengangenmaaltijd.

Ook een van haar oudste en beste vrienden was van gereformeerden huize. Hij deelde Leo's passie voor het citeren van Bijbelse spreuken en zinnen uit psalmen en gezangen. Zijn eerste ontmoeting met Leo vond toevallig (of was het de voorzienigheid?) plaats op Hemelvaartsdag, in een Italiaans restaurant in Amsterdam. Bij binnenkomst riep de oude vriend 'God vaart voor het oog...' waarop Leo aanvulde met een automatisme dat zich alleen laat verklaren door een jarenlange religieuze hersenspoeling: 'met gejuich omhoog'. Hij werd voorgoed in de armen gesloten.

Gelovig was Leo allang niet meer. Tot groot verdriet van zijn moeder, die eveneens grote moeite had gehad met Leo's voorgenomen tweede huwelijk. Met een ongelovige vrouw nog wel. Leo's eerste vrouw, die hij had leren kennen toen ze in een gereformeerde boekhandel werkte, was tenminste nog een keurig gereformeerd meisje geweest, dat actief was in de kerk van het dorp waar ze woonden, al bezocht ze die op zondag nog maar één keer. Het waren de conventies van dat milieu en de benauwdheid van zijn jeugd die Leo achter zich wilde laten. Een scheiding kon niet uitblijven, tot verdriet van Leo's moeder. Zij bad altijd al voor het zielenheil van al haar kinderen, maar nog eens extra voor haar zondige zoon, had ze zich weleens laten ontvallen tegenover een van haar dochters.

Maar zodra Judith verteld had dat ze de televisiedominee kende, sloeg de houding van Leo's moeder om als een blad aan de boom. Judith was plotsklaps 'een heel hartelijk meisje' met wie hij 'een prijs uit de loterij' had gewonnen en ze was 'overduidelijk dol op Leo'. Dat de dominee op hun huwelijk zou komen en dat ze hem dus in levenden lijve zou ontmoeten, zorgde voor een dagenlange opwinding die met de ganse familie werd gedeeld. Ze vertelde maar niet dat de dominee haar en haar ouders een keer tot hun niet geringe hilariteit tijdens een gesprek over wat het geloof voor hem betekende had toevertrouwd: 'Als ik Joke neuk, dan zie ik God.' Joke was zijn dertig jaar jongere tweede echtgenote, die hij had leren kennen omdat ze bij hem op catechisatie zat en die hij het hof was gaan maken toen zijn eerste vrouw ernstig ziek werd.

Jaren later hadden ze zijn moeder een aantal malen meegenomen naar concerten of naar een balletvoorstelling in het Muziektheater in Amsterdam. Dat ging niet meteen van harte. Ze was er niet zeker van of het ballet in Gods ogen niet bezwaarlijk zou zijn. Komende zondag zou ze het voorleggen aan de dominee. Leo keek er niet van op. In zijn gereformeerde jeugd was theaterbezoek taboe. Artiesten waren dames en heren van lichte zeden, muziek was alleen geoorloofd als de klanken werden voortgebracht door een orgel of de menselijke stem. Gelukkig was haar huidige dominee een jongeman die korte metten maakte met haar opvattingen over kunstenaars; Hij antwoordde dat ze maar bofte met een zoon die haar meenam naar het walhalla van de kunsten. Aarzelend had ze toegestemd en ze hadden haar meegenomen naar een middagconcert van *Ein Deutsches Requiem* van Brahms in het Concertgebouw in Amsterdam. Sprakeloos was ze geweest, overweldigd door het pluche, de portretten, de hoeveelheid mensen in de zaal en op het podium, sniffend van ontroering had ze tussen hen in gezeten. De dominee had niet overdreven, ze zou hem bedanken voor zijn goede raad. En wanneer gingen ze nu naar het ballet?

Sinds een jaar nam ze Leo niet meer mee naar concerten. Hij werd onrustig, maakte halverwege aanstalten om op te staan en weg te gaan. Hij luistert nu helemaal geen muziek meer, hij beschikt niet langer over de concentratie en voldoende zitvlees om geboeid te blijven.

Een vriend, die hem sinds hij in de inrichting zit af en toe meeneemt uit rijden, vertelde onlangs dat hij in de auto wat psalmen had afgespeeld die hij had gedownload van internet. Leo reageerde niet. Pas toen hij een cd opzette met liedjes als 'Ketelbinkie' en 'Tulpen uit Amsterdam', had Leo uit volle borst meegezongen. Nou ja, voor hem waren het tulpen uit Rotterdam.

7

'WE MOETEN ER maar zo veel mogelijk om proberen te lachen,' riep Leo om de haverklap toen ze een beetje aan het idee gewend waren en ze weer eens het avondeten moesten wegkieperen of als hij thuiskwam met slechts een gedeelte van de boodschappen ondanks het lijstje dat ze hem had meegegeven. 'Maak je toch niet zo druk,' was zijn reactie nadat hij in geen velden of wegen te bekennen was geweest toen ze hadden afgesproken om te gaan eten bij vrienden of niet reageerde op haar telefoontje omdat hij zijn mobieltje thuis had laten liggen, waarna ze hem weer moest gaan zoeken. Om hem gelukkig meestal aan te treffen achter een biertje in een van de drie kroegen waar hij altijd kwam. Een uitgebreide agenda bijhouden werkte niet, omdat hij niet meer wist wat voor dag het was, dus ging Judith ertoe over om, voordat ze naar haar werk ging, een briefje voor hem achter te laten met daarop de dag van de maand, waar ze heen was, hoe laat ze ongeveer terugkwam, wat hij zelf die dag allemaal moest doen en wat ze samen voor afspraken hadden. Hij was blij met die aanwijzingen en probeerde ze naar beste vermogen te volgen. Mits hij zich herinnerde wat hij gelezen had. Hij stak ze bij zich als hij ergens heen ging en gebruikte ze als spiekbriefjes. Mits hij nog wist dat hij ze in z'n jaszak gedaan had. Afgezien van dit soort ongemakken viel er in het begin best mee te leven. Leo leek te verdringen dat hij alzheimer had. Of hij was het vergeten, wat gezien het ziektebeeld niet heel opzienbarend was. Judith probeerde hem zelfs te helpen om het te vergeten door het hem zo veel mogelijk naar de zin te maken. Ze wilde doorlopend weten of hij het leuk vond, of hij het lekker vond, of het goed met hem ging. Ze wilde bevestigd hebben dat het voor hem ondanks alles nog de moeite waard was. Haar grootste plezier werd Leo plezier te doen. Als ze haar geduld tenminste wist te bewaren.

Ze leerden meebewegen met de veranderingen die de ziekte teweegbracht. Ze leerden hun zegeningen tellen, de mooie momenten. Daar waren er gelukkig nog veel van. Die hij meteen weer kwijt was, de details althans, maar die hem en dus ook haar niettemin een goed gevoel bezorgden.

In werkelijkheid verlegden ze hun grenzen. Het vrat energie, van beide kanten.

Enkele weken later ging de telefoon. Judith nam op en hoorde: 'Met mevrouw De Vries...'

'Dag, mevrouw De Vries.'

'Ik heb uw nummer van het Alzheimer Centrum. U hebt alzheimer.'

'Nou, niet dat ik weet, maar u bedoelt misschien mijn man.'

'O ja. Sorry. Uw man. Ik schrijf het even op. Ik ben

vrijwilligster en we doen onderzoek naar de beleving van de ziekte.'

'De beleving van de ziekte,' herhaalde Judith. 'Juist. En wie zijn "we"?'

'Nou, het Alzheimer Centrum dus, en ik ben een van de vrijwilligers die langskomen om u en uw man wat vragenlijsten voor te leggen en uw antwoorden te noteren. Dat doen we één keer in het halfjaar, zodat we kunnen vastleggen hoe u en uw man de ziekte dus als het ware beleven en hoe uw ervaring met de ziekte zich ontwikkelt. Het is anoniem. En het neemt maar een uurtje in beslag. Eigenlijk maar een halfuurtje per persoon, want we ondervragen u apart van elkaar, eentje moet de kamer uit. We willen niet dat u zich door de aanwezigheid van de ander belemmerd voelt om eerlijk te antwoorden. Zou het u overmorgen schikken, om een uur of drie?'

Judith wist niet goed of het de manier was waarop mevrouw De Vries formuleerde of die ondertoon van onnatuurlijke opgewektheid en aangeleerd medeleven, maar haar eerste neiging was deze mevrouw De Vries toe te snauwen dat ze zelf nog aan het ervaren waren hoe ze de ziekte beleefden en dat het laatste waar ze behoefte aan hadden dat tenenkrommende hulpverlenersjargon was, hoe goedbedoeld en vrijwillig ook. In plaats daarvan zei ze: 'Ach ja, waarom niet. We kunnen het altijd proberen.'

Mevrouw De Vries bleek een kwieke dame van ergens achter in de zestig, niet opgemaakt, gehuld in een halflang wit regenjasje, wat Leo en zij altijd een vut-jackje noemden, over een lichtgrijs mantelpak van tweed, waaronder donkergrijze schoenen met brede lage hakken, een grote zwarte tas van skai met rits over de schouder en heldere ogen achter montuurloze brillenglazen. Het type dat door de week op de kleinkinderen past en in het weekend op de fiets de natuur in trekt, want je bent zo jong als je je voelt en buitenlucht is gezond. Mevrouw De Vries gaf Judith een ferme hand, liep door naar Leo, stelde zich voor en vertelde hem nog eens kort wat ze kwam doen. En ja, ze lustte wel een kopje thee, van koffie kreeg ze hartkloppingen.

Tien minuten daarvoor had Judith Leo op de komst van mevrouw De Vries proberen voor te bereiden, uitgelegd dat ze meewerkten aan een onderzoek, dat het voor een goed doel was, namelijk meer te leren begrijpen van zijn ziekte en dat hij haar vragen maar zo goed mogelijk moest proberen te beantwoorden. 'Dat is goed,' had hij gezegd en was doorgegaan met wat hij aan het doen was, namelijk zitten in zijn stoel en luisteren naar een strijkkwartet van Mozart.

Terwijl Judith theezette nam mevrouw De Vries plaats aan de eettafel – 'dat zit wat actiever dan op de bank' –, hees haar skaileren tas op haar schoot, haalde daar een map uit die een stapel geplastificeerde A4'tjes bevatte en spreidde die in kleine stapeltjes voor zich uit over de tafel. 'Zo, laten we maar geen tijd verliezen,' zei ze toen Judith de thee bracht, 'dus als meneer even in een andere kamer gaat zitten, dan begin ik met u.'

'Leo, ga maar even naar boven, naar je bureau als je wilt. Ga maar wat schrijven. Mevrouw De Vries moet ons even apart van elkaar een paar vragen stellen.'

Niet-begrijpend keek hij haar aan. 'Waarom?'

'Weet je wat, we doen het anders. Ik ga nu even weg, want ik moet een boodschap doen. Als jij eventjes blijft praten met mevrouw De Vries, dan ben ik binnen een half-uurtje terug. Is dat goed?'

'Kan ik niet met je mee?'

'Nee, dat gaat even niet. We hebben een gast. Wie moet haar dan bezighouden?'

'Nou, goed dan. Kom je snel terug?'

'Ja, schat. Zo snel mogelijk.'

Het leek Judith geen goed idee hem helemaal alleen te laten met mevrouw De Vries, dus sloop ze de trap op. Ze bedacht dat ze steeds vaker bezig was Leo gerust te stellen. Even, eventjes. Woorden die onmisbaar waren geworden om Leo als het ware te troosten dat datgene waar hij tegen-op zag of wat hij vervelend vond niet lang zou duren. Terwijl ze er niet eens zeker van was dat dit ook de betekenis was die hij nog aan deze woorden gaf, bewust of onbewust. Ze probeerde zich voor te stellen hoe het is als de vanzelf-sprekendheid van alles wat een mens weet en min of meer gedachteloos doet langzaam vervaagt, verdwijnt. Waar kun je dan nog op rekenen? Nou ja, zo erg was het nog niet, probeerde ze zichzelf gerust te stellen. Hij vergat wel veel, zoals net nog dat ze hem verteld had van die alzheimer-enquête, maar hij wist ook nog best veel en zij leek er meer last van te hebben dan hij.

Genoeg gepiekerd – ze ging maar weer eens kijken hoe het was met mevrouw De Vries en haar geplastificeerde vragenlijsten. Ze had besloten Leo opnieuw voor te stellen om wat te werken aan z'n verhalen, ze vermoedde dat hij inmiddels wel genoeg zou hebben van mevrouw De Vries en dat het schrijven een welkom excuus was, en ze had gelijk.

'Zo, nu bent u aan de beurt. Dat zal wel wat makkelijker gaan,' zei mevrouw De Vries terwijl ze haar stapeltjes herschikte.

'Hoezo?'

'Nou, het ging best goed, hoor. En de vragen die hij niet begreep heb ik overgeslagen.'

'Ik ben benieuwd hoe u dat onbegrip en die overgeslagen vragen verwerkt in uw onderzoek.'

'Het is niet mijn onderzoek, hoor. Dat weet ik niet.'

'Goed, wat wilt u van me weten?'

Mevrouw De Vries schoof het eerste stapeltje naar Judith toe, opende een multomap met dezelfde vragenlijsten in ongeplastificeerde staat en begon ze voor te lezen.

'Op een schaal van één tot tien: bent u nog goed in staat het huishouden te doen?'

'Ja, ik heb geen alzheimer.'

'Nee, dat begrijp ik, maar we proberen ook de belasting en kwaliteit van leven van de mantelzorger in beeld te brengen.'

'O, nou, een tien. Ik ben wel nieuwsgierig naar het cijfer van Leo. Ik zou me zomaar voor kunnen stellen dat hij deze vraag ook een tien heeft gegeven, omdat hij niet beseft wat hij allemaal niet meer kan.'

'Dat mag ik u niet vertellen, zoals u begrijpt. Maar het gaat er ook om wat hij nog allemaal wel kan.'

'Dat kan ik ook begrijpen, maar zijn cijfer zegt dus niets over wat hij nog kan, maar over wat hij nog denkt te kunnen.'

'Dat klopt. Maar dit is ook een onderzoek naar hoe de ziekte wordt beleefd, dus dat is niet erg.'

Judith had even tijd nodig om deze cirkelredenering te verwerken. Ze probeerde het nog een keer: 'Maar wilt u dan niet weten hoe ik als mantelzorger zijn huidige capaciteiten nog inschat?'

'Nee, het gaat om de beleving.'

'En denkt u dan niet dat een kwalitatief onderzoek beter geschikt is dan vragen waarop je alleen maar kunt antwoorden in cijfers? Wat zegt een cijfer?'

'Ja, dat weet ik niet, hoor,' zei mevrouw De Vries, 'daar ga ik niet over, ik ben geen onderzoeker. Ze zullen daar heus wel weten hoe ze de cijfers moeten interpreteren. En het gaat ook om de ontwikkeling, ze kijken ook of uw cijfers ieder halfjaar hetzelfde blijven of dat ze naar beneden gaan. Trouwens, verderop komen er ook vragen over de kwaliteit van het leven, dus zullen we verdergaan?' vroeg ze op de toon van de hulpverlener die overduidelijk een cursus omgaan met lastige patiënten had gehad. Dus werkte Judith de lijstjes af: Goed ter been? Een tien. In staat zelf de maaltijd te bereiden? Een tien, maar ze was opnieuw benieuwd wat Leo daar had geantwoord. Sociale contacten? Een tien. Gelukkig? Welja, ook een tien. Ze had nog nooit in haar leven zo'n goede cijferlijst gehad, dacht ze en ze werkte mevrouw De Vries de deur uit. De volgende keer dat ze belde, zou Judith haar medewerking aan het onderzoek opzeggen.

Ze bezochten ieder halfjaar het Alzheimer Centrum. Leo onderging er allerlei testjes om inzicht te verkrijgen in hoe de ziekte bij hem verliep, Judith sprak er een kwartiertje met iemand van het 'behandelend team' over haar wederwaardigheden als mantelzorger. Daar kreeg ze te horen dat het misschien zo langzamerhand eens tijd werd voor een 'casemanager', iemand die hen zou helpen bij het zoeken van goede zorg, nu Leo steeds verder achteruitging en het Judith duidelijk steeds zwaarder viel om hem vierentwintig uur per dag de aandacht te geven die hij vroeg. Misschien zou er toch een vorm van dagopvang te vinden zijn die Leo wel zou bevallen en uiteindelijk moest ze toch eens gaan nadenken over de mogelijkheid dat Leo het huis uit zou moeten. In dat geval moesten er zorgindicaties worden geregeld, procedures worden doorlopen en een geschikte plek worden gezocht.

Een casemanager dus. Judith had de term voor alle zekerheid nog even opgezocht op internet: 'De casemanager dementie kijkt wat u nodig heeft en regelt dat voor u. Zolang u thuis woont krijgt u informatie, advies, begeleiding en voorlichting. De casemanager komt bij u thuis en bespreekt met u welke problemen er zijn en welke zorg of ondersteuning er nodig is. Aan bod komen: de verzorging, de mantelzorger, vrijwilligersinzet, activiteiten, dagbesteding, wonen of financiën. Samen met andere professionals maakt de casemanager hier afspraken over. U kunt ook bij de casemanager terecht voor het aanvragen van een zorgindicatie.' Merkwaardig dat hier de term dementie wordt gebruikt, dacht Judith. Alzheimer was weliswaar een vorm van dementie, maar wel een speciale en vooral ingewikkelde vorm, die bijzondere vaardigheden vereist. Maar ach, waarom niet, had Judith gedacht, waarom zou ze alles alleen willen doen, dus diende ze een aanvraag in bij de daartoe geëigende instantie.

De opgewekte dame van middelbare leeftijd die enkele weken later op bezoek kwam – moest je een bepaald type zijn voor dit soort hulpverlening? – stelde zich voor als Annelies. 'Hallo, ik ben uw casemanager,' zei ze tegen Leo, die geen idee had waar ze het over had.

'Misschien moet u even uitleggen wat u doet,' zei Judith. 'Ik heb hem weliswaar verteld over uw komst, maar dat weet hij blijkbaar niet meer.'

'Oké. Nou, ik kom om te kijken welke zorg u nodig heeft voor uw dagelijks functioneren.'

'Ik heb helemaal geen zorg nodig.'

'Nou, laten we dat maar eens bekijken. Hoe oud bent u?'

'Hoe oud ben ik?' Leo keek hulpeloos naar Judith.

'Tweeënzeventig.'

'Oké. En hoelang woont u hier al?'

Weer die hulpeloze blik.

'Is dat belangrijk om vast te stellen welke zorg Leo nodig heeft?'

'Nou ja, ik moet die dingen nou eenmaal vragen om een beeld te kunnen krijgen.'

'Dan kunt u het beter aan mij vragen. Leo kan zich dergelijke zaken niet meer herinneren.'

Annelies werkte haar vragenlijst af, diepte na wat gerommel in een te grote tas een paar van internet geplukte kopietjes op van plaatsen waar ze aan dagopvang deden en vroeg: 'Kan ik verder nog iets voor jullie doen?'

Judith legde uit hoe Leo gereageerd had op de dagopvang. 'Waar u me echt mee zou helpen is met een aanvraag voor een zorgindicatie voor Leo, voor als het thuis niet meer gaat.'

'O. Heeft-ie die dan nog niet?'

'Nee.'

'Oké. Die zal ik dan voor u aanvragen bij het Centrum Indicatiestelling Zorg. Rekent u erop dat het wel zes tot zeven weken duurt voordat u antwoord krijgt.'

Na acht weken stuurde Judith een mailtje naar Annelies of ze nog iets had gehoord van het CIZ. Een week later kreeg ze een mail terug:

Geachte mevrouw.

Ik heb contact opgenomen met het CIZ, maar zij gaven aan geen aanvraag te hebben ontvangen.

Nu blijkt dat de fout bij mij ligt.

Ik heb de aanvraag aangemaakt, maar blijkt niet verstuurd te zijn.

Hierbij dan ook mijn oprechte excuses.

Ik kan nu gelijk een nieuwe aanvraag indienen, maar zou graag toch een en ander nog willen kortsluiten met u.

Wat ik me afvraag. Heeft u al een mogelijk geschikte dagopvang gevonden, passend bij uw partner?

Ik vraag me af of drie dagen voldoende is.

Wat in uw situatie m.i. ook een goede optie zou kunnen zijn is om een 'zzp 5' (zorgzwaartepakket) aan te vragen, zodat u een ruime indicatie krijgt. Dan zijn er verschillende mogelijkheden, ook om thuis zorg in te zetten als dagopvang niet de passende voorziening is in uw situatie.

Ook zou u dan kunnen kiezen om dit via een pgb (persoonsgebonden budget) te regelen.

Dan ontvangt u een geldbedrag waarvoor je zelf dan zorg in kan kopen. Of via reguliere thuiszorg of via zzp'ers.

Behalve het feit dat uw partner al een geruim aantal jaren bekend is met de ziekte van Alzheimer heb ik wat dat betreft onvoldoende informatie. Ik zou dan ook graag een afspraak met u maken (kan telefonisch) om de aanvraag met u door te nemen.

Uiteraard is het ook mogelijk om de aanvraag zelf te doen via het CIZ.

Het is sowieso wel belangrijk dat u zich verdiept in de procedures en mogelijkheden binnen de huidige wet- en regelgeving betreffende zorg.

Graag hoor ik van u.
En nogmaals excuses.

Met vriendelijke groet, Annelies

Judith bedankte Annelies voor alle moeite, belde het CIZ, legde de situatie uit en ontving binnen drie dagen de gevraagde indicatie.

Dat het geen kwaad kan om als mantelzorger te beschikken over enige assertieve vaardigheden werd nogmaals bevestigd toen ze enkele maanden later voor Leo een passend tehuis had gevonden. De wet schrijft voor dat iemand die in een gesloten inrichting wordt opgenomen daar zelf mee moet instemmen. Bij verzet moet de rechter worden ingeschakeld, wat enorm pijnlijk en tragisch is. Die instemming moet worden vastgesteld door een medewerker van het CIZ, die daartoe langskomt om met de betrokkene te praten. De mantelzorger mag erbij aanwezig zijn, maar zich niet met het gesprek bemoeien. Het leek Judith verstandig om Leo voor te bereiden op dat gesprek door het tijdig aan de orde te stellen. Waar ze bang voor was geweest gebeurde: Leo was een en al verzet. Een tehuis? Was ze gek geworden? Hij raakte buiten zichzelf van woede, schold haar uit, liep tierend de deur uit. Inmiddels wist Judith dat hij dit gesprek na een uurtje zou zijn vergeten, dus de volgende dag probeerde ze het nog een keer, waarbij ze hem probeerde te schetsen dat hij daar alle gelegenheid had om te doen wat hij wilde en er naar hartenlust kon wandelen, wat in zekere zin waar was en tegelijkertijd bedrog. Die tweede keer leek hij er wel oren naar te hebben, maar de volgende dag werd hij weer kwaad. Ze hield haar hart vast voor het moment dat het erop aan zou komen. Het leek haar het beste het onderwerp nog een keer ter sprake te brengen vlak voordat de CIZ-medewerker zou komen. Om twee uur 's middags hadden ze afgesproken, dus begon ze erover om tien voor twee. Tot haar opluchting reageerde Leo redelijk positief. Waar bleef die kerel nou? Het werd tien over twee, het werd halfdrie. Judith was inmiddels in alle staten, want zo had alle voorbereiding geen zin gehad. Om tien over halfdrie werd er aangebeld. Sorry, hij was wat later, hij had het niet kunnen vinden. 'Hebt u geen tomtom?' snauwde ze hem toe.

Leo was inderdaad alweer vergeten wat deze vreemde meneer kwam doen. 'Ik kom u vragen of u ermee instemt om opgenomen te worden,' verklaarde die zijn bezoek. Leo begreep het niet. 'Mag ik het hem uitleggen?' vroeg Judith, hoewel ze wist dat ze zich er niet mee mocht bemoeien. Het mocht, het snauwen had z'n effect niet gemist. Weer legde ze de nadruk op zijn bewegingsvrijheid. Leo knikte. 'Betekent dit dat u dat wel zou willen?' vroeg de man. 'Ja hoor,' zei Leo. En daarmee was zijn lot bezegeld. Tot opluchting van Judith.

8

Mijn opa kwam uit een redelijk goed 'nest' en was oorspronkelijk smid van beroep. Hij had een kleine smederij in het dorp Charlois, dat was gelegen aan de zuidkant van de Maas tegenover Rotterdam. Op het kerkplein staat, nog steeds, een zeventiende-eeuwse hervormde kerk in haar oorspronkelijke staat.

In 1919 werd hij weduwnaar. De Spaanse griep, die in dat jaar ons land teisterde, trof mijn grootmoeder. Zij overleed, mijn grootvader en vijf kinderen achterlatend. Zo goed als mogelijk was zorgde hij voor het huishouden. Zijn oudste dochter, mijn tante Pietje, werd op twaalfjarige leeftijd de vrouw des huizes. De leerplichtleeftijd was verstreken, de ouwe Jonas, zoals wij opa altijd noemden, had naar zijn mening zijn plicht jegens zijn kinderen gedaan. Hij sloot zich aan bij een groepje leeftijdgenoten dat dagelijks in een kringetje op straat de laatste politieke en godsdienstige ontwikkelingen van commentaar voorzag. Hun conclusies werden bezegeld met een kunstig uitgespuwde fluim.

De oude Jonas woonde in een klein huis in een straat waarvan er honderden waren en zijn in ons land. Het was een 'goede' arbeiderswijk. Het bestond uit een voorkamer, die alleen ná de kerkgang op zondag werd gebruikt, er was een donker tussenkamertje en een achterkamertje waaraan een tuintje grensde. De zolder was gemeenschappelijk. Elk huis had een luik, waardoor men de zolder op kon. Regelmatig werd aan tafel het heldhaftige verhaal verteld dat tijdens de razzia's alle mannen van het ene zoldertje naar een ander zoldertje liepen, zonder gezien te worden. De Duitsers restte niets anders dan vol onbegrip en zonder buit te vertrekken. Later bleek dat er in dit verhaal weliswaar enige waarheid school, maar dat elk gezin zo zijn eigen versie had.

In het tuintje stonden een paar hokken waarin de ouwe Jonas konijnen fokte. Wij, zijn kleinkinderen, mochten de konijnen altijd voeren. Dat vonden we heel spannend, want een konijn ziet niet zo snel het verschil tussen een klein konijntje en een kindervuistje. Het treurige verhaaltje 'Flappie' was bij ons thuis harde realiteit lang voordat Youp van 't Hek er zo'n succes mee had. Treurig vonden wij het trouwens bepaald niet. Gaf ik toch blijk van enig mededogen met het konijn, dan werd ik door ouders én mijn oudere broers en zusters met onbegrip en lichte verbijstering aangekeken. 'Hij heeft de Hongerwinter niet meegemaakt,' was het standaard commentaar en daarmee was de kous af. Met dat argument in mijn achterhoofd heb ik dan ook fanatiek meegeholpen bij het vangen van twee voor het kerstmaal bestemde kippen, die de euvele moed hadden te ontsnappen. Ik kreeg een extra lekker stukje van mijn moeder.

De ouwe Jonas was zich zeer bewust van het feit dat hij het hoofd van de familie was. Hij nam die status serieus en gaf daarvan blijk door op iedere verjaardag van zijn broers, zusters, schoonzusters, zwagers, kinderen en kleinkinderen een verjaarsvisite af te leggen. Aan cadeaus deed hij niet, behalve voor zijn kleinkinderen. Met angst en beven zagen wij zijn komst tegemoet. Nadat hij de bel minutenlang had laten rinkelen stommelde hij de trap op. Zijn kleinkinderen én hun moeder wachtten hem boven aan de trap op. Feilloos haalde de ouwe Jonas de jarige uit het ruime aanbod. Zwijgend gaf hij de uitverkorene een hand. En dát was de oorzaak van de angst. Zoals gezegd was de ouwe Jonas een smid. Smid was in die tijd een zwaar beroep. Het bestond eruit dat je onophoudelijk met een loodzware hamer op een in vuur liggend stuk metaal sloeg, totdat de gewenste vorm was verkregen. Dat kon weleens een halfuurtje duren, maar als je eraan was begonnen, moest je het ook afmaken. Als bijverschijnsel ontwikkelde elke smid in de loop der jaren een grote en heel erg sterke rechterhand. Zo'n hand had de ouwe Jonas ook. Daar was hij zich waarschijnlijk niet van bewust, hoewel de ferme handdruk, waarmee hij ons feliciteerde en martelde, praktisch tegelijkertijd werd goedgemaakt door de jarige een briefje van twee gulden vijftig in de andere hand te stoppen. Een vermogen in die tijd. Even mocht de jarige zich rijk wanen, totdat mijn moeder het kapitaal confisqueerde, nog voordat de ouwe Jonas de deur achter zich had gesloten: 'Voor in je spaarpot,' zei ze dan. Ik wist niet dat ik er een had.

Op een zeker moment bleek de ouwe Jonas ziek te zijn. Hij liet door een kruisvereniging, een woord waarbij ik mij niets kon voorstellen, een ziekenhuisbed bezorgen. Dat bleek een bed op wieltjes te zijn met een traliehek eromheen. Uit bed vallen kon dus niet. Hij plaatste het bed, eigenhandig, in de zondagse kamer voor een van de ramen. Vanuit die positie had hij zicht op bijna alles wat in de straat gebeurde. Dat wa-

ren zelden spectaculaire evenementen, hoewel het leven zich toch voor een groot deel op straat afspeelde. Ruim zeven jaar heeft de ouwe Jonas in dat bed achter het raam gelegen. Wij, de kinderen, werden geacht regelmatig even aan zijn bed te staan. Heel af en toe kleedde hij zich aan en ging een eindje wandelen. Die wandelingen vonden toevalligerwijze altijd plaats als de nieuwe haring in het land was. Zijn begrafenis, de eerste die ik bewust meemaakte, vond plaats op een van de koudste dagen van de vorige eeuw.

Niet alleen Leo had behoefte gehad aan het boekstaven van zijn herinneringen, ook het tehuis vond dat een goede manier om te pogen contact te maken met de patiënten. Daarom was Judith begonnen aan het zogenoemde Herinneringenboek, waarin ze van alles moest opschrijven over Leo's achtergrond, z'n jeugd, z'n werk en z'n hobby's, voor zover mogelijk aangevuld met foto's. Maar ook zaken als z'n favoriete kleding, gerechten en muziek, en zijn karakter, stemmingen en vaste gewoontes. Leuk voor Leo als hij zin heeft om door zijn verleden te bladeren en wellicht nog beelden herkent, maar vooral handig voor het team van verzorgers om iets meer van hem te weten te komen, in staat te zijn zo nu en dan met hem terug te gaan in de tijd, hem op z'n gemak te stellen en onderscheid te kunnen maken tussen zijn belevingswereld en de realiteit.

Ze vindt het een behoorlijk confronterende bezigheid. Wat mag zij prijsgeven van Leo's leven aan wildvreemden die, hoe goedbedoeld ook, er naar willekeur in kunnen grasduinen? Wat zou hij hun zelf hebben willen vertellen, gesteld dat hij dat nog kon? Hij had z'n standaardrepertoire gehad, verhalen die hij niet moe werd te vertellen, die steeds langer en mooier werden naarmate hij er meer succes mee had gehad. Enkele ervan had hij proberen toe te vertrouwen aan het papier, voor eigen gebruik, in een poging zich vast te klampen aan herinneringen waarvan de contouren aan het vervagen waren. Enige tijd na de onherroepelijke diagnose had hij ze aan haar laten lezen. Ze had hem aangemoedigd ermee verder te gaan, maar hij werd er op den duur verdrietig van, kon er steeds minder grip op krijgen.

Ze bladert door de afbeeldingen die ze gevonden heeft en waarvan ze kopieën heeft gemaakt omdat de originelen haar nog te dierbaar zijn: een foto van de inmiddels bijna vertrouwde paard-en-wagen of Leo als spichtig bebrild jongetje in korte broek en kniekousen op een klassenfoto. Daar moest ook Maartje op staan, onder wier leiding ze ruim tien jaar geleden een kunstreis naar Florence hadden gemaakt. Ze waren met de groep gaan eten, Judith zat aan een andere tafel dan Leo, en ineens had er een soort oerkreet door het etablissement geklonken: 'Leo! Neeee!' Maartje en Leo waren er zojuist achter gekomen dat ze van de kleuterschool tot en met de mulo bij elkaar in de klas hadden gezeten en de hele verdere avond ging het over warme herinneringen aan spelen in de zandbak en een onderwijzeres wier naam ze niet hadden onthouden. Sindsdien waren ze contact blijven houden en Maartje bezocht hem nog steeds zo nu en dan.

Judith selecteert foto's van zijn ouders, broers en zusters, zelfs eentje van het hele gezin in het gelid in hun zondagse pak op weg naar de kerkdienst. Foto's van hemzelf en van haar, foto's van hen beiden op vakantie of tijdens een van de vele dinertjes met vrienden. Mooie herinneringen, stuk voor stuk. Maar Judith kan zich maar niet losmaken van de gedachten dat het allemaal vergeefs is geweest nu ze hun betekenis voor Leo hebben verloren. Het zal voor hem zijn als voor de vreemden die er straks doorheen zullen bladeren: het leven van een ander, een ander die hij niet meer kent, die hij niet meer is.

9

ZE HADDEN HET natuurlijk op een gegeven moment niet meer verborgen kunnen houden en hun omgeving moeten vertellen dat Leo alzheimer had. Of preciezer geformuleerd: Judith had het moeten vertellen, Leo vond dat niet zo nodig. ‘Misschien valt het allemaal best mee. Ik merk er in ieder geval weinig van.’

Hun beste vrienden waren niet verrast. Ze wisten dat Leo geen auto meer mocht rijden van haar, ze wisten dat hij soms kort na elkaar dezelfde vragen stelde of verhalen vertelde, dat hij vaak niet op woorden en namen kon komen en dat hij nu en dan gedesoriënteerd was. Ze kenden Judiths zorgen daarover. De verdere omgeving was een ander verhaal. De verre vrienden, de kennissen, de mensen met wie hij biljartte in zijn vaste club, waar hij ook vaak aan de ledentafel at als Judith ’s avonds moest werken. De mensen in zijn stamcafé. Wat hielp was dat er enorm geouwehoerd werd: het nieuws verspreidde zich als een lopend vuurtje.

De halve wereld leek plotseling een ouder, een schoonvader of een tante te hebben met alzheimer, dus die hoefde je niet te vertellen hoe het was. Judith wilde daar aanvankelijk nog wel eens tegen inbrengen dat het nog wat anders was of je oude vader van drieënnegentig alzheimer kreeg of je echtgenoot van begin zeventig. Dat de verantwoordelijkheid anders is, omdat je niet wordt geacht dag en nacht voor een ouder te zorgen, maar wel voor je echtgenoot. Dat, als je niet meer kunt communiceren met een ouder, je niet een dagelijkse gesprekspartner, huisgenoot en bedgenoot mist. Dat je je een onbestorven weduwe voelt die niet aan rouwen toekomt, omdat je geen afstand kunt nemen van een geliefde die nog leeft. Het stuitte vooral op onbegrip, en dus was Judith opgehouden haar plaats op te eisen in de hiërarchie van het leed.

Sterker nog: sommige 'lotgenoten' hadden juist heel positieve ervaringen. Het contact met hun moeder of vader was zelfs zoveel beter geworden, intenser. Ze waren door bijvoorbeeld het voorlezen zoveel nader tot elkaar gekomen, echt heel vertederend. En god, wat hadden ze gelachen toen ze dat valse gebit in de koelkast vonden!

'Je merkt niets aan hem' was de meest voorkomende reactie, meestal besmuikt in haar oor gefluisterd, maar soms gewoon hardop gezegd waar hij bij was. Ze mochten dan niets aan hem merken, ze zagen hem blijkbaar niet meer voor vol aan. 'Je kunt toch nog gewoon een gesprek met hem voeren.' Het viel blijkbaar niet op dat het eenrichtingverkeer was. Dat Leo hooguit reageerde, maar niet werkelijk deelnam aan het gesprek.

Het kon nog erger. Een goede kennis bestond het om te zeggen: 'Ze zeggen dat jij alzheimer hebt, maar daar geloof ik helemaal niets van hoor, schat. Jij bent niet gek, laat je niets wijsmaken. Alzheimer is in de mode.'

'Ja, dat verklaart een hoop, Leo was altijd nogal modegevoelig,' was ze uitgevallen.

Het waren momenten waarop Judith een redeloze woede voelde opborrelen, even onontkoombaar als de opvliegers waar ze de laatste tijd last van had. Goedbedoeld, al die commentaren? Een poging tot troost? Onhandigheid en ongemak? Sodemieter op.

Tegelijkertijd vrat zich een knagend schuldgevoel een weg naar haar bewustzijn. Als ze eerlijk was moest ze toegeven dat ook zij vaak had gedacht, als ze Leo's oudste broer sprak op een familiefeestje, dat het zo'n vaart niet leek te lopen met diens verstandelijke vermogens. Er was nog best een redelijk gesprek mogelijk, hij kon bij tijd en wijle nog scherp uit de hoek komen. Dat gold zeker ook voor Leo. Er viel nog heel wat met hem af te lachen.

Inmiddels wist ze dat alzheimer een verraderlijke metgezel is die zich in de beginfase nog schuil weet te houden tussen de veelheid aan aangeleerde en instinctieve reflexen, maar die naarmate de tijd verstrijkt brutaler wordt en zich steeds meer doet gelden. Het ene moment lijkt er niets aan de hand, het volgende moment is er kortsluiting. De periodes tussen die momenten van kortsluiting worden in de loop der jaren steeds korter, maar als je iemand niet vierentwintig uur per dag meemaakt kun je het geluk hebben dat de bedrading van het brein net nog lekker functioneert op het moment dat je in zijn buurt bent.

Leo was zeer bedreven in het verbergen van de storingen in zijn hoofd, een vaardigheid die blijkbaar in een ander deel van de hersenpan zit dan het geheugen. Hij beschikte over een zintuig waarmee hij feilloos aanvoelde of en hoe goed hij iemand zou moeten kennen. Hij wachtte tot hij werd begroet, voelde aan de manier waarop hij werd begroet of hij de man of vrouw tegenover hem goed kende en riep dan: ‘Ha kerel! Hoe is het nu met je?’ of ‘Dag schat, wat fijn je weer te zien!’

Slechts nu en dan liet zijn bedrevenheid hem in de steek: dan begroette hij mensen die hij echt niet kende alsof ze goede vrienden waren of stelde hij zich voor aan iemand die hij al verschillende keren had ontmoet.

Judith kon hij niet meer voor de gek houden. Ze merkte dat Leo de toneelstukken die tot hun uitgaansrepertoire behoorden niet meer kon volgen, omdat hij zich niet herinnerde wat er vooraf was gegaan aan wat hij zag. Om diezelfde reden kon hij ook geen romans meer lezen en beperkte hij zich tot de zeer korte verhalen van A.L. Snijders. Zijn wereld kromp. En die van Judith daarmee ook.

Ze prees zich gelukkig dat ze inmiddels werk had waarbij ze min of meer meester was over haar eigen tijd en vaak thuis kon zijn. Wat had ze moeten beginnen als ze geen journalist was geweest, maar in de horeca had gewerkt? Of een kantoorbaan had gehad? Niettemin gebeurde het in toenemende mate dat ze zich gedwongen voelde een opdracht te weigeren als die vereiste dat ze langer dan een dagdeel van huis zou zijn.

Leo voelde zich nutteloos, wilde haar helpen, maar wist niet hoe. Ze verzon klusjes voor hem: de vaatwasmachine uitruimen, eenvoudige boodschappen doen, een beetje opruimen als ze eters hadden gehad... ze schreef het allemaal voor hem op. Al snel bleek dat het niet goed werkte: ze vond de spullen uit de vaatwasmachine op de vreemdste plekken in huis, hij bleek niet meer te weten waar hij de artikelen kon vinden die hij moest kopen en bleef uren weg in een poging het zich te herinneren. Het opruimen ontaardde al spoedig in een soort dwangneurose. Tien keer per dag pakte hij stoffer en blik en begon hij met het aanvegen van de keukenvloer. Tot hij pijn in z'n rug kreeg. Van alles wat hij op zijn weg vond maakte hij kleine stapeltjes die hij ieder kwartier verplaatste of ergens wegstopte. Judith kon niets meer vinden, waande zich een vreemde in haar eigen huis. Zo had ze een keer een geur geroken die ze niet kon thuisbrengen. Haar neus leidde haar naar de boekenkast, waarna ze – na enig zoeken – achter een rijtje boeken een drietal plastic zakken met restjes volledig groen uitgeslagen brood had gevonden. Leo wist van niets. 'Laten we er maar om proberen te lachen,' zei hij dan weer.

En altijd weer diezelfde lieve, maar door de ijzeren herhaling bloedirritante vraag: 'Als ik je ergens mee kan helpen...?'

Kon ze maar iets verzinnen waarmee ze hem bezig kon houden, maar niets boeide hem meer. De televisie bood geen uitkomst. Vroeger kon hij uren zitten kijken naar snooker of tennis, nu begrijpt hij de spelregels niet meer. Hij had ooit de vertaalde verzamelde werken van Marcel Proust aangeschaft om te lezen op z'n oude dag. Die stonden nu onaangeraakt boven op de kast, te wachten tot Judith ooit met pensioen ging. Ook de krant, die hij vroeger verslond, kon hij niet meer lezen. Nieuws volgde hij niet meer. Hij verveelde zich. Alleen lopen en eten vermochten de sleur te doorbreken.

Met lunch en avondeten probeerde Judith altijd thuis te zijn. Wanneer dat niet lukte schakelde ze vrienden in om Leo mee uit eten te nemen. Leo had een bourgondische inslag, lekker eten en drinken waren zijn lust en zijn leven en dat bleef gelukkig zo. Ze haalden hem op en brachten hem thuis. Judith had niet geweten wat ze zonder hen had gemoeten. Toen Leo niet langer alleen thuis kon blijven omdat hij haar ging zoeken als ze er niet was, hielden de vrienden hem gezelschap en gingen met hem wandelen. Tientallen keren kon hij vragen waar ze was: 'Waar is Judith? Ik wil naar Judith!', evenzovele malen moesten ze hem gerust proberen te stellen: 'Ze is werken, ze komt zo...'

Alles en iedereen was erop gericht dat Leo nog zo lang mogelijk deel zou kunnen hebben aan het leven, hun leven. Judith nam steeds minder werk aan, om er uiteindelijk bijna helemaal mee te stoppen. 's Avonds aten ze twee tot drie keer per week buitenshuis of bij iemand thuis. Etentjes waar Judith naar uitkeek omdat Leo's aandacht zich dan even op iemand anders richtte en zij de gelegenheid kreeg de zinnen te verzetten.

Hun gesprekken werden steeds eenzijdiger, Judith praatte en Leo reageerde of luisterde. Soms wilde hij iets vertellen, maar kon hij niet meer op de woorden komen. Dan stopte hij, maakte een wegwerpgebaar, zei 'laat ook maar' en verzonk in een nukkig stilzwijgen. Ze probeerde hem aan te moedigen, te helpen de woorden te vinden, maar meestal gaf hij het op. Met stomheid geslagen door een onzichtbare, maar onmiskenbaar aanwezige vijand.

10

Op zeker moment had ik de mulo op GG – voor de oningewijden: GG staat voor Gereformeerde Grondslag – doorlopen en zowaar een echt diploma behaald. Daarmee was – naar het oordeel van mijn ouders – mijn opleiding voltooid en diende ik per direct een baan aan te nemen. Het waren immers dure tijden en ik had de leeftijd bereikt waarop men geacht werd aan de kosten van het levensonderhoud bij te dragen. Bovendien: 'ik mocht van geluk spreken, mijn moeder moest immers al uit werken als dienstmeisje bij een boer toen ze twaalf was en mijn vader kon direct na zes klassen lagere school te hebben doorlopen ook aan de slag'. Wat dat laatste precies inhield is mij overigens nooit helemaal duidelijk geworden.

Ik fietste van huis de Maasbrug over en meldde mij bij het eerste het beste kantoor dat ik tegenkwam. Een halfuurtje later was ik kantoorbediende en een dag later meldde ik mij ten kantore.

Ik bleek medewerker te zijn geworden op een verzekeringskantoor: afdeling 'poliscontrole', die de zeer verantwoordelijke taak had de uit te geven polissen te controleren op de correcte spelling van de naam van de polishouders en de juiste omschrijving van de dekking zoals in de offerte stond ver-

meld. Er lagen honderden dossiers op mijn correctiewerk te wachten.

Een allervriendelijkste man, die mijn chef bleek te zijn, stelde mij voor aan een tiental volstrekt ongeïnteresseerde collega's. Ik was terechtgekomen in een naar mijn gevoel immens grote zaal, waarin 128 bureaus stonden opgesteld in blokken van vier en zes tafels. Elk blok had één telefoontoestel, dat was geplaatst op een ingenieus draaitafeltje zodat elke blokbewoner erbij kon.

Ik werd ingedeeld in een zes-bureaus blok. Tegenover mij zaten drie collega's mij stilzwijgend te taxeren. Kennelijk beviel ik wel en al spoedig waren we in een geanimeerd gesprek verwikkeld. Gezelligheid kent geen tijd, grapte een collega, want voor we het in de gaten hadden was het koffietijd.

De mokken werden tevoorschijn gehaald: iedereen had zijn eigen mok, die hij of zij zelf moest aanschaffen. Voor de eerste keer mocht ik er wel een lenen van een toch niet aanwezige collega. Intussen werd ik op de hoogte gebracht van de gang van zaken: als jongste diende ik om tien uur precies de koffiekan voor ons 'blok' op te halen en na gebruik weer terug te brengen en de mokken van ons blok schoon te maken. Vervolgens diende ik, zoals iedereen, wekelijks vijfentwintig cent te storten in de kas, waarmee op zaterdag taartjes werden betaald. Die werden stipt om tien uur 's morgens aangeleverd. Over 'Werk' werd niet gerept.

Uiteindelijk stond een van mijn nieuwe collega's wat moeizaam overeind en richtte zijn blik op mij. Maar voordat hij een woord had kunnen zeggen viel hij samen met zijn stoel zomaar op de grond. Geschrokken begon ik een sprint om het bureaublok heen om hem overeind te helpen. Niemand anders deed dat. 'Maar,' de blokoudste glimlachte geruststellend, 'hij staat het liefst zelf weer op.' En inderdaad verscheen het hoofd van collega Van der Moolen alweer boven het bureaublad.

Alsof het mijn schuld was beet hij mij bits toe dat hij klompvoeten had en dus, naar ik moest begrijpen, regelmatig omviel. Tot op dat moment had ik nog nooit van klompvoeten gehoord. Later trouwens ook nooit meer.

Onverstoord namen mijn overburen het woord. Dat waren twee totaal verschillende mensen. Links tegenover mij zat een kleine Indische man buitengewoon ongelukkig te zijn. Hij was gerepatrieerd uit Indië, omdat hij als Indiër in het Nederlandse leger had gediend en er voor hem dus geen plaats meer was op Java. Hij vertelde dit verhaal, naar later bleek, minstens tweemaal per dag, maar elke keer weer een klein beetje verongelijkter.

Zijn buurman, recht voor mij gezeten, was een Rotterdammer. Hij was zijn huis kwijtgeraakt als gevolg van het Duitse bombardement op Rotterdam ruim twintig jaar geleden. Hij woonde nog steeds in een noodwoning. Een klein huisje, waarvan er honderden haastig waren gebouwd voor de daklozen. Ook hij klaagde dagelijks over zijn lot, maar vooral over het feit dat niemand zich iets van zijn lot aantrok. Maar het bizarre van deze combinatie was dat de Indische man zijn linkerarm en collega Van der Moolen zijn rechterarm miste. Vooral het gelijktijdig draaien van een shagje leverde een adembenemende circusact op. Zelf hadden ze daar, chagrijnig als ze waren, nooit erg in!

Links naast mij zat een dame van onbestemde leeftijd. Zij

kwam iedere ochtend keurig op tijd, plaatste een stapel dossiers op haar bureau, opende de dossiers, zette er zo nu en dan met een potlood een aantekening in, dronk haar koffie, maakte als het weer het toeliet een wandelingetje in de lunchpauze, zette aan het eind van de middag de dossiers weer terug in de dossierkast, groette iedereen vriendelijk en ging naar huis. Ze sprak zelden en ik heb nooit geweten hoe ze heette.

Rechts naast mij zat de chef. Zoals gezegd een vriendelijke man, die geen vlieg kwaad zou doen. Men kon zien dat hij de chef was, want hij had als enige blokbewoner een kleedje onder zijn stoel. Deze status had hij bereikt, zei hij, door hard te werken en alle cursussen op de avondschool te volgen.

Tussen de tientallen blokken was nauwelijks contact. Met het aanpalende blok voor en achter werd weleens, als de dames zich mét hun handtasjes even hadden teruggetrokken, een mop uitgewisseld of, heel zelden, een probleem dat zich in een dossier bevond besproken.

Het laatste wat ik daar heb meegemaakt was het jubileumfeestje van de chef, die zijn veertigjarig dienstverband vierde. De jubilaris kreeg een nieuw kleedje, zijn vrouw een bosje tulpen en ik het door mij gevraagde ontslag.

Leo had Judith ooit verteld dat hij aanzienlijk meer had kunnen verdienen bij de boterfabriek, die wel zo werd genoemd, maar die blikjes margarine produceerde. Hij kwam terecht achter de lopende band en kreeg tot taak de blikjes die langskwamen en reeds waren gevuld te voorzien van een deksel en onder een pers te plaatsen die de deksels vastklonk. De persmachines maakten een hels lawaai, maar werden iedere vijftig minuten stopgezet voor een rook- en plaspauze van tien minuten. Ook dit werk hield hij niet lang vol.

Leo raakte verzeild in een circuit van tijdelijke baantjes. Hij woonde in Rotterdam, in de haven was werk genoeg. Hij kon er met smaak over vertellen. Over een schip uit Hongarije dat met de precisie van een Zwitserse trein eens per week kwam binnenvaren, geladen met kostuums. Leo en zijn collega's – hij noemde ze maten – hadden de opdracht deze pakken te voorzien van labels met 'made in Holland' erop, wat ze aanzienlijk meer waard maakte. Behalve het wekelijkse loonzakje bracht Leo ook weleens een maatpak mee naar huis, want hoewel de havenarbeiders langs de douanepost moesten en werden gecontroleerd of ze geen sterke drank of sigaretten naar buiten smokkelden, kon je een pak eenvoudigweg aantrekken.

Hij had er koeienhuiden moeten schoonmaken, smerig werk, want de huiden verspreidden een onbeschrijflijke stank. Na te zijn schoongemaakt werden ze verscheept naar elders om te worden verwerkt tot leer voor de vervaardiging van schoenen.

Leo's fysiek bleek echter niet heel geschikt voor zware arbeid, dus werd hij assistent van de kantinebaas. In de havenkantine was het altijd druk, de laders en lossers kwamen er schaften maar doodden er ook de tijd als ze moesten wachten op een klus. Exploitant was De Volksbond tegen Drankmisbruik, die tot doel had door opvoeding en ontwikkeling van het volk het drankmisbruik te bestrijden en die een hele keten aan koffiehuizen, wacht- en schaftlokalen had opgericht. Leo schonk er koffie en waste de kopjes af.

In de avonduren studeerde hij. Eerst haalde hij het staatsexamen gymnasium, later vulde hij dat aan met enkele boekhouddiploma's. Want Leo wilde iets van zijn leven maken. Leo wilde hogerop.

Mijn oudere broers en zusters hadden al vanaf hun veertiende jaar een baan. De oudste was bankbediende bij een kleine bank. Hij had het daar erg naar zijn zin. Ik twijfelde of ik die kant op zou gaan. Een advertentie in de krant trok mij over de streep. Aangeboden werd een carrière in het bankwezen. Het begon met een opleiding die in totaal twee jaar duurde, waarin theorie en praktijk elkaar afwisselden: de ene week theorie, de andere praktijk. Gedurende die periode werden alle kosten door de bank vergoed. Bovendien werd je in die opleidingsperiode een redelijk salaris geboden. Een ideaal aanbod voor een beperkt ambitieuze en straatarme jongeling. Ik werd getest, geestelijk en lichamelijk, en zowaar uitverkoren deze kans te mogen benutten!

De eerste dag diende ik mij te melden op het hoofdkantoor. Keurig op tijd nam ik de trein naar Utrecht, waar dat hoofdkantoor was gevestigd. Dat dacht ik tenminste. Helaas was het mij volstrekt ontgaan dat er twee elkaar beconcurrerende coöperatieve banken bestonden en de mijne was dus net niet in Utrecht, maar in Eindhoven gevestigd. Het werd mij gelukkig niet kwalijk genomen, dat de eerste dag van wat mijn carrière moest worden een regelrechte flop werd. Ik bleef hartelijk welkom...

In het begin van de jaren zestig, toen dit alles zich afspeelde, was de verzuiling op z'n hoogtepunt. Niet alleen de radio – de televisie bestond nog nauwelijks – maar de hele maat-

schappij was in die tijd streng opgedeeld naar ideologie en godsdienst: liberalen tegenover socialisten of communisten, rooms-katholieken versus de protestanten. Die laatste groepering was ook weer verdeeld. Dat ging zo ver dat er landelijk twee coöperatieve centrale banken waren: een voor de protestantse en een voor de roomse lokale bankjes. Als gereformeerde jongeling bleek ik verrassenderwijs te zijn ingelijfd bij de roomse bank. Dat moest natuurlijk een vergissing zijn, dacht ik. Maar dat bleek niet het geval. Een telling van de aangesloten banken had aan het licht gebracht dat een aantal protestantse banken was aangesloten bij de roomse centrale bank en andersom. De oorzaak daarvan was veelal gelegen in lokale wrijvingen.

In het Limburgse dorp, waar ik mijn stage liep, waren er zelfs drie protestantse leden. Het bankbestuur, bestaande uit een aantal plaatselijke middenstanders met als voorzitter de notaris, besloot toen de vierde protestant zich aanmeldde, dat een protestantse stafmedewerker gewenst was. Dat werd ik!

De treinreis van Rotterdam naar Noord-Limburg duurde uren. Maar toen was ik er nóg niet! De trein werd ingeruild voor een bus, die halt hield in alle dorpen en buurtschappen die op de route lagen. Bovendien werd er regelmatig een kwartiertje gestopt omdat de chauffeur een kop koffie of een biertje ging drinken bij een vriend of kennis. Ik schoof dan maar aan en dat resulteerde erin dat ik, hoewel ik mijn bestemming nog lang niet had bereikt, wel al op de hoogte was van de meest recente dorpsroddels. Ook werd ik uitgenodigd voor het carnaval. De vrouw van de kassier maakte de volgende dag voor mij een prachtig kokspak.

Uiteindelijk stopte de bus op het marktplein van 'mijn'

dorp. Ik sjouwde met mijn koffer de bus uit. Deze reed verontrustend snel weg. Besluiteloos keek ik om mij heen. Hoewel ik nogal wat gordijntjes zag bewegen was er geen mens te bekennen. Het ontvangstcomité waarop ik had gehoopt was er evenmin. Er waren wel twee hotel-café-restaurants. Op goed geluk stapte ik er een binnen. Achter de bar stond een man die ontegenzeggelijk de eigenaar én de barkeeper én de kok was. Hij nam mij van top tot teen op. 'Je bent zeker de nieuwe bankdirecteur.' Ik vond het té voorbarig om dat nu al te beamen en glimlachte dus maar wat vaagjes. Hij tapte – ongevraagd – een biertje voor mij, bekeek mij nog eens en sprak toen de geruststellende woorden: 'Wij zijn niet zo op Hollandse stadse mensen. Maar jij hebt in ieder geval het goeie café gekozen.' Hij wierp een dodelijke blik op zijn concurrent, die recht tegenover hem achter zijn caféraam stond. Hij verduidelijkte zijn welkomstwoord: 'U hebt in elk geval verstand van cafés. Uw voorganger ging bij hem – hij knikte naar zijn concurrerende overbuurman – naar binnen. Ik heet Toon.' Ik begreep dat mijn voorganger op grond van deze verkeerde keuze wat Toon betrof volstrekt ongeschikt was bevonden voor zijn toekomstige positie.

Ik heb ruim drie maanden bij hem gelogeerd. Weliswaar ging ik ieder weekend naar Rotterdam, maar dat nam hij mij niet echt kwalijk. Tijdens mijn verblijf werd een prins geboren, toen nog een zeldzame gebeurtenis. Er brak een ongekend volksfeest los. In navolging van velen stelde ik – namens de bank – een vat bier beschikbaar. Hij zag dat goedkeurend aan en zei: 'Jij komt er wel.' Helaas had Toon eindelijk een keer ongelijk.

Het bleek de leukste en interessantste stage in mijn oplei-

dingstraject. Dat kwam niet door het werk, dat was overal even saai, maar door de wijze waarop men daar leefde. Er ging een wereld voor mij open. Als kind was ik niet alleen opgegroeid in een verwoeste stad, maar ook opgevoed in de 'Zekerheid des Geloofs'. Dat laatste betekende dat het beërven van de hemelse status uitsluitend mogelijk was voor de trouwe kerkgangers. Maar ook, dat wij ons ervan bewust moesten zijn dat 'hier op deze aarde onze bestemming niet ligt. Het echte leven begint pas hierna.' In feite was het leven op aarde dus een soort toelatingsexamen. Als je slaagde beërfde je in het Koninkrijk Gods een riante plaats voor de Hemelse Eeuwigheid. Natuurlijk wel in het eeuwige gezelschap van gelijkgezinde mensen.

Om voor dat examen te kunnen slagen moest je ook een streng gedisciplineerd leven leiden. Dat betekende onder meer dat des zondags ten minste tweemaal ter kerke werd gegaan. Elke sessie duurde ten minste anderhalf uur en vaak zelfs twee uur. Gezeten op een houten bank zaten wij naar al die volstrekt onbegrijpelijke preken te luisteren. Vervolgens werd je geacht nog onbegrijpelijker liederen mee te zingen en wel op volle noten en luidkeels. Met het zingen van halve en/of wat ritmischer noten bereikte je kennelijk ook geen plaats in de hemel. Tussen de twee diensten in diende er gegeten te worden. Er was bij ons thuis een vast zondagmenu bestaande uit groentesoep, stoofpeertjes, een stukje rundvlees en als nagerecht drillerige vanillepudding. Daarna mocht er naar keuze worden geslapen of gelezen. Uitgeverij Kok te Kampen was de favoriete uitgever, de plaatselijke christelijke boekhandel de leverancier. Gezamenlijk verzorgden zij de zondagavondrust.

Het was niet alleen de matige kwaliteit van de zang die in het voorportaal van de hemel ten gehore werd gebracht, die mij niet beviel, maar ook die strenge levenswijze. Nee, de manier waarop mijn nieuwe Limburgse vrienden de hemel trachtten te bereiken beviel mij ook een stuk beter. In hun wachtkamer van de eeuwigheid werd goed gegeten, een mooi glas wijn geserveerd en er kon veel en hard worden gelachen. In onze wachtkamer daarentegen werden discussies gevoerd over – bijvoorbeeld – het dilemma van het 'leerstuk van de predestinatie'. Dit theologische leerstuk hield, grof gezegd, in dat alles hier op aarde door God persoonlijk in detail was voorbeschikt. Een verleidelijke gedachte die, als ik mij goed herinner, middels de apostel Paulus, voorheen Saulus, Bijbels onderbouwd werd: alles was voorbestemd, inclusief je eeuwige plekje in de hemel of erger. Jammer was dat dit leerstuk haaks leek te staan op een ander leerstuk: 'de vrije keuze'. God had ons die óók in zijn Bijbel beloofd. Het was ingewikkeld, maar de discussies hielden ons op zondag in ieder geval van de straat.

Toen ze dit had gelezen was het Judith ineens duidelijk geworden dat er in het zuiden inderdaad een wereld voor Leo moet zijn opengegaan. Een en ander speelde zich af halverwege de jaren zestig. Opgegroeid met geen andere literatuur dan de Bijbel en wat jeugdboeken en streekromans van christelijke schrijvers, geen andere muziek dan de klanken van het orgel en harmonium en geen andere beeldende kunst dan een tekening van de kerk van Charlois aan de muur, moeten de jaren zestig voor Leo met een enorme klap uit de hemel zijn komen vallen. Lachen mocht ineens van God, een nieuwe generatie cabaretiers deed het land schateren, The Beatles en de Rolling Stones veroverden de platenmarkt, Brigitte Bardot vulde het filmscherm. Op veilige afstand van de conventies van het ouderlijk huis leerde Leo als het ware opnieuw kijken en luisteren. Hij leerde opnieuw eten en drinken, ontdekte oesters, Franse kazen, patés en wildgerechten. Jus werd meer dan de boter waarin het vlees werd gebraden, het werd de basis voor sauzen die extra smaak gaven aan gerechten. Proeven, tafelen en natafelen. In Limburg werd Leo volwassen en begon hij zich langzaam te verwijderen van zijn ouders. Leo leerde dat je van het leven kon genieten en dat er bovendien zo oneindig veel te genieten viel.

II

JUDITH BRENGT LEO terug naar z'n woning om afscheid te nemen. Dat was haar van begin af aan op het hart gedrukt: nooit afscheid nemen in het halletje bij de schuifdeur. Dan ziet hij je weggaan door een deur die hij zelf niet door mag, dat begrijpt hij niet, dus dat leidt tot drama.

Dramatisch was het afscheid in het begin toch geweest. Leo begreep niet dat ze weer wegging en helemaal niet waarom hij niet mee mocht. Zo blij als hij was haar te zien, zo verdrietig was hij als ze vertrok. Soms moest hij huilen of riep hij haar na. In het begin was ze teruggekeerd, had geprobeerd hem te troosten, het uit te leggen. Maar als hij was gekalmeerd en ze opnieuw aanstalten maakte om weg te gaan, had het tafereel zich herhaald. Na verloop van tijd hadden ze er iets op gevonden. Judith zegt dat ze naar haar werk moet en belooft terug te komen als ze klaar is. Dat accepteert hij om de een of andere reden. Sindsdien zwaait hij haar uit samen met een van de verzorgers, die hem vervolgens afleidt met iets te drinken. Tien seconden later is hij vergeten dat Judith is geweest.

Dat er niets blijft hangen, het houdt haar bijna dagelijks bezig. De ogenschijnlijke vergeefsheid van iedere inspanning om de situatie waarin Leo nu verkeert draaglijker te maken. Ze bezoekt hem vijf keer per week, hij krijgt daarnaast geregeld bezoek van vrienden, ze neemt hem iedere dinsdag mee om ergens met vrienden te gaan lunchen, maar hij voelt zich eenzaam en verdrietig, want hij herinnert zich de bezoeken en de uitjes niet.

Toen Leo nog thuis was, had zijn geheugenverlies haar bij tijd en wijle redeloos razend gemaakt. Al die prachtige voorstellingen en concerten, gezellige lunches, lekkere dinertjes, maar ook alle reizen die ze samen hadden gemaakt, de jaarlijkse vakanties in Zwitserland, de bootreis naar New York waarvan hij z'n hele leven had gedroomd en die ze vlak na de diagnose hadden ondernomen, hebben wat Leo betreft nooit plaatsgevonden. Wat betekenis voor hem had, heeft z'n betekenis verloren.

Iedere keer dat ze Leo weer ziet, denkt ze: hoe zou hij het beleven, wat zou hij denken, hoe werken die hersens van hem? Hoe onveilig is de wereld voor hem nu alles wat hij meemaakt als nieuw voor hem is, als ware het de eerste keer? Hoe houdt hij zich staande, zou hij zijn teruggeworpen op een bepaald instinct? Haar leven bestaat tegenwoordig voor een groot deel uit onbeantwoorde vragen, realiseert Judith zich. Wat hebben die voor nut als er toch geen antwoorden zijn? Weer een vraag. Zo kan ze eindeloos doorgaan. Wie is Leo nog en van wie houdt ze nog?

Zijn lichaam was steeds brozer geworden, de geest die haar zo had betoverd en veroverd was weg. Zoals een gezicht vervaagt nadat iemand gestorven is, hoeveel wanhopige moeite je ook doet het beeld op het netvlies te houden, zo vervagen de redenen dat ze van Leo hield. Ze had nooit woorden nodig gehad om te formuleren waarom ze zo gelukkig was geweest, maar nu het in haar eentje niet meer lukte kon ze de vanzelfsprekendheid ervan niet meer onder woorden brengen. Ook Judith was een deel van de taal kwijt, maar het waren woorden die ze nooit had hoeven gebruiken, die intuïtief waren. Zijn alzheimer had ook dat gevoel, dat intuïtieve weten opgegeten.

Judith moet zich met alle kracht die ze in zich heeft verzetten tegen de gedachte dat daarmee alles wat ze zijn gaan of blijven doen om Leo nog zo goed en zo kwaad als het gaat bij het leven te betrekken ook betekenisloos is. Maar hoe je het ook wendt of keert, Leo's gezicht klaart op als hij haar ziet. Hij lijkt op te leven als hij bezoek krijgt of mee uit wandelen of uit eten wordt genomen, hoe kortstondig die momenten van blijdschap ook zijn. Dan lijkt het even of er een glimp doorbreekt van de levensgenieter die hij vroeger was, die iedere vakantie de Michelingids meenam om mooie restaurants voor hen beiden uit te zoeken, die ervan genoot voor zijn vrienden de sterren van de hemel te koken, die eindeloos kon natafelen met een goed glas cognac of calvados en een mooie sigaar. Ze neemt tegenwoordig van die kleine, smalle, op sigaretten lijkende sigaartjes voor hem mee. Vroeger was hij een fervent sigarenroker geweest, tot hij een keer zo'n heftige griep had gehad dat hij ze van de ene op de andere dag voorgoed had opgegeven en er nooit meer naar had getaald. Tot grote vreugde van Judith, die zelf niet rookte; hij was er een stuk aangenamer van gaan ruiken. Dat was nu ruim zeventien jaar geleden. Nu pakt hij het sigaartje aan en rookt het op als een stout jongetje dat voor het eerst stiekem in het fietsenhok een saffie rookt. Tot-ie z'n vingers en z'n lippen brandt, dan laat hij het peukje vallen. Nu is het een soort vast ritueel geworden. Bij mooi weer gaan ze op het terras zitten met een glaasje en een sigaartje en dat lijkt hem uitstekend te bevallen.

Een kennis van haar opperde laatst dat die opleving slechts een illusie is en dat het niet veel uitmaakt of ze hem iedere dag of iedere week bezoekt, omdat hij geen begrip van tijd meer heeft. 'Hoe weet jij dat zo goed? Heb je hem ooit bezocht?' had ze snibbig gereageerd. 'Moeten we ze wat jou betreft dan maar allemaal aan hun lot overlaten, zodra ze dement worden? Is dat wat je voorstelt? We kunnen natuurlijk ook een robot inhuren om ze gezelschap te houden, kan ons het schelen. Dat doen ze in Japan tenslotte ook. Kunnen ze daar tegen praten. Die halvezolen merken het verschil toch niet!' In plaats van zo langzamerhand te wennen aan de ongevraagde commentaren en goede raad van anderen windt Judith zich er iedere keer weer over op. Ze merkt dat haar stekeligheid op dat gebied sommige mensen van haar vervreemdt. 'Oeps, sorry hoor, ik wist niet dat het nog steeds zo gevoelig lag. Ik bedoel het goed. Ik zeg alleen dat je je geen illusies moet maken.' In plaats van te roepen 'Bemoei je met je eigen zaken', of 'Wie denk je wel dat je bent dat je mij moet vertellen wat ik moet doen en hoe ik me moet gedragen', antwoordde ze meestal iets in de trant van: 'Het zij zo, laat mij mezelf dan maar illusies maken. Als je doet wat er gedaan moet worden terwijl het zinloos lijkt, dan heb je een illusie nodig.'

Judith denkt terug aan de tijd dat ze elkaar pas kenden, elkaar aan het ontdekken waren en alles nieuw was. Leo zei vaak dat hij zich verheugde op een toekomst die ze samen zouden opbouwen, een toekomst die gaandeweg gestoeld zou zijn op de fundamenten van een steeds langer samen gedeeld verleden. Nu zijn verleden en toekomst verdwaald in het doolhof van zijn brein. Het enige wat hem rest is het heden, het moment. Ja, hij kan nog steeds genieten van het moment, maar is het meteen daarna weer vergeten. En dus ontbreekt de troost die elke mooie herinnering in zich draagt.

Troost. Judith heeft ondervonden dat veel mensen een onbedwingbare behoefte blijken te hebben tot bemoediging. 'Pech moet je vieren,' zegt een vriendin van Leo en Judith te pas en te onpas, zodra zich iets voordoet wat op tegenslag wijst. Als ze niet iets zegt in de trant van dat het een tragische vergissing moet zijn, of een onrecht waar je niettemin heel blij over moet zijn, omdat je er ongetwijfeld sterker uit komt om daarna nog lang en gelukkig te leven. Judith heeft een lichte allergie ontwikkeld voor dergelijke pogingen haar op te beuren. Onverwoestbaar optimisme, ze kan er niet goed tegen. Het is als met religie: heel acceptabel als je het beperkt tot je eigen doen en laten, onverdraaglijk als je het probeert op te dringen aan anderen.

Het is allemaal goedbedoeld natuurlijk. En er zijn talloze vormen van troost, dat weet ze ook wel. Alleen heeft ze nog geen passende vorm gevonden. Drank maakt haar alleen verdrietiger. De middag dat ze Leo had weggebracht en meteen na thuiskomst drie glazen rode wijn naar binnen klokte, had ze in een flits van zelfinzicht besloten voortaan niet in haar eentje te drinken. Toegegeven, vervolgens had ze er nog een genomen om het af te leren, maar daarna had ze zich er redelijk aan gehouden: de eerste maanden zelfs strikt, nu drinkt ze bij het avondeten één glas, omdat in je eentje eten sowieso niet leuk is en de maaltijd beter smaakt als hij wordt vergezeld van een bijpassende wijn.

Het aanhoren van andermans leed wordt door sommigen ook heel troostvol gevonden. Ook dat heeft Judith geprobeerd. Er zijn talloze praatgroepen voor mantelzorgers van alzheimerpatiënten, zogenoemde alzheimercafés. Alsof het een gezellige uitgaansgelegenheid betreft. Daar kun je horen hoe anderen met dezelfde problemen worstelen als jij, of dat het allemaal nog veel erger kan zijn. Ze werd er niet vrolijker van. De gedachte dat anderen het ook niet makkelijk hebben of zelfs getroffen zijn door een ramp die vele malen groter is dan wat zij meemaakt kan haar niet troosten. De mens is nou eenmaal geneigd tot zelfmedelijden, en tot haar leedwezen moet ze zichzelf toegeven dat ze soms net een mens is.

Judith moet denken aan het gespeelde pathos waarmee Leo zo nu en dan, wanneer ze elkaar iets verteld hadden over hun jeugd, de laatste regel uit een gedicht van Bloem had geciteerd: 'Voorbij, voorbij, o en voorgoed voorbij!' Het gedicht heet godbetert 'Herinnering', ziet ze terwijl ze bladert door zijn *Verzamelde gedichten*. Hoe cynisch kan het leven zijn? En het is niet eens een van z'n beste gedichten.

Het eerste jaar dat ze samen waren had ze hem het boek gegeven op zijn verjaardag, die ze hadden doorgebracht in een eenvoudig, oud, maar buitengewoon romantisch en rustiek hotelletje midden in de bossen van Luxemburg. Ze reden er bij toeval langs toen ze op zoek waren naar een gelegenheid om te lunchen, zagen dat het er binnen bomvol was, stapten uit en hadden het geluk dat er net twee mensen weggingen. Daarna was het niet heel verstandig meer geweest om in de auto te stappen en besloten ze te blijven logeren in een van de vijf kamers die het hotel rijk was. Grote kamers met krakende houten vloeren, een dito kast, twee fauteuils rond een tafeltje met een kleedje, een wastafel en een ingebouwde douche. Het toilet was op de gang. 's Avonds, het was eind augustus, werd beneden het haardvuur aangestoken waarin de aardappelen werden gepoft voor het diner.

De volgende dag was Leo jarig. Judith had de wekker om negen uur gezet om hem haar eerste cadeautje te geven: een halfje champagne, dat ze de vorige nacht buiten in de vensterbank had gelegd om te koelen. Ieder uur had ze hem iets gegeven: nieuwe sokken, een das, een dasspeld, sigaren... Kleinigheden, want zoveel verdiende ze toen niet. Om tien uur had ze hem een gedicht gegeven dat begon met 'poëzie is voor tevredenen en legen' en eindigde met de zin 'domweg gelukkig in de Marnixstraat', waar ze toen woonden. Een parafrase op Bloems gedicht 'De Dapperstraat'. Het laatste cadeau van die dag was de bundel met diens verzamelde gedichten geweest.

Een jaar later waren ze teruggekeerd naar het hotel. Het was gesloten, want het werd verbouwd. Toevallig liepen ze de jonge eigenaar tegen het lijf. Die vertelde trots dat ze gingen uitbreiden en moderniseren. Alle ouwe meuk ging eruit, beneden in de eetzaal werd alles strak en de kamers boven kregen een badkamer met wc. ‘Voorbij, voorbij, voorgoed voorbij’, zei Leo en ze waren er nooit meer naartoe gegaan.

12

De Lady Juliana was een klein maar luxueus cruiseschip, zo stond het althans in de brochure waarmee de Engelse markt succesvol werd bestookt. In werkelijkheid was het een handig verbouwd jacht, waarmee dertig à veertig passagiers min of meer comfortabel konden worden vervoerd. Het schip beschikte over een goedgevulde bar met voor Engelse begrippen ruime openingsuren en goedkope drank, want taxfree en ondanks een bescheiden opslag ter dekking van de onvermijdelijke kosten een koopje vergeleken bij de prijzen die ze gewend waren in Engeland.

Ik was aangesteld als 'assistent cruisemanager'. Tot op heden heb ik geen flauw benul wat dat precies betekende, maar de hoofdzaak was dat ik klokke 16.00 uur (eigenlijk had dat 17.00 uur moeten zijn, maar de Engelse gasten weigerden hun horloges te verzetten) de bar officieel diende te openen. Het eerste drankje werd aangeboden door de directie. Zoals bekend zijn Engelsen heel correct opgevoed en dat betekende in de bar van het ms. Lady Juliana dat ik veelal een drankje terug kreeg aangeboden. Natuurlijk was ik ook zeer correct opgevoed: je mocht niet weigeren en bovendien was het goed voor de omzet.

Het vaarschema was duidelijk en simpel: vanaf Schiedam

voeren we via de Maas naar de Rijn, richting Duitsland. Het uiteindelijk doel van de cruise was Zürich, een zeer interessante stad, volgens de gids. Vandaar kon men, als je geluk had, de met sneeuw bedekte Alpen bewonderen. Ik had weinig geluk. Op de reizen die ik heb mogen meemaken heb ik jammer genoeg nooit een Alp gezien. Soms bereikten we de plaats van bestemming niet eens omdat de waterstand te laag was. Gelukkig had de rederij dat voorzien en voor alle zekerheid onderweg een ligplaats gereserveerd, zodat Lady Juliana een week lang in Keulen kon aanmeren. Ook Keulen was een mooie en boeiende stad met prachtige architectuur (helaas in de oorlog wel beschadigd), en een wereldberoemde kathedraal annex toren: de restauratie daarvan was bijna klaar, zodat je al kon zien hoe mooi het binnenkort zou worden. De toren kon je zelfs al beklimmen, dat was niet makkelijk, maar de beloning was ernaar: een schitterend uitzicht over de door oorlogsgeweld vernielde stad. De puinhopen konden menig Engelse toerist zeer bekoren.

Als het schip was afgemeerd brak, naar goed Engels gebruik, om precies 16.00 uur het happy hour aan: twee consumpties voor de prijs van één. Een Australische studente was aangesteld als barkeeper. Ze studeerde Engels, wat mij toen, naïef als ik was, overbodig leek als je als Engelstalige was geboren en in die taal was grootgebracht. Daarnaast had ze Frans gestudeerd, zei ze. Veel praten deed ze trouwens niet en zeker niet in het Frans. Meestal behandelde ze mij als 'quantité négligeable' (Frans voor nitwit) en het feit, dat ik, als afgestudeerde mulo-student, meende vloeiend Frans, Duits, Engels én Nederlands te spreken deed zij af met een onverschillige schouderophaal.

Niettemin had ook zij haar goede kant. Bij het inschenken van de bestellingen zette ze regelmatig een extra glas whisky met ijs en water op het plateau, vergezeld van een in mijn ogen veelbetekenende blik. Pas later begreep ik dat het eigenlijk niet de bedoeling was dat ik dat extra glas helemaal leegdronk: het was bedoeld om de schijn op te houden dat ik gezellig met onze gasten meedronk. Maar een beginnende amateurreisleider die zelf ook nog nooit verder was geweest dan Hoek van Holland kon dat allemaal niet weten.

De Alpen heeft Leo later nog genoeg gezien, toen hij werd opgenomen in Judiths familietraditie. Haar vader was er vanaf zijn negende jaar door diens vader mee naartoe genomen. Judith was pas drie geweest toen ze voor de eerste keer mee mocht. Volgens de overlevering had het twee weken geduurd voordat ze de eerste berg had kunnen onderscheiden van de wolken. Haar oma was de eerste jaren ook meegegaan, om op haar te passen als haar ouders 'grotemensenwandelingen' gingen maken. Judith kon niet wachten tot ze mee mocht op die geheimzinnige tochten, waar je gemzen tegen kon komen, kristallen kon zoeken en sneeuwballen kon gooien in de zomer. Vanaf haar zevende wandelde ze dapper mee, met een eigen rugzakje met daarin een veldfles, haar lunch en regenkleding. En een fototoestel, waarmee ze eerst zwart-wit- en later kleurenfoto's maakte van de bergen, de wolken, de alpenweiden met hun bloemen, de watervallen en een enkele gems. Ieder jaar dezelfde foto's en ieder jaar weer anders, omdat het uitzicht in de bergen even veranderlijk is als het weer.

Later was ze er alleen op uit gegaan of had ze in gezelschap van een plaatselijke vriend tochten gemaakt die ver buiten de gebaande paden en paadjes gingen. Ze had grasmaaien geleerd, het hooi helpen binnenhalen, forellen helpen vangen – nou ja, vooral helpen opeten – steenbokken beslopen, adelaarsnesten gespot. Dit was haar paradijs. Hier in de bergen kon ze zich even afsluiten van de wereld. Ze genoot van de stilte, die eerder werd benadrukt dan verstoord door het geluid van de krekels, het ruisen van een bergbeek of het klateren van een waterval. Ook toen ze allang het huis uit was en ze wat meer van de wereld wilde zien en ook andere reizen ging maken, was ze hier altijd op vakantie blijven gaan. Het lag dus voor de hand dat ze Leo hier mee naartoe zou nemen. Groot was haar opluchting geweest toen hij er net zo van bleek te genieten als zij. Hij had aanvankelijk nogal opgezien tegen het toeristische karakter van het gebied, maar was aangenaam verrast dat Judith er iedere steen kende en precies wist hoe en waar ze de horde toeristen kon ontlopen.

Leo bleek een enthousiaste bergwandelaar te zijn en bovendien zeer bedreven in het maken van vuurtjes om de meegebrachte worsten boven te roosteren. Altijd in de buurt van een klaterende bergbeek, wat niet alleen handig was om het vuur weer te doven, maar ook om de meegebrachte wijn in te koelen. Liever nog lunchte hij op het terras van een berghut, met dikke sneden door de boer of uitbater zelfgemaakt brood en bergkaas van de koeien en geiten die daar hun weidegebied hadden.

Het kon spoken in de bergen. Met de spijs en drank kwamen vaak verhalen los over donderende lawines, kolkende rivieren en watervallen, splijtende bliksem en woedende stormen en het niet-aflatende gevecht tegen al dit vernietigende natuurgeweld van koppige boeren en dappere berggidsen. Judith was opgegroeid met die verhalen en Leo gunde haar het jaarlijkse zwelgen in jeugdsentiment van harte. Op één voorwaarde: dat ze hem ook eens per jaar zou volgen naar een bestemming die hij had uitgekozen. Zwitserland was goed om uit te rusten, maar reizen deed je om de wereld te leren kennen en nieuwe indrukken op te doen.

Judith bezocht het liefst Europese steden voor de musea en de theaters, Leo zocht het graag buiten Europa, uit honger naar andere culturen. Toen ze net vier maanden bij elkaar waren had Leo haar verrast met een drieweekse rondreis door Azië, waar ze geen van beiden ooit waren geweest. Ze begonnen in Singapore. Leo had de eerste nacht een kamer geboekt in het krankzinnig dure Raffles Hotel, waar ze even gesnuffeld hadden aan de Britse koloniale geschiedenis. Daarna hadden ze zich ondergedompeld in de geuren van de lokale markten en vleeshallen, de tempels, eettentjes, terrassen en andere bezienswaardigheden in Hongkong, Taiwan en Thailand.

Waar Judith vond dat er in Europa nog genoeg te ontdekken viel, wilde Leo meer van de wereld zien. Ze brachten een week door bij de Kubu-stammen in de jungle van Sumatra, waar ze in geen veertig jaar meer een westerling hadden gezien. Ze logeerden in een indianendorp in de Mexicaanse provincie Chiapas in een tijd dat de Zapatisten daar weer in opstand waren gekomen tegen de regering. Ze maakten een treinreis door Zuid-Afrika vlak nadat de apartheid was afgeschaft en ze doorkruisten Australië van noord naar zuid. Van iedere reis en van iedere vakantie had Judith bij terugkomst dikke fotoboeken gemaakt.

Toen Leo nog thuis woonde had ze zo lang mogelijk geprobeerd om met behulp van die fotoalbums goede oude tijden te doen herleven. Ze vertelde er verhalen bij van dingen die ze samen hadden beleefd. Over de hele kikkers die ze hadden gegeten op een nachtelijke markt in Hongkong, of die dorpsvergadering in Mexico toen de plastic jerrycan met mescal was rondgegaan als een vredespijp, en ze die naar voorbeeld van hun gastheren met kloeke slokken naar binnen hadden gegoten. Over de boa constrictor waar ze tijdens een jungletocht door het Zuid-Afrikaanse Hluhluwe Park bijna op waren gaan staan, of die keer dat Leo, op bezoek in de paalwoning van een Kubu, zuigend op een suikerrietstengel, een van de dochters des huizes aangeboden had gekregen, omdat een man met slechts één vrouw geen echte man was.

Hij had de foto's echt bekeken, ontdekte details waar hij meer van wilde weten, hervond een flard van een herinnering die korte tijd zijn geestesoog schampte, begon zelfs een enkele keer ook aan een anekdote, die zij kon aanvullen. Maar ook dat stadium was Leo nu al enige tijd voorbij. Zijn wereld is hier en het hier heeft geen bestemming.

13

HET IS DRIE UUR in de middag, Leo zit wat te dutten in een stoel.

'Hij heeft slecht geslapen,' zegt Ineke die vandaag ochtenddienst heeft en zodadelijk wordt afgelost. 'Hij heeft de halve nacht lopen spoken, de nachtdienst had er een hele klus aan. Maar rond vier uur is hij gaan slapen, dus ik heb hem vanochtend tot een uur of elf laten liggen. Niet lang genoeg blijkbaar,' zegt ze glimlachend. 'Maak hem nu maar wakker, hoor. Anders kan-ie vannacht misschien weer niet slapen.'

Judith kust hem zachtjes op zijn voorhoofd. Leo opent zijn ogen en kijkt haar aan met die lege blik die ze de laatste jaren zo goed van hem kent, ook als hij niet net wakker wordt. Ze vraagt zich vaak af wat ze mist als ze hem aankijkt. Reflectie wellicht, in beide betekenissen van het woord: hij kaatst haar blik niet meer terug en het ontbreekt hem aan overzicht, aan begrip.

'Dag, schat van me,' zegt ze en nu beginnen zijn ogen toch te glanzen, hij spreidt zijn armen en zegt: 'Hé, jij hier. Waar was je nou? Ik loop je de hele tijd te zoeken!'

Hij is haar inderdaad nog vaak aan het zoeken. Dan

loopt hij door de wijk, handen in z'n zakken, hoofd een beetje naar voren en roept dan 'Juuudith. Juuuuudith!' Lang duurt dat meestal niet. Er is altijd wel iemand van het restaurant die hem naar binnen roept en hem een kopje koffie aanbiedt. Of een personeelslid of een vrijwilliger die hem bij de hand neemt en terugbrengt naar zijn woning, waar ze zich over hem ontfermen door hem iets aan te bieden of een klusje voor hem te verzinnen. Hij mag graag helpen de vaatwasmachine uit te ruimen of het wasgoed op te vouwen. Dat is iets van de laatste tijd, denkt Judith. Vaat en was waren haar domein, Leo deed het stofzuigen.

Nu heeft hij blijkbaar gedroomd dat hij haar zoekt. Zijn blijdschap dat hij haar gevonden heeft is van korte duur. Leo lijkt plotseling aangeslagen en verdrietig.

'Wat is er, schat?'

'Niets.'

'Maar je lijkt een beetje verdrietig.'

'Ja, logisch. Judith is dood.'

Even stokt haar adem. Die had ze nog niet eerder gehoord. Hij vertelt haar dat hij haar heeft lopen zoeken en tegelijkertijd denkt hij dat ze dood is, dus herkent hij haar blijkbaar niet. Niet echt.

'Nee hoor, schat. Kijk, ik ben hier. En neem van mij aan dat ik leef.'

'Nee, het is vreselijk. Judith is dood.'

'Ik ben Judith.'

Niet-begrijpend kijkt hij haar aan en zwijgt.

'Je vergist je, lieverd. Ik ben niet dood, Judith is niet dood. Ik denk dat je naar hebt gedroomd.'

'Dus Judith is niet dood? Weet je dat zeker?'

'Ja, schat, heel zeker. Kijk! Kijk naar mij. Zie ik er dood uit?'

Er breekt een onzekere glimlach door. 'Nee, jij niet.'

Ze streelt hem over zijn hoofd als om de boze droom weg te wrijven. 'Nou dan. Zie je wel? Kom, we gaan wat wandelen en daarna gaan we iets lekkers drinken.'

Het regent. Hij wordt niet graag nat, zij trouwens ook niet, dus ze besluit meteen maar wat te gaan drinken.

'Weet je wat, we gaan vieren dat ik er ben. Heb je zin in een glaasje champagne?' De champagne is in werkelijkheid prosecco zonder alcohol. Niet omdat hij geen alcohol mag drinken, het is hier heel normaal dat hij een glaasje bier of wijn bij het eten krijgt, maar omdat hij het drinkt als limonade. Maat houden is er niet meer bij. Dat geldt tot haar verwondering niet alleen voor het drinken – daar was maat houden voor Leo altijd een probleem – maar ook voor eten. Je kunt natuurlijk vergeten dat je al een slok of een hap hebt genomen, maar op een bepaald ogenblik zit een mens toch vol, zou je denken. De alzheimer tast blijkbaar ook de aangeboren neiging aan met eten te stoppen als je geen trek meer hebt. Niettemin wordt hij steeds magerder, dat schijnt erbij te horen. Alsof de ziekte zoveel energie vreet dat hij meer calorieën verbrandt dan hij naar binnen kan werken. Alle voedingsdrankjes en zoetigheden ten spijt.

'Champagne? Lekker,' zegt Leo en z'n ogen beginnen te glinsteren. Sommige dingen vergeet hij dan weer niet. Ook dat houdt niet op haar te verbazen.

Judith vindt het nog steeds moeilijk hem voor de gek te

houden, knollen voor citroenen, prosecco voor champagne te verkopen. Het had lang geduurd voordat ze ophield hem tegen te spreken, de waarheid te zeggen toen hij was gaan fabuleren. Wat leek het alweer lang geleden dat hij ineens kon zeggen: 'Ik heb iets voor je gekocht.' Vervolgens was hij kwijt wat het ook alweer was en begon hij aan een tien minuten durende zoektocht – hij nam alles op wat zich in de huiskamer bevond en legde het weer (ergens anders) neer – om uiteindelijk aan te komen met de twee gouden Parkerpennen die hij altijd in de binnenzak van zijn jasje droeg. 'Ha, daar is het. Dit heb ik voor je gekocht. Alsjeblieft, schat van me. Voor jou.'

Wat doe je dan? Ze had hem omhelsd, bedankt, gezegd dat ze er heel blij mee was en ze weer teruggestopt in de binnenzak van zijn jasje toen hij even niet keek.

Hij verzon van alles. Verzinnen was waarschijnlijk het goede woord niet. Het waren meer waanvoorstellingen. Over dat hij nog niet zo lang geleden in India was geweest, dat hij gisteren nog met z'n moeder had gebeld of dat hij net nog gewonnen had met tennissen. Het had Judith aanvankelijk moeite gekost om hem z'n wanen te gunnen, om niet te zeggen dat India weliswaar op zijn bucketlist had gestaan, maar dat het er nooit van was gekomen, dat zijn moeder al twintig jaar dood was en dat hij al dertig jaar niet meer tenniste.

'Dat heeft niemand me ooit verteld', of: 'Dat vertel je nu pas.'

Het had jaren geduurd voordat ze accepteerde dat die fantasieën bij het ziektebeeld hoorden. Dat hij de gaten in zijn geheugen, de leegte, waarschijnlijk op die manier opvulde. Ze had het niet willen opgeven – evenmin als ze hem had willen loslaten – en geprobeerd hem zo lang mogelijk in de wereld te houden. Haar wereld van ratio en feiten, hoe onplezierig ook.

Dat zijn leefwereld steeds minder samenviel met die van haar maakte hem afwisselend bang, onzeker, machteloos, agressief of eenzaam. En haar eveneens. Het waren emoties die ze deelden, maar niet op hetzelfde moment. Ze kan zich nauwelijks meer voorstellen dat ze de eerste paar jaar nog had gedacht dat er best redelijk te leven was met alzheimer, als je de vergeetachtigheid bestreed met briefjes en een beetje oplettendheid en de desoriëntatie met wat meer begeleiding. Hoe moeilijk ze had kunnen accepteren dat Leo bezig was zijn eigen pad te gaan en dat zij de afslag had gemist. Samen was ieder voor zich geworden. Hij raakte steeds verder buiten gehoorsafstand, ze had hem niet tegen kunnen houden, hoewel ze steeds harder was gaan roepen. Achteraf bezien was het dwaas geweest, had ze zich er eerder bij moeten neerleggen dat ze hem moest loslaten. In plaats daarvan was ze blijven zoeken naar iets wat herinnerde aan Leo zoals hij ooit was, de man op wie ze verliefd was geworden en van wie ze onvoorwaardelijk was gaan houden. En nu is hij haar aan het zoeken, dag in dag uit. 'Juuuudith.'

'Wil je nog een glaasje champagne?'

'Ik weet niet. Ik heb geen geld.'

'Ik trakteer, schat.'

'O, als ik jou toch niet had...'

14

LEO'S VERHALEN WERDEN steeds korter en hoewel Judith hem aanmoedigde door te gaan met schrijven, ging hij minder vaak achter zijn computer zitten. Misschien had het te maken met het feit dat hij steeds meer moeite kreeg de computer te bedienen, regelmatig zijn wachtwoord vergat en vaak niet verder kwam dan een halve zin, omdat hij blijkbaar niet op een woord kon komen. Hij liet niet toe dat ze hem probeerde te helpen, werd kribbig als ze het zelfs maar suggereerde en verdedigde zich, hoewel ze hem niet aanviel, door te zeggen dat hij even tijdelijk geen inspiratie had. Het schrijven verwaterde. Toen Leo eenmaal in het verzorgingshuis zat en ze op zoek ging naar zijn schrijfsels, vond ze een document met allemaal ideeën en aanzetten tot verhalen, die na vier of vijf zinnen waren afgebroken. Dit was de laatste samenhangende geschiedenis die hij had geschreven:

Mijn verdere carrière bij de boerenbank werd ruw verstoord door de fusie tussen de twee concurrerende coöperatieve banken. De Rabobank was geboren. Omdat bedongen was dat de fusie zonder consequenties voor het personeel diende te blijven, bleek 'mijn' lokale bank plotseling vier directeuren te hebben. Op een personeelsbestand van ongeveer vijfentwintig mensen was dat wat veel. Maar gelukkig, de concurrerende handelsbank had hard nieuw personeel nodig. Binnen enkele weken was ik mededirecteur van de bank, die ik tot op dat moment als de grootste concurrent beschouwde.

De sfeer bij de commerciële bank was totaal anders. Was het bij de boerenbank ontspannen en eigenlijk ook wel een beetje amateuristisch, bij de commerciële bank was dat precies het tegenovergestelde. Er moest in de eerste plaats geld worden verdiend. Dat betekende dat er hard moest worden gewerkt. En dat betekende weer dat we zo veel mogelijk financieel interessante zakenlui moesten overhalen cliënt bij ons te worden. De resultaten van die inspanningen werden op de laatste werkdag van de maand geopenbaard. Iedereen kon dan precies zien hoe hij of zij ten opzichte van zijn of haar collega's had gepresteerd. Dat was natuurlijk heel vervelend als je toevallig een slechte maand had gehad, het kon bovendien ook nog financiële consequenties hebben, maar het kon ook heel plezierig zijn om een fanatieke en dus vervelende collega en public af te zien gaan bij een lage score. De uitslover! De bewijsstukken waren er, en dus was het een feit dat ik bijna elke maand nummer één was en slechts zo nu en dan nummer twee of drie. Lager kwam ik nooit.

Overigens was mijn trucje heel eenvoudig. Ik nodigde eenmaal of soms zelf tweemaal per week een potentiële nieuwe cliënt uit voor een lunch of zelfs een diner en wel bij het beste restaurant dat er in wijde omgeving was. Zoiets was men niet gewend. Eerlijkheidshalve moet ik bekennen: ik eigenlijk ook niet. Maar het werkte fantastisch en wennen deed het ook snel. Slechts zo nu en dan liet de chef van nog hogere hand mij op het matje roepen vanwege mijn regelmatige plaatsing als de nummer één onkostenmaker. Hij mompelde dat het anders moest, ik toonde hem mijn 'nieuwe-cliënten-lijst', en vervolgens gingen we 'een-vorkje-prikken'. Uiteraard moest ik de rekening aftekenen.

Op een zeker moment kom je echter tot de conclusie dat, wil het leuk worden c.q. blijven, het leven toch meer te bieden moet hebben dan dit soort spelletjes te spelen, die op den duur even saai worden als de dagelijkse routine bij ongeacht welke bank. Ik besloot het avontuur te zoeken door mij af te melden als bankemployé.

Leo was inmiddels getrouwd en had zich gevestigd in de omgeving van Gouda. Hij begon er voor zichzelf en richtte een investeringsmaatschappijtje op. De eerste van vele, zou later blijken. Hij was vrij goed in het werven van mensen met geld, dat had hij bij de bank geleerd. Minder talent had hij voor het uitzoeken van projecten die voldoende succesvol waren om winst op te leveren voor hemzelf en zijn cliënten.

Toen Judith Leo had leren kennen had hij behoorlijk aan de grond gezeten. Een van zijn projecten was net mislukt, een ander liep niet bepaald voorspoedig. Hij was niettemin vol vertrouwen en goede moed over de afloop. Leo beschikte over een onverwoestbaar en aanstekelijk optimisme.

Dat Leo zakelijk gezien geen hoogvlieger was had Judith weinig kunnen schelen. Zelf was ze opgegroeid met een zekere onverschilligheid ten aanzien van geld.

Haar vader was broodschrijver, wist toen Judith nog jong was vaak de ene maand niet wat hij de volgende zou verdienen en was in de zomer regelmatig werkloos. Gespaard werd er niet. Met één uitzondering: voor de vakantie werd geld opzijgelegd. De enige zekerheid in hun leven was dat ze het volgend jaar weer een week of drie naar Zwitserland zouden gaan. Als de vakantie voorbij was, werd de volgende al geboekt. Ze had haar vader midden in de nacht wakker kunnen maken en kunnen vragen: 'Hoelang nog?' en hij had op de dag af kunnen zeggen over hoeveel nachtjes slapen ze zouden vertrekken. Een zekerheid dus, maar geen vanzelfsprekendheid. Tijdens de vakantie was er een strak budget waarin rekening werd gehouden met iedere centime die zou worden uitgegeven. Iedere dag 20 cent voor haar om snoep uit de automaat te trekken, de dagelijkse boodschappen, de kosten van de treinkaartjes, een kleine post om zo nu en dan buiten de deur te eten en een post 'onvoorzien'. Dagelijks werden alle uitgaven genoteerd en opgeteld. Het budget om uit eten te kunnen gaan was het resultaat van een jaar lang verwoed kwartjes sparen door haar moeder, die ze verzamelde in een bruin aardenwerken spaarvarken. Een week voor vertrek – het was een jaarlijks terugkerend ritueel – verzamelden ze zich met z'n drietjes rond de eettafel en werd het varken omgekeerd. Tijd om te tellen. Haar moeder maakte hoopjes van veertig, Judith telde ze na en haar vader maakte er rolletjes van die hij de volgende dag inleverde bij de bank.

Verder was geld geen onderwerp van gesprek: als het er was werd het uitgegeven, als het er niet was deden ze zuinig.

Het goede leven, dat was waar het bij Judith thuis om draaide. Haar ouders hadden haar voorgehouden dat je ook gelukkig kon zijn met weinig geld als je in ieder geval wat leuke mensen om je heen had verzameld met wie je kon lachen en op wie je kon bouwen. Gelijkwaardigheid, rechtvaardigheid en een zekere bescheidenheid, aangelengd met enige humor en zelfspot: dat waren de steekwoorden van haar jeugd. Als die niet vergezeld waren gegaan met de opdracht om te genieten van het leven, en als dat genot niet door haar ouders voor haar was ingevuld met lekker eten en drinken, theater- en concertbezoeken en mooie boeken, had ze voor hetzelfde geld een enorme zeurkous kunnen worden, bedenkt ze. Maar daar heeft ze, in alle bescheidenheid natuurlijk, gelukkig geen aanleg voor.

Ook Leo had zich ontwikkeld tot een man van het goede leven. Ontwikkeld, zo zag hij dat, omdat het genieten hem niet met de paplepel was ingegoten. Hij was er fantastisch in, dat wel. Ze hadden zich samen dikwijls verbaasd over het feit dat ze, met zo'n verschillende achtergrond, zo gelijkgestemd waren als het ging om zaken die het leven aangenaam maakten: ze hielden van dezelfde boeken, dezelfde muziek, dezelfde beeldende kunst, dezelfde humor. Ze genoten voor twee. En Leo was gul. Hij liet anderen graag delen in zijn blijdschap over de geneugten die het leven te bieden had.

Pas veel later was Judith zich gaan realiseren dat er wel degelijk een verschil was geweest in hun blik op het leven. Leo's hele jeugd had in het teken gestaan van de armoede.

Pas toen hij de deur uitging had hij zijn zelfverdiende geld ook zelf mogen houden. Geld stond voor Leo gelijk aan onafhankelijkheid.

Ook het goede leven zag hij vooral in termen van geld: genoeg geld om de dingen te kopen die hij zich in zijn jeugd had moeten ontzeggen. Later werd dat genoeg geld om alles te kunnen kopen wat zijn hart begeerde. En nog later genoeg geld om zich nooit meer zorgen te hoeven maken dat hij ooit nog tot armoede zou vervallen.

De spreekwoordelijke balk in haar oog. Het was pas nu dat ze vrij scherp zag hoe graag Leo de wereld – en misschien ook zichzelf – had willen tonen dat hij zich had weten te ontworstelen aan zijn milieu. Door hard te werken en in de avonduren te studeren. Door een bliksemcarrière bij de bank die hij vervolgens verliet om nog een paar treden op de maatschappelijke ladder te kunnen klimmen en niet alleen niet arm te zijn, maar rijk te worden. Hij was bovendien extreem gevoelig voor de verlokking van het makkelijke geld, doorlopend op zoek naar '*a short cut to wealth*'. Leo had geen enkele affiniteit met mensen die snel rijk wilden worden in het casino, maar hij had wel dezelfde mentaliteit. Als hij een gelukkige hand leek te hebben in de vorm van een veelbelovend project en gretige investeerders dan zette hij nog eens extra in, speelde va-banque en... verloor. Driemaal was Leo op de fles gegaan, de laatste keer toen hij al lang en breed aan alzheimer leed. Dat had toen voor behoorlijk wat problemen gezorgd. Aanvankelijk dachten de schuldeisers en de curator dat hij geheugenverlies veinsde om te verdoezelen dat hij het geld ergens anders had ondergebracht. De verklaring van de behandelend neuroloog dat Leo de ziekte al vijf jaar of langer onder de leden had, werd niet geaccepteerd.

De afhandeling van dit laatste faillissement had ruim vier jaar geduurd en had hun al hun of, beter gezegd, al haar spaargeld gekost. Ook Judith had getwijfeld of Leo zijn ziekte niet gebruikte als façade waarachter hij weg kon duiken voor zijn woedende schuldeisers. Haar scheld- en huilpartijen waren in het begin niet van de lucht geweest, maar hij kon zich echt niet meer herinneren waar het mis was gegaan. Ze trof hem huilend aan, met zijn hoofd in z'n handen, gebogen over de boeken, tot hij niet meer wist waarom hij huilde en waarom hij daar zat met al die cijfertjes voor zijn neus.

De eerste keer dat het misging hadden ze halsoverkop hun huis moeten verkopen en had Leo's faillissement ook alles wat zij had gespaard en van haar ouders had geërfd opgeslokt. Het had hun vrienden en kennissen verwonderd dat Judith het allemaal had geaccepteerd, geen maatregelen had genomen, zich niet was gaan bemoeien met zijn zaken. Achteraf gezien begrijpt ze hun verbazing wel. Achteraf kan ze zich wel voor haar kop slaan dat ze er niet meer bovenop heeft gezeten. Maar ze had nou eenmaal geen kaas gegeten van zijn zaken, ze was niet geïnteresseerd in geld en ze had er geen verstand van. Misschien was het ook wel gemakzucht van haar. Ze had Leo laten beloven dat hij nooit meer zulke onverantwoorde risico's zou nemen. Ze had bedongen dat zij voortaan in ieder geval verantwoordelijk zou zijn voor de betaling van al hun vaste lasten, zodat zich daar geen onverantwoorde achterstanden meer zouden voordoen, zoals bij de betaling van de hypotheek van hun vorige huis. Natuurlijk had ze opnieuw haar twijfels gehad, toen er jaren na het eerste bankroet op een avond twee mannen voor de deur stonden die Leo via de intercom sommeerden naar beneden te komen, maar niet hun naam wilden noemen. Het klonk dreigend, maar Leo was niet thuis. Toen ze bleven aanbellen, was ze zelf naar beneden gegaan. De heren beweerden dat ze al ruim twee jaar tevergeefs aan het procederen waren om hun geld terug te krijgen en het nu maar eens zelf kwamen halen. Ze had de politie gewaarschuwd, waarna ze weg waren gegaan. Toen Leo thuiskwam zei hij van niets te weten. Het was vervelend, het was bedreigend, ze wist niet wat ze ervan denken moest en het maakte haar woedend, maar ze wilde haar geloof in Leo blijven behouden. Hoe naïef haar dat nu zelf ook in de oren klinkt.

Vanzelfsprekend had ze hem weer verweten dat hij roekeloos was geweest en de problemen voor haar had verzwegen. En natuurlijk had ze even, heel even maar, overwogen of vooral dat laatste geen reden zou zijn om bij hem weg te gaan. Maar ze hield van hem. Ze hield zo ontzaglijk veel van hem. Deze horde zouden ze ook wel weer weten te nemen. De mannen waren nooit teruggekomen.

15

JUDITH BEKIJKT ZICHZELF in de spiegel. Het mooiste is er wel af, als ze eerlijk is. Ze monstert zichzelf van top tot teen, probeert zichzelf te zien door de ogen van een man. Een weelderige haardos had ze nooit gehad, ze had het niet voor niets kort laten knippen. Maar nu het onbestemde grijs vervangen is door een kleurtje komen haar ogen in ieder geval een stuk beter uit. Levendige blik, een tikje spottend, dat zou de gemiddelde man best eens kunnen afschrikken. Nou ja, ze wil ook helemaal geen gemiddelde man. Ze zit eigenlijk helemaal niet meer te wachten op een man, waar is ze mee bezig? Maar ze blijft zichzelf bekijken. Over haar neus heeft ze geen mening, mond en lach kunnen ermee door, besluit ze. Alhoewel. Ze kijkt eens goed. Jezus, de huid rond haar mond heeft duidelijk last van materiaalmoeheid. Craquelé. Om van haar hals nog maar te zwijgen. Ze verplaatst haar blik snel naar beneden, om te moeten constateren dat ook hier de veerkracht inmiddels ver te zoeken is: borsten gezakt, taille omhooggekropen, heupen voor een groot deel verdwenen. Veel vorm zit er niet meer in. Misschien moet ze toch maar eens naar de sportschool, maar terwijl ze dat denkt weet ze al dat ze dat toch niet gaat doen. Voor wie zou ze zich nog in het zweet werken? Het meeste laat zich gelukkig verhullen.

Enigszins besluiteloos staat Judith voor de kledingkast die voor de helft nog gevuld is met kleding van Leo. Leo hield van mooie kleren, op het ijdele af, maar hij haatte winkelen, net als zij. Dus gingen ze altijd naar hetzelfde winkeltje, een kleermaker in de omgeving van het Concertgebouw, waar het altijd zo prettig rook naar een mengeling van textiel en koffie. Steevast werd Leo bij binnenkomst door de eigenaar begroet met het olijk bedoelde verwijt dat hij te lang niet was geweest, kritisch gemonsterd – beetje dikker, beetje slanker geworden misschien – en bevraagd naar waar hij precies op uit was, waarna hij een routineuze greep in de rekken deed om tevoorschijn te komen met precies datgene waarvan Leo nog helemaal niet wist dat hij dat wilde. Gewapend met meetlint en spelden drentelde hij enige tijd om Leo heen om de mouwen van de jasjes en de pijpen van de broeken in te nemen en als dat ritueel eenmaal achter de rug was volgden er bijpassende overhemden, truien en riemen. Als Leo aarzelde tussen twee kledingstukken keken ze als één man naar Judith, wetend dat haar reactie zou zijn: 'Ach, waarom niet alle twee.' Zo gingen ze altijd met meer weg dan Leo nodig had gehad.

Het merkwaardige was dat Judith er bijna net zo van genoot als hij. Zelf gaf ze niet zo om mooie kleren, ze verkoos comfort boven formeel, hakken droeg ze alleen als ze uitging, jurken vooral 's zomers als het warm was. Zij zocht het meer in de accessoires: een mooie ring of een mooie ketting, die Leo op zijn beurt graag voor haar kocht. Maar ze vond het heerlijk als Leo er leuk en verzorgd uitzag. Het was niet voor niets dat hij nooit kleren kocht zonder haar, ze moest er altijd bij zijn. Hij was niet de enige, had ze zich laten vertellen. Meer dan de helft van de kleding die in een mannenkast hangt, schijnt gekocht te zijn door zijn vrouw.

Leo was ook een fanatiek dassendrager geweest, althans tijdens zijn werk. Niet van die saaie streepjesdassen, maar dassen met kleurige dessins. Van zijde uiteraard. Op den duur was het een traditie geworden hem een das cadeau te doen als ze in het buitenland waren. Hij had lades vol dassen, elk verbonden met een herinnering aan een reis. Inmiddels waren de meeste ouderwets geworden, dus die had ze weggedaan.

Behalve van dassen hield Leo ook van horloges. Hoe ironisch dat klokkijken een van de eerste dingen was die de alzheimer hem afnam.

Verder droeg Leo geen sieraden, hij had zelfs geen trouwring gewild. Tot het jaar waarin werd vastgesteld dat hij alzheimer had. Toen zei hij op haar vraag wat hij voor z'n verjaardag wilde: 'Een ring. Een trouwring.' Hij had hem nooit meer afgedaan, ook 's nachts niet, tot de ring zes jaar later van zijn vinger viel omdat hij steeds magerder werd. Op een gegeven moment had ze de ring meegenomen om te voorkomen dat hij hem kwijt zou raken of dat-ie gestolen zou worden. Dat was wel een dingetje in verpleeghuizen; er verdwijnt nogal veel. Door toedoen van medebewoners die zonder de intentie te hebben iets te stelen voorwerpen die op hun weg komen verplaatsen of meenemen en ergens opbergen, maar soms ook gewoon gejat, zoals waarschijnlijk Leo's horloge, dat hij was blijven dragen ondanks het feit dat hij er de tijd niet meer op af kon lezen. Gewoon, omdat hij eraan gehecht was, of omdat hij hem mooi vond. Ach, veel deed het er niet toe in de veelheid van alles wat er al verloren was gegaan.

Zijn colbertjes hingen er nog, evenals zijn pantalons en zijn overhemden. Aanvankelijk had ze nog geput uit zijn voorraad kleren en had hij er nog knap bij gelopen, maar ze had spoedig nieuwe moeten kopen toen hij in rap tempo gewicht verloor.

In het begin had Judith nog een tijdje zijn truien en poloshirts gedragen, wat welbeschouwd een wat zorgelijk en niet bijster gezond verschijnsel was, vindt ze nu. Ze was er trouwens al snel mee opgehouden. Het zal wel een vorm van rouw zijn geweest. Evenals de besluiteloosheid waaraan ze nu ten prooi is gevallen, denkt ze ferm. Dan maar beginnen bij de onderbroeken, die heeft hij toch niet meer nodig, aangezien hij al ruim een jaar luiers draagt. Truien heeft hij ook niet veel meer aan, die moeten over het hoofd aangetrokken en dat gaat steeds minder goed sinds hij weigert zijn armen in de lucht te steken. Weg ermee. Geldt ook voor de polo's, en z'n schoenen kunnen ook weg. Hij draagt tegenwoordig voor het gemak nogal onflatteuze klompachtige exemplaren met klittenband in plaats van veters.

Hup, de broeken kunnen ook weg. Tegenwoordig draagt hij toch broeken met elastiek, een soort veredelde joggingbroeken, die hij vroeger haatte. Het hoort allemaal bij het verlies aan decorum.

Blijven over de pakken. Waarom heeft ze daar toch zo'n moeite mee?

Misschien omdat ze hem er nog steeds in ziet. Misschien ook omdat een van de verpleegkundigen zich ooit had laten ontvallen dat ze in ieder geval één pak moest bewaren. Als 'laatste pak', zoals dat schijnt te heten als je dood bent. Maar welk dan? Zijn smoking? Nee, te plechtig, alhoewel het hem altijd fantastisch had gestaan. Dat mooie grijze pak met dat dunne blauwe streepje dan? Dat had hij altijd graag gedragen. Of die zwarte broek met dat prachtige bruine jasje dat hij droeg als hij de blits wilde maken? Ze kan niet kiezen. Ze laat de stof tussen haar vingers glijden, ze ruikt eraan, maar ze vindt hem er niet meer in terug. Z'n pakken ruiken nergens meer naar.

Leo is sowieso anders gaan ruiken. Niet vies of zo, maar anders, onbestemder. Een beetje zoals papier.

Inmiddels ligt er een berg kleren voor de kast. De nieuwe kat komt ook even snuffelen, maar wendt zich ongeïnteresseerd weer af.

Judith had wel eerder klerenkasten uitgeruimd, na de dood van haar ouders bijvoorbeeld, maar Leo is niet dood. Het voelt niet goed om zijn hele hebben en houden al mee te geven aan de vuilnisman. Ze hangt de pakken weer terug.

Met het weggooien van zijn andere spullen had ze minder moeite gehad. Zijn papieren en alles wat met zijn zakelijke verleden te maken had gehad in de eerste plaats. Met vrij veel genoegen had ze de rijen met multomappen leeggehaald en, bij gebrek aan een papierversnipperaar, de inhoud in vieren gescheurd. Een paar schilderijtjes van voor haar tijd had ze zonder hartzeer overgebracht naar z'n nieuwe woning en toen de boekenkast op een gegeven moment was gaan uitpuilen had ze met name zíjn oude boeken – veel oude studieboeken en gereformeerde lectuur waar hij zelf ook nooit meer naar had omgekeken – weggedaan. Veel was het niet. Van veel overtollige ballast had hij zichzelf in de loop der jaren al bevrijd en Leo had zich nooit willen mengen in de strijd tussen enkelen van zijn broers en zusters om de weinige bezittingen die zijn moeder bij haar dood had nagelaten. Toch herinnerde alles in huis nog aan Leo, al was het maar omdat ze het meeste gezamenlijk hadden aangeschaft.

Nu ze toch bezig is, kan ze ook haar eigen kleren weleens opruimen, trouwens. God, wat verzamelt een mens niet allemaal tijdens z'n leven. Als ze vanaf nu eens elke dag iets zou weggooien. Dan bespaarde ze iemand later in ieder geval een hele hoop werk. En gepieker. Hier, ze begint met deze broek met wijde pijpen. Had ze die ooit gedragen? Werkelijk?

16

ZE WEET NOG STEEDS niet goed wat ze moet antwoorden als iemand haar vraagt hoe het met Leo gaat. Hoe gaat het met iemand die niet meer weet wat zich een minuut geleden afspeelde, die geen concrete herinneringen meer heeft, noch taal om wat zich afspeelt in zijn hoofd te verwoorden? Nou ja, ergens in de schemerige krochten van zijn geest moet nog een vage notie van zijn moeder zweven, hoewel hij haar allang niet meer herkent op de foto die op zijn kast staat. Maar tot voor kort, toen hij nog taal had, zei hij met enige regelmaat dat hij haar weer eens wilde ophalen, omdat hij haar zo lang niet had gezien. Judith was enkele jaren geleden al opgehouden hem te vertellen dat zijn moeder al twintig jaar dood was. Dat wilde er bij hem niet in, het maakte hem driftig, hij had haar gisteren nog gesproken. Via de telefoon weliswaar, want ze woonde in Rotterdam. Dus vroeg ze voortaan altijd maar: 'Heb je met je moeder gebeld? Wat leuk. Hoe gaat het met haar?'

'Heel goed. Ze is alleen een beetje eenzaam. Ik moet er weer eens heen.'

'Maar krijgt ze dan helemaal geen bezoek van je andere broers en zussen?'

‘Die zijn allemaal ook druk.’

‘Ah.’

‘En het is veel te lang geleden.’

‘Nou, dan gaan we binnenkort weer eens naar haar toe.’

‘Ja. O, dat is fijn. Gaan we samen?’

‘Tuurlijk. Met z’n tweetjes.’

‘O, dat zal ze leuk vinden.’

En daarmee was de kous meestal af, tot de volgende keer dat hij haar aan de telefoon had gehad en het gesprek zich bijna woordelijk herhaalde.

Het verbaasde haar dat hij nooit meer refereerde aan zijn broers en zussen. Heel sporadisch kon hij weleens uitroepen: ‘Hé, Joop!’ of ‘Mientje!’, wijzend in de verte naar een wildvreemde man of vrouw die hij blijkbaar associeerde met de namen van zijn oudste broer en jongere zus, zonder dat er in Judiths ogen overigens sprake was van enige gelijkenis. Naderbij gekomen keken de betrokkenen hem meestal zo bevreemd aan, dat Judith zich genoodzaakt voelde om te zeggen dat Joop of Mina hier niet konden zijn, omdat ze aan het werk waren, maar meestal had Leo zijn interesse dan al verloren.

Hoe gaat het met Leo? Judith weet het eerlijk gezegd gewoon niet. Ze denkt dat hij zich eenzaam voelt. Ze vermoedt dat wat hij over zijn moeder vertelde in feite van toepassing was op hemzelf. Heel soms zei hij het ook: ‘Ik ben zo alleen.’ Het brak haar hart. Ze wist niet hoe ze erop moest reageren. Het hielp niet als ze hem probeerde te troosten en zei dat hij regelmatig bezoek kreeg of dat ze bijna iedere dag langskwam. Dat maakte hem alleen onzeker en verdrietig, want hoe kan het dan dat hij dat niet weet?

Toen Leo nog thuis was geweest had ze daar nog weleens kwaad om kunnen worden. Alleen? Hoezo alleen? Ze was er verdomme altijd, en die zeldzame keren dat ze ergens heen had gemoeten zonder hem mee te kunnen nemen was hij in gezelschap geweest van een van hun vrienden: van Mark en Anne, op wie ze altijd een beroep had kunnen doen en die hem meenamen voor een hapje of om een terrasje te pikken en naar de mensen te kijken. Jacob, die lange wandelingen met hem ging maken. Roos, die hem eens per week een uurtje meenam om ergens te lunchen. Allemaal hadden ze zo hun eigen taak. Hoewel Leo al een jaar of vier geen idee had gehad over wie Judith het had als ze zei dat Mark en Anne, Jacob of Roos langskwamen, had hij ze nog wel enige tijd herkend als hij ze zag. Gelukkig. Want hoe langer de ziekte duurde, des te minder duldde hij het gezelschap van vreemden. De mensen die op hem pasten moesten vrienden zijn, bij wie hij zich op z'n gemak voelde, die vertrouwd waren. Daarom weigerde hij ook naar de dagopvang te gaan. In die zin was hij nog lang onderscheid blijven maken tussen vrienden en andere mensen. Ook toen hij hun namen niet meer wist en zich, zodra ze weg waren, niet kon herinneren dat ze geweest waren.

Ja, hoe gaat het nu met hem? Hij krijgt de motoriek van een oude man, je kunt merken dat hij z'n spieren niet meer gebruikt. Thuis had ze Leo iedere dag de boodschappen laten dragen en de twee steile trappen op laten sjouwen. Ze had hem de vuilniszak buiten laten zetten, ze hadden veel gewandeld. Zo was hij nog redelijk fit gebleven. Daar is tegenwoordig geen sprake meer van. Iets tillen doet hij nooit meer. Hij loopt niet langer dan een halfuurtje achtereen, dan is hij moe. Hij sloft een beetje, is soms enigszins onzeker als hij z'n voeten neerzet.

Dus mompelt Judith meestal iets in de trant van dat het naar omstandigheden redelijk goed gaat. En dat is ook zo. Hij is bijvoorbeeld minder rusteloos geworden. Als ze eerlijk is moet Judith erkennen dat Leo nu waarschijnlijk in veel opzichten beter af is dan thuis. Om te beginnen is er veel aandacht en is iedereen altijd aardig voor hem. Hoe moeilijk ze het ook vindt om aan zichzelf toe te geven, ze beseft terdege dat ze het laatste jaar dat hij thuis was vaak ongeduldig was geweest, dat ze soms tegen hem was uitgevaren als ze iets al een stuk of tien keer had moeten herhalen, als hij treuzelde of aan één stuk door haar aandacht vroeg en beziggehouden wilde worden. Dat ze soms tegen hem was gaan schreeuwen als hij voor de zoveelste keer midden in de nacht in z'n blootje of met alleen een T-shirt aan de straat op had willen lopen, dat ze op een gegeven moment de deur op slot had gedaan en de sleutel verstopte, waardoor hij haar had verweten dat ze hem gevangenhield. Wat feitelijk ook zo was. Wie was ze eigenlijk? Hij kende haar niet. Hoezo al zevenentwintig jaar getrouwd? Waarom had ze hem dat dan nooit verteld? 'Je wilt me dood hebben!' Ze had zijn verzinsels, zijn buien, zijn hulpeloosheid steeds minder goed kunnen verdragen en hem tegen beter weten in verweten dat hij de offers die ze voor hem had gebracht – zo had ze dat op dergelijke momenten gezien – niet wist te waarderen. Ze kon niet langer tegen haar eigen machteloosheid, het maakte haar wanhopig, bracht haar op de grens van paniek.

Leo was enorm gevoelig geweest voor haar stemmingen. Als zij kribbig was werd Leo ongezeglijk, als ze verdrietig was werd hij triest, als ze hem probeerde te negeren werd hij agressief.

Die agressie was nieuw. Nooit had Leo zijn hand geheven, niet naar haar, naar niemand. Maar bij het vorderen van de alzheimer, met het verliezen van zijn onafhankelijkheid en grip op het leven en het toenemen van zijn frustratie over wat hij zag als haar betutteling, begon Leo haar uit te schelden, haar van zich af te duwen of hardhandig vast te pakken als hij vond dat ze hem in de weg stond. Ze had zich soms zelfs moeten verdedigen. Als zich weer zo'n confrontatie had voorgedaan was ze dagenlang van slag geweest uit schuldgevoel dat ze geen goede manier had gevonden om hem te kalmeren. Hij was het in een mum van tijd weer vergeten. Zo leek het in ieder geval. Ze hoopte het zo. Dan had die ziekte tenminste nog een genadige kant.

Ook in zijn nieuwe omgeving kende Leo aanvankelijk nog agressieve buien. Als mensen hem bij de arm pakten om hem ergens mee naartoe te nemen, kwam het voor dat hij hen kneep of van zich af sloeg. Hij had zonder aanwijsbare aanleiding een keer een verpleegkundige van achteren aangevallen. Duidelijk werd op den duur dat hij niet goed meer tegen harde geluiden bleek te kunnen, dus kwam het niet heel goed uit dat er in zijn woning een medebewoner was die de hele dag luid en vooral vals André Hazes imiteerde. Wie zou daar niet agressief van worden, dacht Judith, maar er was weinig aan te doen. Gelukkig was er na een week of zes een plaats vrijgekomen in een woning op de eerste verdieping, waar Leo altijd graag koffie ging drinken of een kopje soep kwam halen. Het was er een stuk lichter dan beneden, omdat er geen gevaar voor inkijk was en de vitrage er daarom alleen diende om op bloedhete dagen de zon buiten te houden. In plaats van luide Amsterdamse smartlappen was er zachte klassieke muziek. Sindsdien was het een stuk beter gegaan.

'Wat hebben we het toch goed. Als ik jou toch niet had!' Leo zegt het met enige regelmaat, vooral als ze achter een glaasje prosecco zitten of een ijsje. Judith weet niet of het misschien een soort pavlovreactie is, want zijn halve maantje komt zelden meer tevoorschijn. Als ze hem zo ziet lopen over het terrein, met z'n blik naar de grond, maakt hij niet bepaald een gelukkige indruk. Zijn blik is leeg, de uitdrukking op z'n gezicht eerder in zichzelf gekeerd en zorgelijk dan neutraal. De waarheid is dat ze geen idee heeft hoe het met hem gaat of hoe hij zich voelt. Ze kan zich eenvoudig niet voorstellen hoe het is om je altijd alleen te voelen, nooit te weten waar je bent en geen enkele referentie te hebben aan hoe hij terecht is gekomen in een situatie die hij niet kan analyseren of zelfs maar benoemen. Nou ja, ze kan het zich eigenlijk wel voorstellen. Het lijkt haar beangstigend, onveilig, dodelijk eenzaam. Hoe zou het goed kunnen gaan met Leo?

En met haarzelf? '*Man lebt*,' antwoordde ze meestal als het haar gevraagd werd. 'Goed' kon ze niet over haar lippen krijgen. In de eerste plaats omdat het niet zo was en in de tweede plaats omdat het voelde als verraad aan Leo.

17

JUDITH WORDT IEDERE ochtend rond halfacht wakker, in de winter meestal wat later. Een wekker zet ze niet, tenzij ze om de een of andere reden de deur uit moet. Veel zin om op te staan heeft ze niet, zin om zich om te draaien en lekker te blijven liggen ook niet. Het maakt niet uit of ze een volle of een lege agenda heeft. Dat laatste is tegenwoordig trouwens geregeld het geval. Haar bezoeken aan Leo schrijft ze niet in de agenda. Die zijn een vanzelfsprekendheid.

De waarheid is, bedenkt ze, dat ze er moeite mee heeft nog enige zin aan haar leven te geven. Ze zit op de rand van haar bed om moed te verzamelen om op de roeimachine te gaan zitten. Haar kant van het bed, die van Leo is sinds hij weg is nog altijd onbeslapen.

Niet dat ze het leven ooit bepaald zinvol heeft gevonden, ze vond alleen dat je geen andere keuze had dan er iets van te maken en tot voor kort was haar dat niet slecht afgegaan.

Ze was gewaarschuwd voor dat sombere en onbestemde gevoel van leegte, zelfs toen Leo nog thuis woonde. 'Weet je al wat je gaat doen als hij eenmaal de deur uit is?' had vriendin Mieke haar een keer gevraagd, ruim een jaar voordat ze de zorg voor Leo had opgegeven.

'Nee, want het geval wil dat ik daar nog helemaal niet aan wil denken,' had ze kribbig geantwoord. 'Je laat het verdomme klinken alsof ik hem het best zo snel mogelijk weg kan doen.'

'Nee, dat bedoel ik helemaal niet zo, maar je zult op een gegeven moment weer moeten proberen je leven op te pakken zonder Leo.' Haar omgeving had gelukkig in het algemeen meer geduld met haar dan Judith met haar omgeving.

'Je moet jezelf echt dwingen erover na te denken, jezelf weer nieuwe doelen stellen. Begin nou eens een lijstje te maken met pakweg tien punten. Anders val je straks in een enorm zwart gat.'

'Dat zien we dan wel weer. Ik ben al niet in staat om me te houden aan m'n goede voornemens voor het nieuwe jaar, laat staan voor een nieuw leven.'

'Probeer er toch maar eens over na te denken. Het heeft geen haast, neem je tijd, maar doe het. Echt.'

Ze had Miekes raad destijds in de wind geslagen. Maar nu ze zich het gesprek herinnert, gaat ze er eens goed voor zitten. Tien punten. Dat valt nog niet mee.

Het eerste waaraan ze denkt heeft meer te maken met de dood dan met een nieuw leven. Ze moet natuurlijk een executeur-testamentair zoeken en haar testament veranderen. Geld is er niet meer, maar ze heeft nog wel wat mooie schilderijen en bronzen beelden waar ze een bestemming voor moet zien te vinden. Het lijkt haar een charmant idee als de vrienden die haar zo fantastisch hebben geholpen iets zouden uitkiezen wat ze mooi vinden of waaraan ze een mooie herinnering verbinden. Het eerste punt van haar lijstje heeft Judith snel afgewerkt.

Het volgende wat ze bedenkt is verhuizen. Ze is nu vijftien maanden alleen, maar ze woont nog steeds waar ze de laatste twintig jaar heeft gewoond. Het huis is te groot, de huur eigenlijk te hoog voor haar alleen, maar ze heeft tal van excuses om te blijven. Wonen in Amsterdam is tegenwoordig zo duur geworden dat ze elders in de stad wel iets kleiners kan vinden, maar niet of nauwelijks goedkoper. En de stad uit is haar een stap te ver. Ze is hier geboren, getogen en nooit weg geweest. Bovendien: waar is het nog wel betaalbaar? Echt buiten ja, op het platteland. Maar haar ervaring is dat mensen die op wat oudere leeftijd buiten zijn gaan wonen – om financiële redenen of om redenen van rust en frisse lucht – al spoedig dreigen te vereenzamen. Met mooi weer is het goed te doen, maar een donkere hemel drukt een stuk zwaarder op de schouders dan een blauwe.

Judith herinnert zich een interview dat ze ooit voor haar werk had met een specialist in rouwverwerking, over de neiging van mensen die net hun partner hadden verloren, om de omgeving die hen herinnerde aan hun gestorven geliefde zo snel mogelijk achter zich te laten. Hij vond dat geen optie, je moest niet vluchten maar aan het idee wennen. Leo is weliswaar niet dood, maar zijn vertrek voelt toch behoorlijk als een verlies. Roos noemde haar niet voor niets een onbestorven weduwe, en hoewel ze een gruwelijke pesthekel heeft aan die uitdrukking schuilt er wel enige waarheid in. Het tweede punt op haar lijstje moet dus nog maar even wachten.

Punt drie: een nieuwe baan. In deze tijd en op haar leeftijd, welja... Ze is al blij met nieuwe opdrachten. En ook die liggen niet meer voor het oprapen nu ze twee jaar lang bijna alles heeft afgehouden wat er op haar weg kwam. De goede tijden voor journalisten zijn sowieso voorbij en haar leeftijd helpt ook niet mee.

Heel veel meer kan ze nou eenmaal niet en zichzelf opnieuw uitvinden, daar heeft ze op dit moment de puf niet voor. Nog niet. Lesgeven, dat is nog een optie.

Op vier zet ze een nieuwe liefde. Ze voegt er na enige aarzeling een vraagteken aan toe. Eenvoudiger gezegd dan gedaan. Verliefd worden is haar nou eenmaal nooit makkelijk overkomen en bovendien, realiseert ze zich met enige verwondering, is haar hart nog steeds niet vrij.

Daarmee is ze al bij punt vijf beland. Een boek schrijven. Op zoek naar de taal om wat Leo en haar overkomen was alsnog onder woorden te brengen. Ze is ooit begonnen aan een familiegeschiedenis. Haar opa, die leraar Duits was geweest aan het gymnasium, had redelijk wat materiaal opgeleverd. Hij was gespecialiseerd geweest in Goethe, met een bijzondere interesse in diens *Faust*. Als Jood hadden de Duitsers hem en zijn gezin voorbestemd voor het concentratiekamp, maar als leraar Duits had hij een streepje voorgehad, waardoor het niet een vernietigingskamp als Auschwitz of Sobibor werd maar Theresienstadt. Daar had hij een hervormde dominee leren kennen en liet hij zich bekeren tot het christendom, vanuit de gedachte dat God blijkbaar redenen had om af te rekenen met de Joden. Het was een voorwaardelijke bekering geweest, dat wel. Voorwaarde was dat hijzelf zou worden gered. Een soort faustiaans pact, maar dan met God in plaats van met de duivel.

Stof genoeg dus, maar na een tiental pagina's bleek toch dat Judith over te weinig fantasie beschikte om er een echt verhaal van te maken. Laat staan een verhaal uit haar duim te zuigen. Punt vijf biedt vooralsnog weinig perspectief.

Op zes komt bewegen, want – vrij naar dat prachtig lied van Adèle Bloemendaal – 'als de beenderen gaan vermolmen, de huid wordt schilferachtig wit, ja dan rest slechts één remedie. Naar de sportschool! Sport je fit.'

Twee keer per week naar de fitness, Judith had het ooit ruim driekwart jaar volgehouden. Maar elke keer dat ze zich in het zweet fietste of rende op de lopende band en ze om zich heen keek naar al die mooie, jonge en strakke lijven bij wie al die inspanningen wel zichtbaar resultaat hadden, was ze moedelozer geworden. Ze had de keuze tussen om zich heen kijken of te staren naar de televisieschermen met *Goede tijden, slechte tijden* zonder geluid. Het voordeel was dat je dan pas goed kon zien wat een matige acteurs daarin optraden, dat zou Judith echt beter kunnen. Of je kreeg programma's als *Obese* voorgeschoteld. Met ondertiteling, dat wel.

Uiteindelijk was ze gestopt met de sportschool en had ze een roeimachine aangeschaft. Die staat nu pontificaal in haar werkkamer en daarvoor kan ze net voldoende discipline opbrengen om op werkdagen – in het weekend geeft ze zichzelf vrij – enkele kilometers droog te roeien.

Zeven op het lijstje is alsnog een hond nemen. Om de wandelingen voort te zetten die Leo en zij de laatste paar jaar dagelijks hadden gemaakt om zijn onrust te verdrijven en een alternatief te vinden voor zijn kennelijke behoefte weg te lopen. Nuttig ook in het kader van punt zes.

Toevallig namen enkelen van haar vrienden ook net een hond. Roos was gevallen voor een typische modehond, een labradoodle, een kruising tussen een labrador en een poedel. 'Een vrolijke, energieke hond en gemakkelijk te trainen, zachtaardig, lief voor mens en dier en rustig in huis', volgens de bijsluiter op internet. Nou, rustig in huis was die van Roos bepaald niet. Zo onstuimig zelfs dat het beestje tegen iedereen die binnenkwam opsprong en al doende na een paar weken was uitgegleden op het parket en een achterpootje had gebroken. Vrienden die ze gemakshalve aanduidt als *the kinky couple* hadden daarentegen een enig hondje getroffen: lief, leuk, aaibaar, intelligent, aanhankelijk en makkelijk, in de zin dat ze zich overal mee naartoe liet nemen. Maar honden zijn handenbinders. En een bovenwoning in de binnenstad is ook geen ideale omgeving.

Misschien als ze ooit gaat verhuizen.

Nummer acht is reizen, nieuwe horizonten ontdekken. Maar ze heeft helemaal geen zin om te reizen. Niet zonder Leo. Ze was een keer met vrienden naar Barcelona geweest en ze had zich best geamuseerd, maar alleen op haar hotelkamer had ze zich verlaten gevoeld. Praktisch probleempje bovendien: geen geld.

Negen. Haar haar verven. Dat heeft ze, zodra Leo was vertrokken, gedaan. Ook nuttig voor de punten drie en vier. Bovendien is ze bevriend geraakt met haar kapper.

Tien. Een euthanasieverklaring invullen en voor alle zekerheid internet maar eens afstruinen op zoek naar middelen om mogelijk onwillige artsen voor te kunnen zijn. Leo had euthanasie voor zichzelf altijd afgewezen. Leo wilde niet bezig zijn met de dood, Leo wilde leven. Maar als ze één ding zeker weet dan is het dat ze het nooit zover wil laten komen als Leo. Zelfs niet in de buurt. Bij de eerste diagnose moet ze het licht uit kunnen doen. Het tiende nieuwe doel in haar leven is de dood.

Het is helaas geen lijst geworden waarvoor ze haar bed uit wil komen, constateert Judith gelaten. Zou ze gewoon depressief zijn? De halve wereld lijkt tenslotte op gezette tijden last te hebben van een depressie. Hoeveel van haar vriendinnen slikken geen hormonen tegen de negatieve gevoelens die de overgang bij hen teweegbrengt? Zou het slechts een kwestie zijn van het juiste pilletje? Ze heeft eigenlijk geen flauw benul wat een depressie precies is. Ondanks haar sporadische buien van pessimisme heeft ze zich onder alle omstandigheden altijd beschouwd als een gelukkig mens. Pessimisme is eigenlijk niet eens het juiste woord. Het is meer dat ze altijd rekening probeert te houden met het slechtste scenario, in de hoop – en stiekem in de verwachting – dat het dan alleen maar mee kan vallen. En dat deed het meestal ook.

Tot een jaar of drie geleden. Toen was er een kentering opgetreden, maar dat had ze onder de omstandigheden waarin Leo en zij verkeerden vrij normaal gevonden. Nu de last van de dagelijkse zorg voor Leo echter van haar schouders is gevallen, had ze verwacht dat ze weer rechtop zou kunnen lopen. Dat valt dus vies tegen. Judith besluit de term depressie te googelen en stuit op 'de depressie zelftest':

'Hoe werkt het?', leest ze. 'Deze zelftest vraagt een aantal symptomen na die te maken kunnen hebben met een angststoornis. Het gaat er hierbij steeds om in hoeverre de klachten de afgelopen twee weken aanwezig waren.' Twee weken? Zeg maar gerust anderhalf jaar, denkt ze en ze besluit de test te doen. Gewoon uit nieuwsgierigheid.

Ik voel me het grootste gedeelte van de dag somber. Nogal, kruist ze aan.

Ik huil snel. Sneller dan vroeger in ieder geval. Vooral als ze aan Leo denkt, aan de man die hij was en nu is geworden. Aan hoe het leven nu voor hem moet zijn. Aan haar eigen onmacht. Nogal.

Ik kan moeilijk interesse opbrengen voor dingen die ik eerder wel leuk vond. Ze kruist de categorie 'een beetje' aan.

Ik heb zelfmoordgedachten. Tamelijk veel.

Ik heb vrijwel nergens energie voor. Een beetje.

Ik pieker veel. Dat hangt ervan af. Overdag eigenlijk niet, maar in bed, vooral bij het wakker worden wel. Maar dat was altijd al het geval. Nou ja. Een beetje.

Ik kan sombere of nare gedachten nauwelijks van me afzetten. Een beetje.

Ik beleef geen plezier meer aan dingen waar ik eerder wel plezier aan beleefde. Die valt ongeveer in dezelfde categorie als de stelling over de interesse. Dan ook maar hetzelfde antwoord. Waar het op neerkomt is gewoon dat het leven mét Leo nou eenmaal leuker was dan het leven zonder hem. Een beetje.

Ik verwijt mezelf allerlei dingen. Ja, dat wel. Niet zozeer, of niet altijd, dat ze Leo niet tot het einde toe zelf heeft kunnen verzorgen, hoewel ze hem dat beloofd had. Nou ja, dat ook, maar het ging gewoon niet meer en hij is nu echt beter af, hoe pijnlijk het ook voor haar is om toe te geven. Ze verwijt zichzelf eerder dat ze misschien te lang voor hem is blijven zorgen, dat ze hem niet wilde loslaten. Ze verwijt zichzelf haar ongeduld en haar geprikkeldheid. Niet alleen ten opzichte van Leo, maar ook tegenover haar vrienden, die haar nota bene zo hadden geholpen. Ze verwijt zichzelf haar onvermogen haar leven weer op te pakken. Ze verwijt zichzelf dat ze zichzelf die dingen verwijt. Wat een gezeur! Nogal.

Ik voel mij waardeloos. Ja, ze voelt zich waardeloos in de zin van niet goed. En ja, ze voelt zich waardeloos in de zin van nutteloos en afgedaan. Nogal.

Ik zie de toekomst somber in. Heel erg.

Ik heb minder eetlust dan voorheen. Ze was al nooit zo'n grote eter, maar ze hield enorm van culinaire hoogstandjes. Die kunnen haar nu niet meer zoveel schelen. Ze is meer gaan snoepen, dat wel. Een beetje.

Ik slaap slecht. Een beetje.

Ik kan mij moeilijk concentreren. Nee, dat was merkwaardig, maar door zich te concentreren op haar werk bijvoorbeeld, vond ze juist afleiding. Alleen had ze niet meer zoveel werk. Helemaal niet.

Ik heb moeite met het nemen van beslissingen. Helemaal niet, besloot ze en daarmee was de test ten einde.

Het computerscherm meldde: 'Uw resultaat is 37 (gemiddeld depressief). De kans is gemiddeld dat er bij u sprake is van een depressie. Als u twijfelt, raadpleeg dan uw arts voor meer informatie. Let op: hoewel deze zelftest u misschien zelfinzicht kan geven, is deze test nadrukkelijk niet bedoeld voor het stellen van een diagnose. Aan de uitkomst van deze test kunnen dan ook geen rechten ontleend worden.'

Op wat voor rechten zou hier worden gedoeld? vraagt Judith zich af. Het recht om er een eind aan te maken? Hoe dan ook: volgens het lijstje met scores wordt het boven de 41 punten pas precair. Met 37 punten is ze dus slechts gemiddeld. Ja, ze zou eens niet gemiddeld zijn! En hoe zouden ze die weging maken? Zou de gedachte aan zelfmoord even zwaar wegen als snel huilen of piekeren? Judith besluit, daar heeft ze tenslotte geen moeite mee, dat het een waardeloze test is en klapt haar laptop dicht. Naar de dokter voor antidepressiva kan altijd nog. Eerst maar eens kijken of ze zich aan haar eigen haren uit het moeras weet te trekken.

18

DE REGEN KOMT met bakken uit de lucht. Judith hoopt dat het droog is als ze vanmiddag naar Leo gaat, zodat ze naar buiten kunnen. Met mooi weer doet Leo's nieuwe omgeving in de lente en zomer op het eerste gezicht nog meer dan anders denken aan een vakantieoord. Overal bloembakken en perkjes met bloemen, een terrasje met parasol bij iedere woning. Het terras van het restaurant zit vol bewoners en bezoekende familieleden en vrienden, in het weekend zijn er spelende kinderen die plezier maken en zeuren om een ijsje. Groepjes mensen flaneren over de Boulevard, zoals de hoofdstraat is gedoopt, of maken een praatje met elkaar. Als je goed kijkt en luistert is het natuurlijk minder idyllisch. Sommige wandelaars lopen dwangmatig hun rondjes of zoeken boos, verdrietig of verward de weg naar huis. Een deel van de terrasbezoekers kijkt zonder oog te hebben voor de omgeving voor zich uit of moet worden geholpen met eten en drinken. Maar er hangt een warme sfeer, die niet alleen komt van de zon.

Deze middag is het zwaarbewolkt, maar het is tenminste weer droog. Als Judith het terrein op komt passeert ze het vaste groepje bewoners op het terras. De meesten wonen er al net zo lang als Leo, maar sinds er een nieuwe bewoonster is wier man dagelijks op bezoek komt heeft zich een vast clubje gevormd. De man komt 's morgens en blijft tot het einde van de middag bij zijn vrouw, met wie hij koffie en frisdrank drinkt en het meegebrachte pak koekjes soldaat maakt. Hij moet aardig zijn, denkt Judith, als ze ziet hoe hij het iedereen in het groepje naar de zin probeert te maken en ze probeert te betrekken bij het groepsproces. Een ander woord heeft ze er niet voor, want een gesprek is het eigenlijk niet, aangezien de meesten onbegrijpelijke taal uitslaan of zwijgen. Toch wordt er gepraat en gelachen en hebben ze het reuze naar hun zin.

Langzamerhand leert Judith veel van de bewoners kennen. Soms van naam, in ieder geval van gezicht.

Wanda doet haar dagelijkse rondes. In het begin was Judith niet eens helemaal zeker of ze niet iets te maken had met het personeel, zoals ze daar rondliep met een map onder haar arm. Pas toen Wanda rondjes bleef maken en de map op een dag vervangen was door een rol wc-papier waarvan ze allemaal velletjes afscheurde om die keurig op te vouwen, werd haar duidelijk dat Wanda hier niet op de loonlijst stond.

Dan is er de vrouw met de rollator die op een dag aan Leo vroeg waarom hij haar niet groette, hij was toch haar broer? Later herkende ze in Leo haar neef of een goede vriend uit Breda. Omdat Judith geleerd heeft dat je mensen met alzheimer beter niet kunt tegenspreken, probeerde ze aanvankelijk mee te gaan in haar illusie, maar dat leidde al snel tot eindeloze herinneringen en verhalen. Leo was daar niet van gediend, hij begreep er niets van en hij werd chagrijnig omdat de aandacht van Judith niet onverdeeld bij hem was. Daarna had ze de vrouw dus maar verteld dat ze zich vergiste en dat Leo alleen maar leek op die broer, neef of vriend uit Breda. Ze kon het niet geloven en was diep teleurgesteld. Dat tafereel herhaalt zich nu iedere keer dat ze samen over het terrein wandelen en de vrouw tegenkomen.

De lange man met de groene baret en een uniformjasje, die er voorzichtig rondschuifelt, steekt ook altijd zijn hand naar haar op. Judith vermoedt dat hij een oud-KNIL-militair is, hij woont ook in een woning met een Indische leefstijl. Sinds kort heeft hij een vriendin, een mevrouw die afwisselend vloeiend Engels en Nederlands spreekt en die zich bekommert om de planten. Zij is aanzienlijk beter ter been dan hij, maar als ze hand in hand lopen past zij zich aan zijn tempo aan.

Er is ook een echtpaar dat samen een kamer deelt. Ook een manier om samen oud te worden, had Judith onwillekeurig gedacht toen ze hen in een innige omhelzing aantrof midden op de Boulevard. Maar hun verhouding is niet de hele tijd zo harmonieus. Zij is voortdurend op zoek naar haar kinderen of kleinkinderen en denkt dat die bij haar weggehouden worden door ons, de anderen. Dan zie je haar geagiteerd zoeken terwijl ze hem bij de hand neemt en hem achter zich aan sleept en steeds bozer wordt en verdrietiger. Als hij daar genoeg van krijgt rukt hij zich los en maakt rechtsomkeert, waarna zij hem wanhopig probeert te overtuigen om haar te volgen en te helpen zoeken. Nu iedereen haar een beetje kent komt het meestal niet meer zover, omdat er altijd wel iemand van het personeel rondloopt die zich over haar ontfermt en haar weet te kalmeren.

Meneer Kapteijn gaat in het algemeen zijn eigen weg als zijn vrouw er niet is. Hij zorgt dat er geen ongerechtigheden op de grond liggen, raapt alles op. In de herfst is dat een sisyfusarbeid met al die vallende bladeren. Die stapelt hij keurig op en stopt ze in de binnenzak van zijn jack. Of hij maakt er een waaier van en biedt die iemand aan die hem toevallig passeert.

Gerrit is ook vaak buiten. Hij rookt graag een sigaretje en is afwisselend aardig en agressief. In een boze bui heeft hij er een handje van om het terras te verbouwen. Dan moet je uit zijn buurt blijven. De mensen van het restaurant bellen dan met zijn woning, waarna er twee mensen komen om hem met eindeloos geduld tot kalmte te manen. Judith heeft nog nooit gezien dat een bewoner anders dan met zachte woorden in bedwang werd gehouden. Op zondag gaat hij keurig in een zwart pak naar de kerkdienst en zingt er alle psalmen nog woordelijk mee. Zoals Leo dat niet zo lang geleden ook nog kon. Judith verbaast zich iedere keer weer over de vaste patronen die zich voordoen bij een ziekte waar je verder geen peil op kunt trekken en die zich zo verschillend manifesteert.

Altijd present is de man met een lapje voor z'n linkeroog en altijd en eeuwig een witte pet op, die hij voor iedere passerende dame afneemt, waarna hij vervolgens z'n hand ophoudt en vraagt of je nog iets overhebt voor de portier. Of hij roept je na dat hij nog 50 gulden van je krijgt, om daaraan toe te voegen: 'Grapje!'

Er zijn natuurlijk ook veel bewoners die zich aan haar waarneming onttrekken, omdat ze nooit verder komen dan de huiskamer of het terrasje van hun woning.

In de passage, de overdekte hal waar het restaurant, het café en de supermarkt op uitkomen en waar de vleugel staat met het uitnodigende bord BESPEEL MIJ, treft ze vaak de man aan die zijn vrouw vier keer in de week ijs of appeltaart komt voeren. Iedere keer dat ze het ziet valt het Judith op hoe ongemakkelijk dat beeld is en tegelijkertijd hoe roerend intiem. Ze begroeten elkaar als goede kennissen.

Leo zit in een gesloten instelling, maar dat betekent niet dat hij het terrein niet af komt. Ze mag hem altijd meenemen, voor een tochtje of voor een lunch. En er worden zo nu en dan groepsuitjes georganiseerd. Boottochtjes zijn heel populair, Artis doet het ook goed. Judith gaat weleens mee ter begeleiding van Leo. Vandaag gaat het naar het museum, in het kader van het project 'Onvergetelijk Stedelijk', dat beoogt kunst toegankelijk te maken voor dementerenden en hun mantelzorgers. Is het mogelijk om een deel van de herinneringen die zijn verdwenen in de mist van de alzheimer of andere vormen van ernstige dementie, zodanig te prikkelen dat er sprake is van de prettige sensatie van herkenning, hoe kortstondig ook? Voorwaar een loffelijk streven, waar veel positiefs over te zeggen is en, gebiedt de eerlijkheid te zeggen, ook wel het een en ander op is aan te merken.

Na een warm onthaal met koffie, thee en koekjes en het uitdelen van stickers met ieders naam erop worden ze welkom geheten door de dame die de rondleiding zal verzorgen en die iets vertelt over het doel van het project, waarbij ze het heeft over het oproepen van verlangens, wat ook gedurende de rondleiding een vrij abstract en daardoor niet erg adequaat begrip blijkt te zijn voor het grootste deel van de doelgroep. Met uitzondering van de rolstoelers krijgt iedere deelnemer een klapstoeltje uitgereikt, wat op zichzelf al voor enkele komische en niet geheel ongevaarlijke taferelen zorgt, want leg de functie van zo'n ding maar eens uit aan een dementerende. En een niet onbelangrijk ongemak blijkt te zijn dat de klapstoeltjes geen rugleuningen hebben, zodat onder anderen Leo zo nu en dan achterover dreigt te vallen, gelukkig tegengehouden door een vrijwilliger.

Onze eerste halte is een interieur van Maurice Marinot, een kleurig, vrolijk en impressionistisch werk, waaromheen de meegebrachte klapstoeltjes in een halve cirkel worden gezet. Samen noemen ze de voorwerpen op die te zien zijn op het schilderij. Veel herkenning – een stoel en nog één, een tafel, een theeservies, een vrouw (of is het een man?); soms zelfs bij een enkeling een verrassend scherpe observatie; er is sprake van binnen (het interieur) en buiten (een tuin). Er worden stukjes stof uitgedeeld, iedereen mag z'n favoriete kleur kiezen en vervolgens zoeken we die kleuren ook in het schilderij. Er wordt een poging gedaan tot associëren: gelet op de kleuren en de afbeelding: hoe zou het er dan ruiken? 'Fris,' zegt iemand, 'pittig' zegt een ander, 'lelietjes-van-dalen' zegt een derde. Maar veel antwoorden worden bij gebrek aan respons door de rondleidster zelf gegeven en ongeveer de helft doet niet echt mee. Het tweede schilderij is van Auguste Chabaud. Het is een donker schilderij van een stoomtrein onder de overkapping van een station. Worden we er blij van, is de vraag. Nee, want er is veel zwart te zien, en rook. Er is vast iemand net vertrokken, wordt er gesuggereerd, of nee, iemand heeft misschien juist de trein gemist. De begeleidster brengt het gesprek op favoriete vervoermiddelen – een boot wordt het meest genoemd – en bestemmingen: iemand wil naar Canada. Ook hier verrassende observaties, maar ook nu blijven veel mensen apathisch voor zich uit staren.

Leo houdt het nu voor gezien, hij begint te schuiven op zijn stoel, waardoor hij bijna weer omkiepert en tegengehouden moet worden. Hij probeert op te staan, maar lijkt niet goed te weten hoe hij weg kan komen tussen al die mensen. Zijn achterbuurman, die aan de buitenkant zit, wil ook wandelen en loopt weg. Een begeleider gaat met hem mee, een suppoost houdt een oogje in het zeil.

Het derde schilderij is weer heel kleurig: een mediterraan landschap van Georges Braque, met zee en heuvels. Rood en groen overheersen en de rondleidster tovert een afbeelding van een stuk vlees op een bedje van sla tevoorschijn. Groen en rood versterken elkaar, vertelt ze, vandaar dat de slager er vaak voor kiest zijn vlees uit te stallen op een groene ondergrond. Het gaat de meesten boven de pet. Judith krijgt nog mee dat iemand vrolijk wordt van het schilderijtje, maar dan moet ze weg: Leo houdt het niet langer. Het vierde en laatste schilderij missen ze.

19

COMMUNICEREN MET LEO wordt in snel tempo steeds moeilijker.

'Het is een beetje vervelend weer,' zegt Judith terwijl ze zoals gebruikelijk een glaasje prosecco zonder alcohol voor hem neerzet.

'Ja, maar ja, laat maar liggen, maar je kunt hem ook in je tas doen,' zegt Leo.

'Zal ik doen.'

'En dan is het klaar. Maar deze bij jou ook in in in in de de jouwe. Bij wijze van spreken. Begrijp je?'

'Ik begrijp het.'

'Ja.'

'Heb je het niet koud? Het is een beetje koud vandaag.'

'Nee.'

'Nee, echt niet?'

'Meisjes die hier kwamen en aankwamen en zich voorstellen en die zijn zusjes.'

'O, ja.'

'En daar waren wij.'

'Daar waren wij...'

'Judith met eh met die man waar we gisteren geweest

waren, dus dan moest ik wel stukjes, dingetjes... En toen zei hij als je dat nou goed doet dan moet je Leo zeggen dat hij met je gaat trouwen en in plaats van dat je deze kant deze toegaan en ik zag niemand en ik zag die dingen en ik denk ja nou wacht eventjes, het zit hem tussen daar beter dan hier en toen heb ik gezegd ik zeg terug en zeg tegen hem helemaal niet erg...'

'O, oké. O gelukkig.'

'Nee, doe maar gewoon. Dit is onze... dit is nog een neppeltje van onze vereniging, vergadering van gisteren, een beetje ruim maar dat is allemaal doorgegaan.'

'Oké, dus dat is allemaal wel goed gegaan.'

'Alles. Ook bij mij, dat was gewoon helemaal hartstikke goed gedaan. Ik heb niks gedaan. Ja, maar dat is wel leuk hoor. Ben je er weleens geweest?'

'Nee, ik ben er nog nooit geweest.'

'Maar dan kom je er nu nog wel.'

'Jawel.'

Leo begint luid met zijn tanden te knarsen. Dat is een aantal maanden geleden ineens begonnen. Judith had de tandarts ernaar gevraagd, maar die had geantwoord dat veel ouderen dat plotseling gaan doen, zonder aanwijsbare oorzaak.

'Niet zo knarsetanden, schat.'

'Ja, maar daar moet ik even aan wennen eventjes. Ja, stom is dat hè. Maar het is voor mij lastiger. Ik doe het niet.'

'Ja, je doet het wel.'

'Dat is het punt. Ik zet hem af, wan het toch niks toch niks gedui... Ja, ik kan me voorstellen. Nee, maar het helpt mij ook zo. Nou, dat hebben we allemaal afgelast.'

'Nou, dan hebben we het goed gedaan.'

'Ja. Ja. En verder zijn het allemaal aardige mensen.'

En zo was het. Judith had grote bewondering voor de verpleegkundigen en de verzorgenden. In het begin had ze moeite met de ijzeren regelmaat waarmee iedere nieuwe dag werd afgewerkt: vaste tijden voor opstaan, wc, wassen, ontbijt, koffie, wc, soep, warme lunch, rusten, wc, een activiteit, koffie, wc, avondeten, tv, chocomel, wc, naar bed. Maar al snel werd haar duidelijk waarom die structuur noodzakelijk is: het leven in een verzorgingsinstelling voor dementerenden is iedere dag weer een aaneenschakeling van improvisaties en goedbedoelde pogingen om het de bewoners waar mogelijk naar de zin te maken. Iedere bewoner heeft z'n eigen gebruiksaanwijzing, die bovendien van het ene op het andere moment kan veranderen. Er is te weinig personeel, dus als twee bewoners gelijktijdig naar de wc moeten, geholpen moeten worden met eten of drinken, met elkaar letterlijk of figuurlijk in botsing komen of een andere vorm van aandacht vragen, of als er iemand struikelt, weg wil of in paniek raakt, dan komt dat neer op de schouders van de verzorgende van dienst. Crisissituaties, agressie, paniek, het zijn dagelijkse ongemakken. Zo'n crisissituatie bezweren is één ding, de onrust die dat bij de overige bewoners teweegbrengt werkt vaak nog de hele dag door. En dan moeten ze ook nog diplomatiek omgaan met de familie. Als het bezoek zo druk of luidruchtig is bijvoorbeeld, dat andere bewoners angstig of agressief worden. Of als een familielid iemand die net ligt of zit te rusten tegen zijn of haar wil mee wenst te nemen naar buiten. En wat te doen als bewoners niet willen douchen of zich niet willen aankleden? Wat te doen als een van de bewoners een huisdier wil, maar een ander er bang voor is?

Omgaan met agressie is een hoofdstuk apart. Ondanks alle goede zorg is er veel droefenis en boosheid. De heftigheid waarmee bewoners soms kunnen huilen, schreeuwen, slaan of trappen doet Judith nog steeds schrikken, alsook de onverwachtheid waarmee zo'n uitbarsting zich kan manifesteren. Vaak zonder duidelijke aanleiding. Het kan een aanraking zijn, een geluid, een blik of een dichte deur. Of helemaal niets. Het kan het besef zijn van eenzaamheid of verlatenheid, desoriëntatie of angst, machteloosheid of pijn, of een plotseling opkomende waanvoorstelling. Het kan ook het afbakenen van het territorium zijn ten opzichte van een medebewoner, wat helemaal lastig is, omdat die zich daarvan in het algemeen niet bewust is en dus telkens weer een grens overschrijdt.

Van iedere verpleegkundige en verzorgende worden van minuut tot minuut acties en beslissingen gevraagd waar een doorgewinterde crisismanager tonnen voor betaald krijgt.

Als ik maar nooit naar een verpleeghuis hoef, denkt Judith vaak als ze weer een incident meemaakt. Het verpleeghuis is het laatste station voor de dood. Een noodzakelijk kwaad, waar het leven dat je nooit had willen leven verlengd wordt. Waar iedere poging om er nog iets van te maken en de aftakeling een halt toe te roepen een gevecht is tegen de bierkaai.

Daarom wellicht ook is het zo moeilijk voldoende personeel te krijgen, denkt Judith, het is zwaar en slechtbetaald werk. Zelf zou ze het niet kunnen. Of, eerlijker gezegd, niet willen. Tegelijkertijd maakt ze zich druk over het slechte imago van de verpleegzorg in dit soort instellingen. Verval, want dat is het waaraan de mensen hier ten prooi zijn, wordt zo makkelijk verward met verwaarlozing. Demente mensen kunnen vaak niet meer aangeven dat ze naar het toilet moeten, ze plassen en poepen niet op commando of vaste tijden, dus doen ze het in hun broek of luier, het hoort bij het dement zijn. Daar heeft niemand schuld aan, en het wijst ook niet op slechte zorg, tenzij het niet meteen wordt opgeruimd. Het is verschrikkelijk om te zien, dat wel, ze had het een bekende Nederlander onlangs zelfs mensonterend en beestachtig horen noemen. Bij dat woord had Judith onwillekeurig moeten denken aan haar oude, inmiddels overleden kat. Anderhalf jaar voor zijn dood ongeveer was hij incontinent geworden. Dat was lastig geweest, ze had het iedere keer weer moeten opdweilen, de flessen met vlekkenspray voor het tapijt waren niet aan te dragen geweest, maar ze had er geen aanleiding in gezien hem uit zijn lijden te verlossen, omdat ze helemaal niet de indruk had dat hij leed onder zijn incontinentie. Het woord 'beestachtig' was niet bij haar opgekomen. Ze had hem pas een spuitje laten geven toen hij was opgehouden met eten en drinken. Maar bij volwassen mensen kunnen we het niet aanzien en wijzen we meteen met een beschuldigende vinger naar de verzorging of, als we dat te ver vinden gaan, naar de beleidsmakers en de politiek.

Natuurlijk zouden politici wat vaker met hun poten in de modder moeten staan en natuurlijk is er te veel bezuinigd. Judith heeft alle begrip voor acties om de werkdruk te verminderen en de dementenzorg persoonlijker, onconventioneler en liefdevoller te maken. Maar misschien moeten we ook eens naar onszelf kijken, denkt ze. Wij, de familie, de goede vrienden. Als we onze geliefden met enige regelmaat bezoeken, vinden we dat zelf al heel wat. Toen ze Leo had aangemeld voor dit verzorgingshuis had ze schriftelijk moeten beloven dat ze minimaal vier uur per maand zou investeren in wat hier familieparticipatie werd genoemd. Vier uur per maand! Toen ze haar verbazing daarover kenbaar maakte was het antwoord dat veel familieleden zelfs dat niet halen. Te druk, te ver weg of gewoon blij van de zorg verlost te zijn. Alles wat extra aandacht vergt en niet meteen meetbaar resultaat afwerpt laten we blijkbaar graag over aan iemand anders die er zijn werk van heeft gemaakt. We besteden alles uit, van de kinderopvang tot de zorg, van de wieg tot het graf. Alles daartussenin wordt ons op een presenteerblaadje aangeboden, de boodschappen worden bezorgd, we winkelen via internet en als er iets kapot is dan maken we het niet meer, maar kopen we wat nieuws. Jezus, denkt Judith, als ze niet oppast wordt ze een reactionaire oude trut die moeite heeft met haar tijd mee te gaan. Ze moet oppassen dat ze niet zuur wordt, alleen omdat ze een beetje teleurgesteld is in een aantal van hun vroegere vrienden. Sommigen hadden Leo éénmaal bezocht, uit nieuwsgierigheid meer dan uit vriendschap, en waren daarna weggebleven; 'hij heeft er toch geen weet meer van'. Het is ook ingewikkeld. Je bent hier op bezoek, je hebt al snel het idee dat je de dagelijkse routine verstoort, zelfs als je aanbiedt om te helpen met koffiezetten of met het eten, je actieradius is beperkt en te praten valt er ook niet veel. Maar goed, gelukkig was er ook een aantal goede vrienden die zich daardoor niet lieten weerhouden. Of die hem bleven bezoeken om haar enigszins te ontlasten.

Misschien is het ook wel zo dat het zinloos is hem zo vaak te bezoeken, en toch... zijn gezicht klaart nog steeds op als hij haar ziet, soms tien keer tijdens eenzelfde bezoek, omdat hij ook iedere keer weer vergeet dat ze er is, maar het verwarmt haar steeds opnieuw. Soms steelt hij een kusje in de lift, niet waar anderen bij zijn en ook niet, leert navraag, van andere vrouwen. Waarom in de lift? En waarom alleen van haar? Soms zegt ze 'Leo' en antwoordt hij 'ja liefste', zoals vroeger. Soms reageert hij met 'ha, heerlijk' als hij iets te eten of te drinken aangeboden krijgt. Soms reageert hij helemaal niet. Het is een onbegrijpelijke ziekte.

20

'JONGENS, HEBBEN JULLIE gisteravond gekeken naar dat interview met, kom, hoe heet ze ook alweer, die wetenschapper die zegt dat we straks allemaal honderddertig kunnen worden. Wat fantastisch hè!'

'Ik wil helemaal niet oud worden,' zegt Judith. Ze zitten aan hun wekelijkse vriendenetentje, een traditie die een jaar of tien geleden op initiatief van Leo begonnen was, eerst als vaste tafel in hun stamcafé en later – toen het te druk werd voor Leo en hij agressief werd van al het lawaai om hem heen – bij een van hen thuis. Dat was een succes, het bleek de gesprekken ten goede te komen. Alhoewel, vanavond wat minder.

'Ik teken ervoor, hoor! Stel je voor! Niks achter de geraniums met je tachtigste. Lekker leuke dingen blijven doen, reizen en zo. Heerlijk!' Maartje had altijd de neiging in uitroeptekens te praten. Zij was de enige geweest die nooit moeite had gehad zich verstaanbaar te maken in het café.

'Ik wil helemaal niet oud worden,' zegt Judith nog een keer, 'en ik word stapelkrankzinnig van al die mensen die maar blijven roepen dat het leven zo mooi is en als je dat niet vindt, dat je dan waarschijnlijk wel depressief zult zijn, dus dat je dan naar de dokter moet voor een pilletje en dat het dan allemaal weer in orde komt. Trouwens, van die pilletjes schijnen sommige mensen weer moordneigingen te krijgen, las ik laatst. Hebben jullie gelezen over dat proces dat over moet omdat de dader onder invloed van antidepressiva drie mensen heeft neergeschoten?'

'Toch bijzonder hoe je het gesprek weet te brengen van ouder worden op een driedubbele moord,' zegt Walter glimlachend.

'Nou ja, sorry, maar ik krijg ook iets wat op moordneigingen lijkt bij dit onderwerp. En een levenslange gevangenisstraf wordt wel erg lang als je honderddertig wordt, nietwaar?' probeert Judith een wat luchtiger toon aan te slaan.

'Maier heet ze, ik weet het weer!' gaat Maartje onverstoorbaar verder. 'Zij gelooft dat ouderdom tegen te gaan is met medicijnen. Ze ziet ouderdom als een ziekte. Bij ziektes is het vaak zo dat als je ze begrijpt, je er ook iets aan kunt doen. We begrijpen veroudering volgens haar, dus kunnen we er ook iets tegen doen. Bij muizen zouden al ouderdomscellen zijn weggehaald, waarna ze ouder werden. Fantastisch toch?!'

'Nou, ik kan een heleboel redenen bedenken waarom dat helemaal niet zo fantastisch is.' Judith begint zich nu echt op te winden. 'Ik vind het echt aperte onzin om ouderdom als een ziekte te beschouwen. Er zijn nou eenmaal bepaalde aandoeningen die vaker voorkomen naarmate je ouder wordt, maar daarmee wordt het ouder worden zelf nog geen ziekte. Als ouderdom een kwaal zou zijn die te genezen of in ieder geval uit te stellen zou zijn, wil dat nog helemaal niet zeggen dat we gevrijwaard worden van andere ziektes. Het hellend vlak van ons leven, van een gezond leven, dat we afglijden tot we ten slotte op een stukje aarde terechtkomen waarin we begraven of uitgestrooid mogen worden, zal geplaveid zijn met dezelfde ziektes die ons nu naar het einde doen verlangen. En met eenzaamheid, niet met onze tijd mee kunnen, luiers, rollator, afhankelijkheid, verlies van veerkracht, van pincodes, van urine. Als we tenminste nog naar het einde kunnen verlangen omdat ons bespaard is gebleven dat we alzheimer krijgen.'

'Ja, ik begrijp wel dat je dat zegt nu met Leo, maar dergelijke ziektes kunnen ze tegen die tijd vast ook wel genezen.'

Judith voelt een schop tegen haar been. Anne kijkt haar aan met een blik die wil zeggen: kom, laat het gaan. Ze heeft gelijk. En bovendien is Anne vanavond de gastvrouw en tevens haar beste vriendin, dus gaat het niet aan om de stemming een beetje te zitten bederven.

'Laten we het dan eens filosofisch proberen te bekijken,' probeert Anne. 'Eindigheid is een onmisbaar kenmerk van ons bestaan. Het besef dat we niet het eeuwige leven hebben doet ons het leven meer waarderen – afgezien van het feit dat ouder worden ook met een zekere opluchting gepaard kan gaan. Ik word echt niet somber van het vooruitzicht van een naderend einde en van alle problemen die mij dan bespaard zullen blijven. Denk alleen al aan het klimaat of onze pensioenen. Trouwens: wie gaat dat dan eigenlijk allemaal betalen? We komen nu al in opstand als we langer door moeten werken. Ons pensioengat zal groeien, zeker als je gewoon op je vijfenzestigste of zevenenzestigste, of laten we eens zeventigste zeggen, met pensioen zou gaan. Dan ben je bij wijze van spreken net over de helft van je leven. Leuk als je nog een heleboel plannen hebt, maar financieel gezien is dat toch een tikkie lastig, lijkt me.'

'Ja nou, dat zien we dan wel weer, daar zullen ze tegen die tijd ook wel iets op gevonden hebben.' Maartje is niet snel ontmoedigd.

'Sorry hoor, maar daar kan ik niet tegen.' Ondanks de schop kan Judith het niet laten. 'Lekker makkelijk om, als je geconfronteerd wordt met een probleem waar je zo snel geen antwoord op weet, te zeggen dat ze er wel iets op zullen vinden. Ga jij in een auto zitten waarvan de remmen stuk zijn en die ze een steile helling af willen duwen met een muur aan het einde, terwijl ze je geruststellen met de verzekering dat ze wel een manier zullen vinden om die remmen er onderweg in te bouwen?'

'Nou ja, hoe dan ook,' zegt Walter, 'mij zou de herhaling denk ik op den duur stierlijk gaan vervelen. Mij ontbreekt de fantasie om steeds weer nieuwe spannende dingen te bedenken waarmee het leven leuk zou blijven. En ik vind het nu al moeilijk alle nieuwe ontwikkelingen bij te houden. Ik zou binnen de kortste keren hopeloos achterlopen. Om nog maar te zwijgen van het feit dat ik me dan nu langzamerhand zou moeten gaan buigen over de vraag of ik nog een nieuwe keuken moet aanschaffen. Of een nieuw bed. En een nieuwe auto. Ik moet er niet aan denken.'

'Haha. Maar zou je het dan niet leuk vinden, Judith, om je kleinkinderen te zien opgroeien? En hun kinderen?'

‘Ja, misschien wel, maar dat doen ze ook wel zonder mij. En bovendien hebben we geen kinderen en kleinkinderen.’ Alsof Maartje dat niet weet.

‘Als het had gekund had Leo best honderddertig willen worden, denk ik,’ gaat Maartje door.

Het treft Judith als een mokerslag. Even is het stil. Hoe durft ze Leo, die al jaren verstek moet laten gaan op hun donderdagse dis, er op deze manier bij te betrekken. ‘Dus jij denkt dat Leo de dood erger zou hebben gevonden dan vijfenvijftig jaar lang niet te weten dat hij nog leeft?’

‘Dat bedoel ik natuurlijk niet.’

‘Nee.’

‘Ik denk dat het tijd is om de kazen te serveren.’

21

'IK ZAL HET MAAR eerlijk zeggen, ik mis de sprankeling in je ogen.'

Zo. Lang leve de eerlijkheid. Dacht Judith dat ze net een beetje de oude aan het worden was, dat ze de verstikkende deken die de afgelopen jaren over haar leven leek te liggen van zich af had geschud, dat ze de neiging om zich terug te trekken uit de wereld had overwonnen, krijgt ze dit.

Ze luncht met een oude vriend die ze na tien jaar weer is tegengekomen op een feestje. Ze waren elkaar om allerlei redenen, niets dramatisch, uit het oog verloren, maar het had gevoeld alsof ze elkaar gisteren nog hadden gesproken en ze hadden meteen een nieuwe afspraak gemaakt. Ze hadden elkaar veel te vertellen gehad: hij over alles wat hij deed en doet in Chili, waar hij de helft van het jaar woont, zij over wat haar en Leo in die tijd allemaal was overkomen. Ze hadden het gehad over de overbodigheid van psychologen en psychiaters en ineens ging hij zelf de psycholoog uithangen.

'Je hebt duidelijk nog niet echt afstand genomen van Leo.'

‘Nee, logisch, ik bezoek hem nog vier tot vijf keer per week. Ik wil ook helemaal geen afstand nemen van Leo.’

‘Is ook niet erg, dat begrijp ik heel goed, je voelt je nog steeds verantwoordelijk voor jullie relatie. Dat was vroeger al zo, Leo was een vrolijke losbol, jij voedde jullie relatie. Ik constateer alleen dat je hem nog steeds niet echt hebt losgelaten, ook niet nu jullie relatie zo is veranderd. Ik mis je nieuwsgierigheid. Je *brille*.’

Compliment en verwijt ineen. ‘Wie zei er net dat psychologen een beroepsgroep vormen die niets toevoegt aan de samenleving en waar we makkelijk zonder kunnen?’

‘Ik bedoel het niet lullig. Of verwijtend. Integendeel. Maar je moet weer om je heen kijken, je blik weer vooruit richten, nadenken over de toekomst.’

‘Hoe kom je erbij dat ik dat niet doe? Weet je wel hoe ik er een jaar geleden bij zat? Hoe moe ik toen was? Hoe depressief? Nu sta ik weer midden in de wereld. Ik ga naar feestjes, spreek af met vrienden, ik werk weer een beetje...’

‘Hartstikke goed. Echt. Als je je realiseert wat jullie allemaal is overkomen. Maar je bent er duidelijk nog niet overheen. Ik zie het aan je uitstraling, je manier van lopen, je blik. Er komt een moment, hoop ik, dat je je gaat afvragen of je wel vijf keer per week naar Leo moet gaan. Twee keer is misschien ook genoeg. Hij weet niet hoe vaak je komt, hij ervaart het heel anders dan jij.’

Judith is hem in zekere zin dankbaar dat hij niet over schuldgevoel begint. Als haar in het begin, toen ze Leo had weggebracht, werd gevraagd of ze zich schuldig voelde, had ze altijd enigszins gepikeerd geantwoord met een wedervraag: ‘Nee, waarom? Ik ben tot het uiterste voor hem blijven zorgen.' Maar nu, nu ze door het verstrijken van de tijd wat meer afstand had kunnen nemen, moest ze toegeven dat schuldgevoel wel degelijk een rol had gespeeld. Schuldgevoel over haar onvermogen zich voor hem weg te cijferen. Schuldgevoel dat ze de zorg voor hem had uitbesteed.

'Maar ik doe het niet alleen voor hem,' werpt ze tegen. 'Ik doe het wel degelijk ook voor mezelf. Ik vind het in zekere zin fijn om naar hem toe te gaan, ook al doet het iedere keer weer pijn hem zo te zien. Ik mis hem. Het geeft structuur aan mijn leven.'

'Dat is precies wat ik bedoel.'

Judith begrijpt best wat hij bedoelt. En hij heeft ook best een beetje gelijk. Leo volgt zijn eigen pad nu, een weg waarop zij al heel lang niet in staat is hem te volgen.

Waarom kan zij de afslag niet nemen, waarom kan zij niet genieten van al die heerlijke herinneringen, die hij niet meer heeft, maar zij verdomme wel? Was ze dat niet aan zichzelf verplicht, of aan Leo?

Aan de andere kant krijgt ze uitslag van de Jehova's getuigen van het mindfulnessgeloof, de vertegenwoordigers in geluk, die roepen dat je je ongeluk moet accepteren, positief moet blijven, in het hier-en-nu moet leven, dat je neerslachtigheid niet kan bestrijden door erin te blijven zwelgen. Ja, dat weet ze ook wel, maar dat betekent nog niet dat het geluk maakbaar is. Of dat je je moet verschuilen achter een grenzeloos optimisme om de werkelijkheid niet onder ogen te hoeven zien. Dat is net zo verlammend als pessimisme. Haar eigen aangeboren neiging tot pessimisme had ze in ieder geval altijd terzijde weten te schuiven met het citeren van een aforisme van haar vader: 'Pessimisme is een luxe die alleen mensen zich kunnen permitteren die het goed hebben.' En god, wat hadden ze het goed gehad!

Judith had nooit in het verleden geleefd, ontwikkelde een hoge mate van ongeduld met mensen die om de haverklap teruggrepen naar het verleden om te klagen over nu. Het verleden was voorbij, het was het heden dat telde en een enkele keer de toekomst. Maar nu ze erover nadenkt moet ze toegeven dat er de laatste jaren inderdaad momenten zijn geweest dat ze de neiging had haar toevlucht te zoeken tot de herinnering aan wat haar nu de veilige geborgenheid van een gelukkig leven toeschijnt. Als ze heel eerlijk is moet ze zelfs toegeven dat ook zij, naarmate ze ouder wordt, steeds vaker terugdenkt aan haar jeugd. Dat is dus niet alleen voorbehouden aan mensen met alzheimer, denkt ze.

Ze probeert zich voor te stellen hoe ze vroeger naar zichzelf in deze staat zou hebben gekeken. Ze heeft meer dan genoeg van haar eigen gepieker. Kom op, moedig voorwaarts nu, weg met dat zelfmedelijden! Ga iets nuttigs doen!

22

VANDAAG IS HET drie jaar geleden dat ze Leo het huis uit had gedaan, om zijn eigen woorden te gebruiken. Judith denkt terug aan de tijd dat ze nog hoopte dat het misschien allemaal zo'n vaart niet zou lopen. Dat Leo aanvankelijk bijna onmerkbaar achteruit was gegaan, was mede te danken geweest aan hun pogingen zo goed en zo kwaad als het ging door te gaan met hun normale leven, daar was ze van overtuigd. Ze weet ook zeker dat Leo sneller achteruit is gegaan op het moment dat hij omringd werd door andere dementerenden. Volgens zijn arts is dat inderdaad niet ondenkbaar, omdat hij daar veel minder prikkels kreeg. Toch had ze zich achteraf vaak afgevraagd of ze hem niet te lang bij zich had gehouden. Of al die prikkels hem op den duur niet ongelukkig hadden gemaakt en hadden gezorgd voor te veel stress. Eigenlijk weet ze het nog steeds niet.

'Ik loop de plomp in,' had mevrouw Akkerman vorige week tegen haar gezegd, huilend en schuifelend achter haar rollator. 'Ik ben zo eenzaam, niemand bezoekt me, mijn zoons komen nooit eens kijken. Zo vind ik er niets meer aan. Voor mij hoeft het allemaal niet meer. Ik loop de plomp in.' Judith was even met haar op het terras gaan zitten. Mevrouw Akkerman was een van die bewoners die in een vrij vroeg stadium in het verzorgingstehuis terecht was gekomen bij gebrek aan mantelzorg. Judith kon niet goed beoordelen of ze echt geen bezoek meer kreeg, vaak vergeten mensen dat juist, maar een praatje kon vast geen kwaad.

'Maar er zijn hier toch allemaal leuke activiteiten, mevrouw Akkerman? Leuke dingen die u kunt doen?'

'Dat weet ik niet.'

'Nou, volgens mij zag ik u laatst uit de bingo komen met een pak koekjes in uw hand. U had een prijs gewonnen.'

'Dat weet ik niet.'

Stom, dacht Judith, om haar te confronteren met haar vergeetachtigheid. Dus probeerde ze het over een andere boeg te gooien. 'Zijn er in uw woning geen leuke mensen? Is het daar niet gezellig?'

'Nee. Vroeger had ik een vriendin, maar die is dood. En met de anderen kan ik niet praten.'

'Waarom niet?'

'Nou, die praten niet.'

'Nou, weet u wat, dan kom ik u de volgende keer opzoeken en dan gaan we wat drinken.'

'Waarom? Ik ken u niet.'

'Zal ik u dan nu naar uw woning brengen? Het is bijna tijd om te eten.'

'Nee, laat me maar. Ik heb geen trek.'

Ze was in elk geval opgehouden met huilen, dacht Judith toen mevrouw Akkerman moeizaam opstond. 'Weet u het zeker?'

'Ja, dag hoor.'

Als Judith hem niet meeneemt voor een wandelingetje, gaat Leo nauwelijks meer naar buiten. Hij schuifelt zich een weg door zijn leven door rondjes te lopen in de woning, kan niet meer zelfstandig eten en alleen nog maar onsamenhangend brabbelen. Het is overduidelijk dat alles inmiddels z'n verband voor hem heeft verloren: de letters met woorden, de woorden met zinnen, de zinnen met gebeurtenissen, de gebeurtenissen met het leven.

Soms lijkt hij haar nog te herkennen, alsof hem eventjes een licht opgaat, soms noemt hij haar naam, maar hoogstwaarschijnlijk heeft het een niets met het ander te maken en zit haar naam nog ergens in een compartimentje in zijn hoofd waaruit hij bij tijd en wijle ook nog eindeloze rijen cijfertjes opdiept die hij eruit gooit alsof hij bezig is een balans op te maken. Ze bezoekt hem nu nog maar drie keer per week. Soms permitteert ze zich een korte vakantie. Eerst niet meer dan een weekendje weg. Dicht bij huis, zodat ze ieder moment terug kon, mocht dat nodig zijn. Later iets langer, maar meer dan een dag of vijf durfde ze nooit weg.

'Ga er toch eens even uit,' hadden Philip en Jannie onlangs aangedrongen, 'hij kan best even zonder je,' dus nu zijn ze met z'n drieën een lang weekend in Granada. Wat doe ik hier, denkt Judith terwijl ze het kaartje bestudeert met de gegevens van het hotel: solarium, coffeeshop, tv en radio, de was, het kamermeisje – nu ze erover nadacht had ze inderdaad nog nooit een kamerjongen gezien – en de parkeergelegenheid. Ze kauwt op een vruchtenkaramel.

Het is niet zo dat Judith het leven ondraaglijk vindt.

Echt niet. Althans, niet meer. Ze was blijven eten, drinken, en zelfs zo nu en dan lachen met het enigszins geslonken gezelschap vrienden dat hun trouw was gebleven en had kunnen accepteren en vergeven dat Judith voordien geen bijster aangenaam gezelschap was geweest. Ze sloot zelfs een of twee nieuwe vriendschappen. Ze doet echt haar best. En toch, alle pogingen ten spijt en hoe ze zichzelf ook toespreekt, uitscheldt, uitdaagt, verdooft of voorhoudt hoe heerlijk ze het de eerste helft van haar bestaan had gevonden om niet gebonden te zijn, ze vindt dit leven, haar leven alleen zonder Leo om het mee te delen eigenlijk zinloos. In iedere betekenis van het woord. De gedachte aan de dood dringt zich steeds vaker aan haar op. Haar buurvrouw had haar laatst gevraagd of ze een tijdje voor de katten wilde zorgen, omdat ze geopereerd moest worden aan een darmtumor. Even was de gedachte bij haar opgekomen: waarom heb ik dat niet? Eventjes maar. Ze had zich er diep voor geschaamd. Maar de vraag had zich steeds opnieuw aan haar opgedrongen, vooral op momenten dat ze overwoog of ze niet eens via internet op zoek moest gaan naar een zelfmoordmiddel. Al was het maar om het in huis te hebben voor het geval ze ook verschijnselen van alzheimer zou krijgen. Maar tegelijkertijd stuitte de gedachte aan zelfmoord haar tegen de borst. 'Zelfdoding' schijn je tegenwoordig te moeten zeggen. Doodgaan aan kanker wordt een stuk makkelijker geaccepteerd dan een sprong voor een trein, van een gebouw of van een stoel met een touw om je nek. En het is aanmerkelijk minder ingrijpend voor de omgeving. Met een beetje geluk word je nog geholpen ook met doodgaan. Zo was het gegaan bij haar beide ouders.

Haar moeder had op jonge leeftijd, ze was pas vijfenvijftig, leverkanker gekregen. Bij de diagnose door de specialist en de mededeling dat ze waarschijnlijk nog slechts enkele maanden te leven had, had ze haar angst voor de naderende en in die tijd onvermijdelijke aftakeling onder woorden proberen te brengen en voorzichtig geïnformeerd of hij misschien bereid zou zijn om als het echt niet meer ging... Euthanasie was toen nog strafbaar, hoewel zich een praktijk aan het ontwikkelen was waarin justitie en artsen zochten naar zorgvuldige procedures om het lijden van terminale patiënten te bekorten. Maar niet iedere arts was bereid daaraan een bijdrage te leveren en daarmee het risico van vervolging te nemen. Dus als het al gebeurde was euthanasie omgeven met de grootst mogelijke geheimzinnigheid en werd er in bedekte termen over gepraat. 'We gaan proberen in hoeverre we de kanker kunnen terugdringen, maar ik beloof u, lijden is niet bij mijn behandeling inbegrepen,' had de specialist geantwoord en had daarmee het leven van haar moeder verlengd, daarvan is Judith nog steeds overtuigd. Nu hoefde haar moeder zich geen zorgen meer te maken over een ellendig einde, wat haar in staat stelde de bijverschijnselen van de behandeling op de koop toe te nemen en te genieten van de tijd die haar nog restte. Ruim vier jaar had ze het nog volgehouden.

Ze hadden het aan niemand verteld. De arts had het haar moeder afgeraden, 'want mensen gaan je nu eenmaal anders behandelen als ze weten dat je doodziek bent, en dan denkt u bij ieder compliment over uw uiterlijk dat ze dat alleen maar zeggen om te troosten en dat zou zonde zijn'. Hij had waarschijnlijk gelijk, maar het was zwaar geweest om er met niemand over te mogen praten. Hoewel, ze hadden er soms ook lol om gehad. Discussies over euthanasie eindigden in die tijd over het algemeen met de waarschuwing van een tegenstander in de trant van: 'Nu heb je makkelijk praten, maar wacht maar tot het je zelf overkomt. Dan piep je wel anders!' Dan hadden zij en haar ouders elkaar aangekeken met die blik van verstandhouding en nauwverholen glimlach die hen gedurende die vier jaar aaneen had gesmeed tot een onoverwinnelijk drietal. Tot de kanker uiteindelijk zegevierde.

Toen het zover was – het was avond en haar moeder, die de beslissing inderdaad steeds had uitgesteld om het toch weer even te proberen, kon de pijn maar ook de gevolgen van de pijnstillers, de afasie, het vocht dat zich in haar lichaam ophoopte en haar het aanzien gaf van een zwangere vrouw, het verlies aan decorum en macht over haar lichaam niet langer verdragen – hadden ze de dokter gebeld. Hij kwam meteen, praatte nog even met haar ouders en gaf haar moeder een injectie om in slaap te vallen. De finale injectie zou gegeven worden in het ziekenhuis, waar dit blijkbaar staande praktijk was, wat Judith gezien alle geheimzinnigheid toen nogal verbaasde. Ze brachten er gedrieën de nacht door, tot bij het aanbreken van de ochtend de laatste injectie werd toegediend. Judith zou nooit vergeten hoe de halsslagader stopte met kloppen. Maar het was goed geweest, ze hadden het met hun drieën volbracht.

Tien jaar later, toen haar vader wilde sterven, was euthanasie nog steeds niet wettelijk geregeld, maar wel een gedoogde praktijk geworden. Hij mocht thuis sterven, omgeven door zijn geliefden, met de 'Dance of the Knights' uit *Romeo en Juliet* van Prokofiev in z'n oren en een kelkje jenever in z'n hand.

Tot nu toe had Judith altijd een beeld voor ogen gehad dat Leo in de buurt zou zijn in het geval dat zij zelf tot euthanasie zou besluiten. Dat hij haar hand zou vasthouden, letterlijk en figuurlijk. Hoe zou het nu moeten, als ze ongeneeslijk ziek zou worden? Nou ja, er zijn zoveel mensen alleen, stelt ze zichzelf gerust. Ze moet het er binnenkort maar eens over hebben met John, die ze inmiddels tot haar executeur-testamentair had benoemd.

Nu nog een regeling dat euthanasie ook mogelijk wordt bij dementie, denkt Judith. Alhoewel. Wanneer de oprukkende dementie je wilsonbekwaam heeft gemaakt rijzen er natuurlijk meteen allemaal vragen, dat begrijpt ze ook wel. Heb je een wilsverklaring en hoe oud is die? Wil je nog wat je toen wilde? En op welk moment dan? Bovendien: als je in dit stadium nog goede momenten hebt, lijd je dan wel? Of is het slechts de vrees voor het lijden, de angst voor aftakeling, en mag je in dat geval een ander verantwoordelijk maken voor je dood? Ironisch eigenlijk dat voor de patiënt de dreigende wilsonbekwaamheid de ultieme reden is te willen sterven en dat voor de arts ditzelfde onvermogen de reden is een patiënt de dood te ontzeggen.

Van al dat zachte sterven hebben we de illusie gekregen dat we zelf kunnen beschikken over ons levenseinde, dat waardig zal zijn en pijnloos uiteraard. Hulp bij zelfdoding lijkt Judith eigenlijk meer voor de hand te liggen, dan houd je je lot in eigen hand en vergewis je je er alleen van dat de middelen die je gebruikt geen rotzooi zijn.

Nou ja, voor Leo was dat sowieso niet meer van toepassing.

Walter had haar laatst gevraagd of zij niet liever zou hebben gewild dat Leo dood was in plaats van hem nu zo te moeten zien wegkwijnen. Ze vond het een confronterende vraag. Je eigen lijden is tot daar aan toe, maar machteloos te moeten toekijken bij het volstrekt uitzichtloze lijden van je geliefde is zo mogelijk nog pijnlijker. Toch had ze nee gezegd en hij had gelukkig niet verder gevraagd. Dan had ze misschien onder woorden moeten brengen dat Leo's bestaan ondanks alles nog zin en structuur geeft aan haar eigen leven en dat is eigenlijk een ondraaglijke gedachte. Temeer daar ze er diep vanbinnen van overtuigd is dat de dood voor Leo een genade zou zijn in het stadium waarin de alzheimer zich nu bevindt. Dat zijn leven geen zin meer heeft. Niet voor hem. En dat zij de zin van haar leven uitsluitend nog ontleent aan de instandhouding van die zinloosheid.

23

ZE HEEFT EEN RIVALE! Tot haar vreugde en vertedering moet Judith vaststellen dat mevrouw Hamersma smoorverliefd is op Leo. Mevrouw Hamersma streelt zijn magere armen en handen, pakt hem met haar rechterhand bij de kin, schudt die een beetje heen en weer, brengt haar hoofd heel dicht bij het zijne, kijkt hem diep in de ogen en zegt: ‘Wat ben je toch allemaal weer aan het zeggen? Wees nou maar even stil, ik begrijp het toch allemaal niet, maar het hindert niet hoor.’ Leo laat het toe en blijft vrolijk en onverstaanbaar tegen haar brabbelen.

Een van de verzorgers vertelt dat mevrouw Hamersma hem laatst probeerde te zoenen, en dat zij had gezegd dat dat niet mocht omdat Leo getrouwd is. ‘Kijk,’ zegt ze tegen mevrouw Hamersma, ‘dit is de vrouw van Leo.’

‘De vrouw van Leo? Heeft Leo een vrouw? Dat wist ik niet,’ zegt mevrouw Hamersma. ‘Nou, fijn voor hem. Dus u bent zijn dochter.’

‘Nee, zijn vrouw. Ik heet Judith.’

‘O. Nou, dag hoor.’ Mevrouw Hamersma loopt weg, draait zich nog een keer om, kijkt haar aan met een blik die ze niet helemaal weet te duiden – voelt ze zich gekwetst, betrapt, is ze geschrokken? – en vervolgt hoofdschuddend haar weg.

Mevrouw Hamersma maakt nog niet zo lang deel uit van het groepje bewoners in Leo's woning. Ze kijkt vriendelijk en helder uit haar ogen, heeft kort grijs haar, goedverzorgde handen met roodgelakte nagels en komt nog heel goed uit haar woorden. Ze helpt graag met het opvouwen van de dagelijkse stapels wasgoed en mag graag aardappelen schillen en boontjes doppen. De eerste keer dat Judith haar zag twijfelde ze zelfs of ze hier van doen had met een bewoonster of een bezoekster. Samen met mevrouw Van der Stoel levert ze commentaar op de dagelijkse gang van zaken in de woning: 'Kijk niet zo boos', 'God, ik versta niets van wat die man zegt', 'Het wordt tijd dat ik naar huis ga, ik vind er hier niks meer aan', 'Moet jij niet eens weg?', 'Hou es op met dat geijsbeer'. Mevrouw Dalebout, een fervent rookster, die bij redelijk weer de halve dag buiten op een stoel zit met een peuk in haar mond, is in het algemeen milder. Zij heeft de neiging Leo te bemoederen: 'Laat hem toch met rust', 'Daar zal-ie wel z'n reden voor hebben', 'Wees toch es een beetje vriendelijk'. Maar ze proberen hem ook zo nu en dan te betrekken bij het dagelijks leven: 'Kom er gezellig bij zitten.' Leo heeft niet te klagen over aandacht, maar het meeste ontgaat hem.

Leo loopt de hele dag, zonder op of om te kijken. Vrij nieuw is dat hij daarbij steeds vaker aanloopt tegen obstakels die zich op zijn weg bevinden: stoelen, tafeltjes, rollators, waardoor hij steeds vaker valt of struikelt. 'Wees toch voorzichtig, jongen, niet vallen hoor,' zegt mevrouw Dalebout dan. Of hij loopt tegen glazen wanden en tussenwanden aan, eenvoudigweg omdat hij niet meer beseft dat als je ergens doorheen kunt kijken dit nog niet betekent dat je er ook doorheen kunt lopen, wat hem met enige regelmaat een bloedneus oplevert. Daardoor is het niet heel verantwoord meer hem alleen naar buiten te laten gaan, waar hij tot voor kort naar hartenlust het terrein kon afstruinen. Als Judith hem bezoekt neemt ze hem altijd mee uit wandelen, soms doet een enkele vrijwilliger dat, maar het gevolg is toch dat Leo zijn onrust voornamelijk binnen de woning moet zien kwijt te raken en zijn bewegingsvrijheid steeds beperkter wordt. Nu blijkt mevrouw Hamersma ook wel van een wandelingetje te houden op zijn tijd. Sinds ze heeft ontdekt dat dit een handige manier is om met Leo alleen te zijn, maken ze samen soms een ommetje. 'Hou hem wel goed vast hoor, mevrouw Hamersma, hij mag niet vallen.' Nou, dat is niet aan dovemansoren gericht. Stevig gearmd schuifelen ze de deur uit. Laatst kwam Judith ze tegen, net op het moment dat een van de verzorgers ze aan het zoeken was. 'Hier is Leo's vrouw, die neemt het nu van je over.'

'Leo's vrouw, is Leo getrouwd?'

'Ja, dat weet je toch?'

'Nee, hoe zou ik dat moeten weten?'

Judith bedankt haar, wil zich omdraaien om met Leo weg te lopen en voelt een ijzeren greep om haar bovenarm. 'Mag ik u iets vragen? Mag ik nog wel met hem blijven wandelen als u er niet bent?'

'Natuurlijk.'

'O gelukkig, daar ben ik blij om. Ziet u, we hebben het zo gezellig samen.'

Ze treft ze steeds vaker samen aan, naast elkaar op een stoel, terwijl mevrouw Hamersma Leo's hand vasthoudt of zijn arm streelt, waarbij ze Judith enigszins uitdagend en met enige triomfantelijkheid aan lijkt te kijken, maar misschien verbeeldt Judith zich dat.

'U moet me niet jaloers maken, hoor, mevrouw Hamersma!'

'Hoezo?'

'Nou, door zo met mijn man te zitten flirten.'

'Daar doe je toch niets tegen.'

Dat moest Judith beamen.

Judiths komst veroorzaakt in toenemende mate chagrijn bij mevrouw Hamersma. Zo slecht is haar geheugen nou blijkbaar ook weer niet, denkt Judith. Op een keer bij de lunch, als ze Leo helpt met eten – hij weet immers niet meer hoe hij vork en mes moet hanteren – weigert mevrouw Hamersma de voorgezette omelet. 'Ik vind het niet lekker,' zegt ze met opgetrokken neus en kijkt Judith daarbij aan. 'Wil je dan iets anders op je boterham? Kaas, jam? Een kroketje misschien?' vraagt de verzorgster van dienst, en tegen Judith zegt ze: 'Ik denk dat ze liefdesverdriet heeft nu u er bent.'

'Nee, ik heb geen trek. Laat me met rust.'

Liefdesverdriet. Dat was welbeschouwd ook wat haarzelf mankeerde sinds Leo zijn liefde voor haar niet meer kon bevestigen door een woord, een gebaar, een blik. Omgekeerd had Judith zich het afgelopen jaar vaak afgevraagd wat haar liefde voor Leo eigenlijk nog voorstelt. Telkens raakte ze daarbij verstrikt in de vraag waarom ze hem überhaupt liefhad. Uiteindelijk kwam ze tot de conclusie dat het onmogelijk is de redenen waarom je van iemand houdt te benoemen. Dat het misschien zelfs omgekeerd was: dat het eerder zo was dat de liefde zelf de bron vormt van het scala aan redenen die de liefde voeden. Dat Leo in die zin zo gelijk had gehad toen hij in het begin van hun relatie had gezegd dat hij zich verheugde op de herinneringen die ze samen zouden opbouwen, omdat die hun liefde zouden verdiepen. Dat echte liefde iets is van de lange duur en dat die bestaat uit tijd samen, die voortbouwt op wat daarvoor was. Hij had het leven voor haar keer op keer weer verrassend gemaakt en het grote wonder was dat ze dit bijna dertig jaar hadden volgehouden zonder te vervallen in een sleur waar andere echtparen vaak aan proberen te ontsnappen door te scheiden. Dat had enige creativiteit gevergd, soms ook uithoudingsvermogen, maar het had hen – nou ja, ze moet nu voor zichzelf spreken – het had háár gelukkig gemaakt. Geluk waaraan een toevallige ontmoeting in de kroeg ten grondslag lag. Bestond haar liefde voor Leo daaruit? Trouw blijven aan die eerste ontmoeting die alles anders had gemaakt?

De vraag was natuurlijk of die trouw stand zou hebben gehouden. Misschien zou ze zich wel zijn gaan ergeren aan zijn toenemend drankgebruik of zou ze mee zijn gaan drinken. Voor hetzelfde geld zou zijn faillissement een rol zijn gaan spelen. Had ze het hem voor de derde keer kunnen vergeven dat hij hun bestaan op het spel had gezet, als ze de alzheimer niet de schuld had kunnen geven? Zouden die dertien jaar leeftijdsverschil een rol zijn gaan spelen? Hoe zouden ze zin aan hun leven zijn blijven geven als ze allebei niet meer gewerkt zouden hebben? Het spook van de herhaling doemde op. Iedere avond samen op de bank naar de televisie kijken, routinematige seks als verzetje. Judith zette de gedachte van zich af.

'Hoe staat het met de liefde, ben je zo langzamerhand niet eens toe aan een nieuwe relatie of zo?'

'Of zo?'

'Nou ja, je hoeft niet meteen te gaan samenwonen, maar het zou toch leuk zijn om, nou ja, om met een leuke kerel weer eens wat te ondernemen. Je hoeft er niet meteen de koffer mee in, alhoewel, waarom niet?'

'Ik kan toch met jou leuke dingen ondernemen? Ik doe doorlopend leuke dingen met uiteenlopende mensen, waarom wil je me nou weer aan de man hebben? Zoek zelf een leuke vriend!'

Als er iemand bang was voor een vaste relatie was het John.

'Trouwens, waar moet ik een leuke kerel opduikelen? Ze zijn of getrouwd of problematisch gescheiden, ik moet er niet aan denken. En wie zegt me dat die ook weer niet allerlei ongemakken en kwalen krijgen. Word ik wéér verzorgster. Tenzij hij een stuk jonger is dan ik, natuurlijk, maar dan nog. Moet ik soms een advertentie zetten: "Vrouw op leeftijd zoekt dito man, goed kunnende koken. Geen danstype. Hobby's lezen, kunst en cultuur en wandelen in de bergen. Katten geen bezwaar." Gatverdamme.'

'Doe niet zo achterlijk, dat soort advertenties bestaan

helemaal niet meer. Meld je aan bij een datingsite, dat doet de halve wereld, dus daar hoef je je helemaal niet voor te schamen.'

Dat is waar, ze had net nog in de krant gelezen dat een derde van de alleenstaanden op deze manier naar liefde zoekt en dat de helft van de volwassenen weleens een datingapp gebruikt. Maar toch. Bovendien irriteert het Judith mateloos dat iedereen steeds doet of ze vrijgezel is. Ze is verdomme getrouwd. Of telt dat niet meer sinds Leo ziek is? En vanaf welk moment telt dat dan niet meer? In het begin vond iedereen dat het haar heilige plicht was Leo op alle mogelijke manieren te steunen, hem niet in de steek te laten. Wanneer mag dat dan plotseling wel? Trouwens: waarom wil iedereen haar zo nodig aan een nieuwe man hebben? Alsof een relatie zaligmakend is. Bemoei je met je eigen zaken! In plaats daarvan zegt ze: 'Het staat me tegen. Ik heb geen zin in een digitaal gearrangeerde ontmoeting waarbij de computer op basis van persoonlijke voorkeuren iemand uit de massa naar voren schuift met wie de kans op een klik groot is. Ik ben tegen algoritme-gestuurde liefde. Sorry. Bovendien ken ik enkele dames die op die manier denken, ik moet inmiddels zeggen dachten, aan de man te komen. Het levert heel onderhoudende verhalen op, maar het is leuker om erover te vertellen dan om het te beleven, kan ik je verzekeren. Trouwens, ik kan er niets aan doen, maar ik hou nog steeds van Leo. Ik ben er gewoon nog niet aan toe, laten we het daar maar op houden.'

24

ALZHEIMER IS IN. Populair onder fotografen en journalisten die zich een tijdje laten opsluiten in een verzorgingshuis om te kunnen 'invoelen' hoe het is om daar te zitten; die geluidsfragmenten verzamelen van mensen met dementie en aan de hand daarvan artikelen schrijven of er een documentaire over maken. Hoe goedbedoeld ook, het stuit Judith tegen de borst, ze kan het niet helpen. Tenslotte gaat het hier om behoorlijk weerloze mensen wier leed en kwetsbaarheid op deze manier op straat komt te liggen, zonder hun toestemming. Wier verhaal door anderen wordt verteld, die ermee weglopen alsof het van hun is. Anderen die ze vaak niet eens kennen. Ze zijn al machteloos omdat ze de regie over hun eigen leven kwijt zijn en dan raken ze ook nog eens de regie over hun eigen geschiedenis kwijt. Aan de andere kant: als journalist begrijpt Judith die behoefte om dat proces van aftakeling te doorgronden wel, zeker als het zich in de naaste omgeving voordoet. Het is een van de meest ongrijpbare en onbegrijpelijke verschijnselen in het leven van een mens die ze ooit heeft meegemaakt. Sterker nog, als ze soms probeert te bedenken wat ze in de toekomst nog wil doen, dan is het schrijven van een boek over alzheimer een redelijk voor de hand liggende optie. Het staat niet voor niets op haar lijstje met nieuwe doelen in het leven. Voorlopig moest ze maar niet te hard oordelen.

Judith zet de televisie aan om te kijken naar een serie waarin twee bekende Nederlanders enkele weken meelopen in een verpleeghuis voor bejaarden met alzheimer. Ze mogen alles filmen en bemoeien zich overal mee. Helaas is het allemaal geen nieuws wat ze tonen, maar om het zo in beeld te zien is voor de meeste kijkers toch wel behoorlijk confronterend, blijkt op Twitter. Wat het voor Judith vooral aantoont is hoe moeilijk het is om mensen met verschillende stadia van de ziekte niet alleen zorg te bieden, maar ook bezig te houden en leuke of zelfs zinvolle dingen met ze te doen. Als het je als familielid of geliefde al niet lukt, hoe zou je het dan van het personeel van een verzorgingsinstelling kunnen verwachten?

In Leo's zorginstelling ritselt het overigens van de activiteiten en clubjes om de bewoners te helpen de tijd te doden. Zo is daar de Vereniging Bach en Beethoven, om samen naar klassieke muziek te luisteren. Daar had ze Leo meteen lid van gemaakt omdat ze vroeger altijd samen klassieke concerten bezochten, maar hij was er na een kwartier weggelopen. Hoewel altijd gezegd wordt dat muziek mensen met alzheimer stimuleert, was Leo hier de uitzondering. Voor de liefhebbers van het levenslied zijn er de smartlappenbijeenkomsten. Ook die waren niet aan Leo besteed, zelfs 'Ketelbinkie', over die straatjongen uit Rotterdam, deed hem niets meer. Bloemschikken behoort ook tot de mogelijkheden, of lid worden van het Danscafé. Leo was altijd al meer een bar- dan een danstype en de combinatie kon hem niet bekoren. Dus had ze hem vervolgens aangemeld bij de Werkgroep Bakken en Braden. Daar wordt hij nu iedere woensdagochtend trouw naartoe gebracht. Ze drinken er koffie en eten er zelfgemaakte – dat wil zeggen, door een vrijwilliger ter plekke gebakken – koekjes bij: het braden schiet erbij in. Iedere vrijdag is er bingo. Iedere maand is er een concert. Bij hoogtijdagen en in de vakanties zijn er speciale activiteiten.

Zo is er de jaarlijkse kerstmarkt. Bij aankomst komt de geur van poffertjes je tegemoet, die geserveerd worden in combinatie met warme chocolademelk met slagroom. In de hal wordt een deel van de bewoners, vergezeld van familieleden of een vrijwilliger (met kerstmuts) langs de kraampjes met hapjes en huisvlijt geleid. Er klinkt draaiorgelmuziek en een fraai uitgedost koortje van vrijwilligers bezoekt alle woningen om te zingen voor de mensen die thuis zijn gebleven. De jaarlijkse zomermarkt is van hetzelfde laken een pak, met dit verschil dat de kerstmuts heeft plaatsgemaakt voor een sombrero, de kraampjes en het draaiorgeltje buiten staan en de warme chocolade met slagroom vervangen wordt door ijs. Iedereen doet voortdurend enorm z'n best om de altijd op de loer liggende verveling en apathie te doorbreken en het vertier en de aandacht te bieden waar elders in de verpleegzorg blijkbaar zo'n tekort aan is. Het kan dus wel, denkt Judith en prijst zich opnieuw gelukkig dat ze deze instelling voor Leo gevonden heeft.

‘Is Leo een beetje gelukkig daar waar hij nu zit?’ Het wordt haar vaak gevraagd en net als bij de vraag hoe het met hem gaat moet ze even zo vaak het antwoord schuldig blijven. Ze zou het bij god niet weten. Hij is niet meer agressief en hij is niet meer op zoek. Niet naar zijn huis, niet naar zijn moeder en niet naar haar. Zo lijkt het. Maar hoe hij zijn leven en zijn omgeving ervaart weet ze niet. Ze weet zelfs niet of er sprake is van ervaren.

Onderzoek naar de beleving van mensen met alzheimer in een vergevorderd stadium is sowieso heel moeilijk, had ze zich laten vertellen door Leo’s specialist. Beleving kun je alleen maar gewaarworden als iemand daar iets over zegt, maar de communicatie is juist datgene wat ontbreekt, dus dat maakt het bijkans onmogelijk door te dringen tot datgene wat iemand beleeft.

Hoe dan ook, Leo leeft in het moment. Leo ís. Hij past wat dat betreft helemaal in het straatje van de mindfulnessdiscipelen, die immers prediken dat je in het hier-en-nu moet leven, want dan leef je waar het leven zich voltrekt. De toekomst bestaat voor Leo niet. Zelfs het verleden, waaruit voorheen nog weleens begrippen opdoemden als ‘thuis’ en ‘moeder’, is nu verdwenen, weggezogen in de zwarte gaten van zijn brein.

In het begin had ze zich vanzelfsprekend proberen te verdiepen in wat er in Leo’s hersenen gebeurde en omging, maar naarmate ze er meer over aan de weet kwam, groeide het aantal vragen. Toen ze die had voorgelegd aan zijn specialist had hij haar proberen uit te leggen hoezeer de hersenen een sturende taak hebben bij alles wat een mens doet en dat ze deze taak alleen kunnen uitvoeren als hersencellen met elkaar in contact staan. Alzheimer zou ontstaan als een bepaald eiwit in de hersenen niet goed wordt opgeruimd en aaneen klontert tot zogenoemde plaques. Die plaques veroorzaken ontstekingen waardoor de hersencellen als het ware worden opgegeten, er gaten ontstaan en hersenfuncties uiteindelijk uitvallen. Bij alzheimer verlies je letterlijk herseninhoud, een gemiddeld mens heeft ongeveer anderhalve kilo hersenen en bij een alzheimerpatiënt is daar in het eindstadium nog maar acht of negen ons van over. De meeste verbindingen gaan dus kapot, zoveel was duidelijk. Maar dan. Hoe komt het dat Leo de laatste tijd alleen nog kan brabbelen en steeds minder begrijpt, maar niettemin zo nu en dan een woord of zelfs een samenhangend zinnetje voortbrengt? En wil hij daar dan ook iets mee zeggen? Bedoelt hij iets met die woorden, bedoelt hij iets met al dat gebrabbel? Of is het slechts een reflex? Ook dat had Judith de specialist voorgelegd. Volgens hem waren Leo's hersenen nu dus een grote gatenkaas, waarbij de bruggetjes tussen de hersencellen vernield zijn. Maar soms schiet er een cel doorheen, omzeilt de gaten, raakt een andere cel en dan is er even verbinding. Dat zou kunnen verklaren dat Leo, tussen al die onverstaanbare geluiden die hij tegenwoordig voortbrengt, plotseling kan zeggen: 'Jaaa, daar ben je', of 'een beetje krap' of 'heerlijk'.

En hoe zit het dan met mensen die soms nog piano kunnen spelen of muziek mee kunnen zingen, had Judith de specialist gevraagd. Ze had proberen mee te schrijven met zijn antwoord: 'Alzheimer tast eerst de hersenschors aan, de grijze massa die alle informatie verwerkt. Dat begint in het geheugengebied en breidt zich langzaam uit naar de voorkant en via de taalkant naar de achterkant. Het laatste wat je uiteindelijk overhoudt is de motorische cortex, dus mensen blijven lopen. Dat is eigenlijk het enige gebied van de hersenen dat niet of het allerlaatst aangetast wordt door de ziekte. Voor de rest verdwijnt alle programmatuur die een mens in de loop van zijn leven verwerft. Verder wordt alles wat je doet – ademhalen en bloeddruk en zo – gereguleerd door de hersenstam. Ook bepaalde uitingen zijn reflexen geworden, dus als je a zegt zeggen ze b, en als je een liedje begint maken ze het af, want dat zit heel diep in het primaire, meest basale deel van je geheugen, dicht bij de hersenstam, wat baby's ook hebben.'

25

LEO IS VANDAAG JARIG. Twee jaar geleden hadden ze z'n verjaardag voor het laatst gevierd. Indachtig een van Leo's vaste lijfspreuken, het oudtestamentische 'Vier uw vierdagen', waren ze met het oude eetclubje gaan lunchen bij een visrestaurant. Hoewel nog steeds een goede eter wist Leo al geruime tijd niet meer wat hem werd voorgeschoteld en worstelde hij met het hanteren van vork en vooral mes, maar Judith had het toch nodig gevonden een poging te doen er iets leuks van te maken, al was het maar om zichzelf een plezier te doen.

Leo maakte niet de indruk dat hij besefte dat hij het middelpunt was van een feestelijke dis – zowel feest als dis leken hem volledig te ontgaan – ondanks alle felicitaties en slingers. Totdat er oesters werden geserveerd. Oesters waren voor Leo altijd het summum geweest van weelde. Als iets zijn mondhoeken deed krullen dan was het een schaal met romige platte exemplaren uit de Oosterschelde. Niet dat hij z'n neus ophaalde voor een creuse of een fine de claire trouwens. Aan Judith waren ze niet besteed helaas, maar zij genoot alleen al van de gelukzaligheid waarmee Leo de oester altijd losmaakte van de schelp, er een klein beetje citroen op deed en opslurpte. 'Kijk, Leo, weet je nog wat dit is?' Ze legde een oester op zijn bord. Zijn blik bleef leeg. 'Kijk. Dan pak je dit vorkje, en dan maak je de oester een beetje los, en dan zet je hem tegen je mond, zo ja, en dan...'

Op dat moment pakte Leo de oester uit haar hand en slurpte de oester naar binnen, kauwde er drie keer op en zei 'mmm'. Dat herhaalde zich nog vijf keer, tot de schaal leeg was en hij eraan toevoegde: 'Heerlijk!' Blijkbaar behoorde het eten van oesters bij Leo tot het domein van de reflexen.

Nog eenmaal, enkele maanden later, had ze dit kunststukje proberen te herhalen, maar er kwam geen enkele reactie, ook niet toen ze de oester uiteindelijk maar met een vork in zijn mond stopte. Een tweede weigerde hij.

Vanmiddag gaat Judith naar hem toe. Ze heeft geen cadeau en ze ziet er een beetje tegenop. Ze weet wat ze zal aantreffen: slingers boven de eettafel en taart, en Leo die als enige geen enkel verband ziet tussen die twee zaken en zichzelf, omdat hij het begrip jarig zijn niet meer kent.

Eerst de krant maar eens lezen. Die heeft ze nog steeds, in weerwil van het feit dat de papieren krant al menigmaal is doodverklaard, het nieuws online vele malen sneller is en zelfs de krantenjongen haar meewarig aankijkt als hij rond oud en nieuw haar eraan komt helpen herinneren dat ze nog een van de weinigen is die hem voor dag en dauw dwingt op te staan om op tijd het ochtendblad in haar bus te doen, waardoor hij aanspraak maakt op een flinke fooi.

Ha, er wordt voor de verandering weer eens een nieuw

succes in de strijd tegen alzheimer gemeld. Als dat geen mooi cadeau voor Leo is. Vorige week las ze nog een alarmerend bericht dat het onderzoek op slot zit, dus dit valt weer mee. Ze knipt het stukje uit en bergt het op in het mapje met artikelen over de wetenschappelijke vorderingen en teleurstellingen op dat gebied, die ze de laatste jaren heeft verzameld.

Het zijn nogal uiteenlopende berichten. Veel stukjes over leefstijl. Drinken en weinig bewegen zou alzheimer bevorderen. Maar wat te denken van die man die gelijktijdig met Leo het Alzheimer Centrum bezocht: een nog immer actieve marathonloper. Er is ook onderzoek dat leefstijl helemaal niet van invloed is. Bijzondere voeding helpt volgens die bevindingen ook niet en geheugentraining houdt de voortgang van de ziekte evenmin tegen. Nee, dat haal je de donder. Je hoeft maar een paar mensen met alzheimer in je familie te hebben, zoals Leo, en je weet dat het niet uitmaakt of je veel, weinig of helemaal niet gedronken hebt, of je dagelijks zeven theelepels kokosolie slikt, of extra vitamine d, zink, magnesium, ijzer, foliumzuur, elke dag fietst of lange wandelingen maakt, puzzelt of schaakt. Het had Judith sowieso verbaasd hoe weinig belangstelling er was getoond voor het feit dat het bij Leo in de familie zat. Het was nog niet zo lang geleden dat ontkend werd dat alzheimer erfelijk kon zijn. Nu heb je een hele familie binnen handbereik, van wie er slechts één is ontsnapt aan de ziekte, die familie heeft inmiddels alweer twee generaties voortgebracht, en niemand lijkt op het idee te komen dat dit prima materiaal zou kunnen zijn voor nader onderzoek.

Judith bladert verder door de map. Hier heeft ze een recent artikel dat beschrijft dat het onderzoekers gelukt is om met behulp van een bloedtest vast te stellen of iemand een beginnende vorm van alzheimer heeft. Bij negentig procent van de onderzochte proefpersonen werd de diagnose na bloedafname correct gesteld. Voorheen werd alzheimer gediagnosticeerd aan de hand van hersenvocht dat uit het ruggenmerg wordt gehaald; een zogenaamde lumbale punctie. Voor Leo was dat een nogal pijnlijke affaire geweest, herinnert ze zich.

Haar blik blijft even hangen op een kort stukje over een experimenteel middel dat lijkt aan te slaan bij patiënten in het beginstadium van de ziekte. Het zou gaan om antistoffen die zorgen dat de schadelijke opeenhopingen van eiwitten in de hersenen uit elkaar vallen. Verder onderzoek onder een grotere groep mensen, met een controlegroep die een placebo krijgt, moet uitwijzen of de verwachtingen worden waargemaakt.

Twee stappen voorwaarts en twee terug, het is kenmerkend voor het hele alzheimeronderzoek. Natuurlijk is Judith te ongeduldig en natuurlijk moet ze niet alles beoordelen naar de kans dat het nog zin heeft voor Leo. Voor hem is het inmiddels definitief te laat, dat is duidelijk. En die schedel helpt natuurlijk ook niet erg mee, dat begrijpt Judith ook wel. Je neemt niet zomaar een stukje weefsel uit het levende brein, het heeft niet voor niets heel lang geduurd voordat ze in de schedel konden kijken om te zien wat er eigenlijk mis is op eiwitniveau. Maar een neuroloog vertelde haar ooit dat het onderzoek van de afgelopen vijfentwintig jaar nauwelijks iets heeft opgeleverd, omdat ze helemaal niet wisten wat ze aan het onderzoeken waren. Dat er zelfs geen hypothese was. Judith had hem een beetje glazig aangekeken. En die eiwitten dan? Volgens hem was de hypothese dat alzheimer wordt veroorzaakt door de aanwezigheid van een bepaald kwaadaardig eiwit – amyloïd – pas iets van de laatste tien jaar. Alleen twisten de wetenschappers er nu weer over of dit de echte oorzaak is, een neveneffect, of dat het een gevolg is. Bovendien weten ze niet wat ze aan moeten met het feit dat zeker een kwart van de ouderen vol zit met die eiwitten zonder geheugenproblemen te krijgen. Blijkbaar kunnen mensen antistoffen aanmaken tegen hun eigen amyloïd. Maar die veronderstelling heeft nog niet tot een medicijn geleid, voegde de neuroloog er meesmuilend aan toe. Hoe dan ook, het wetenschappelijk onderzoek concentreert zich nu op het bestrijden van knopen van eiwitvezels en de afzettingen daarvan in de bloedvaatjes in de hersenen. Volgens de dominante opvatting zouden die afzettingen inderdaad de belangrijkste oorzaak zijn van alzheimer. Dat is een verleidelijke gedachte, want plaques kun je zien en bestrijden met chemische middelen, met pillen dus. Dat is fijn voor de farmaceutische industrie en dat is weer fijn voor de financiële kant van de zaak, want daarin wil de industrie wel investeren.

Judith is inmiddels zo goed gedocumenteerd dat ze er een boek over zou kunnen schrijven. Of in elk geval een artikel. Wat te denken bijvoorbeeld van het grootste farmaceutische bedrijf ter wereld, Pfizer, dat de eigen onderzoeksafdeling gaat opdoeken? Na 'continue teleurstellingen' richt het bedrijf een fonds op dat nieuwe ideeën gaat ondersteunen. Want ondanks vaak mooie resultaten met muizen, sneuvelden de afgelopen jaren meer dan vierhonderd mogelijke alzheimermiddelen. Een groot deel daarvan richtte zich op die klonters van het bèta-amyloïde-eiwit.

Ach, waarom bewaart ze die artikelen eigenlijk? Veel wijzer wordt ze er niet van en erg goed voor haar gemoedsrust is het allemaal ook niet. Iedere keer dat er met veel tamtam wordt bekendgemaakt dat er nu echt een begin van een doorbraak in het onderzoek is, roept er ergens in haar achterhoofd een klein duveltje dat het wel weer nepnieuws zal zijn. Of in het gunstigste geval *wishful thinking* van het leger neurologen dat alle inspanningen ten spijt nog steeds in het duister tast als het gaat om het doorgronden van de ziekte. Het leidde alleen maar tot valse hoop, zoals Leo en zij aan den lijve hadden ondervonden.

Leo had aanvankelijk galantamine voorgeschreven gekregen, dat zou helpen om de achteruitgang van zijn geheugen te vertragen. Judith had niet de indruk gehad dat het hielp. Toen ze dat bij de halfjaarlijkse controle aan de orde had gesteld, had de specialist toegegeven dat niemand wist of het werkte, maar dat het geheel volgens de medische richtlijn werd voorgeschreven en dat het geen kwaad kon. Toen Leo na vier jaar te horen had gekregen dat hij was uitbehandeld, had ze willen weten wat die behandeling eigenlijk had ingehouden, los van de toediening van een middel waarvan de werking werd betwijfeld. Na een korte stilte had de arts toegegeven dat het weinig voorstelde: 'Je stelt een diagnose, dus je offreert ook een therapie. Dit is wat je kan doen, galantamine is het enige wat we hebben. Voor sommige mensen kan het helpen symptomen als verwardheid en geheugenverlies te bestrijden, die blijven redelijk stabiel, dat verschilt per patiënt. Maar de rechttoe rechtaan alzheimerpatiënt heeft er weinig aan.' In feite had Leo dus willens en wetens een placebo toegediend gekregen en Judith daarmee indirect ook. Dat gold in feite ook voor de halfjaarlijkse controle: 'Die dient eigenlijk alleen om het verloop van de ziekte te volgen, en om u te vragen of we iets specifieks kunnen doen en u het gevoel te geven dat u er niet alleen voor staat.'

Valse hoop, dat is wat het mensen geeft, Judith kan er nog kwaad om worden. Misschien moet ze daar haar energie eens aan besteden, aan een onderzoek naar waan en werkelijkheid rond de alzheimerindustrie. Ze heeft nou eenmaal die drang om uit te zoeken, informatie te verzamelen, grip krijgen op de situatie. Of is het beroepsdeformatie? Ze heeft er de puf ook niet meer voor. De kennis trouwens ook niet. En als het duveltje in haar achterhoofd slaapt is er altijd weer dat redelijke stemmetje dat zegt dat ze te ongeduldig is. Dat het onderzoek naar kanker ook lange tijd weinig heeft opgeleverd. Dat er geld nodig is voor dat onderzoek en dat mensen alleen bereid zijn hun geld te steken in een mogelijk succesverhaal. Dat valse hoop ook hoop is en dat het leven daardoor inderdaad enige tijd draaglijker wordt.

Tijd om naar Leo te gaan en taart te eten. Bovendien schijnt de zon. Ze heeft nog steeds geen zin.

26

HET IS EEN MOOIE dag om jarig te zijn. Het is prachtig weer, het is warm en het is weekend. Dat scheelt. Als de zon schijnt vindt ze het bezoek aan Leo meestal minder zwaar en in het weekend is er meer reuring.

In de loop van de tijd heeft Judith niet alleen veel bewoners, maar ook sommige van hun vaste bezoekers leren kennen, dus het duurt even voordat ze, op weg naar Leo, het plein is overgestoken. 'Hallo, lekker hè, op het terras.' 'Hé, tijdje niet gezien. Vakantie? Leuk gehad?' 'Jee, wat is die kleine groot geworden.'

De contacten zijn oppervlakkig, elkaars namen kennen ze over het algemeen niet, maar er is een soort onuitgesproken lotsverbondenheid. Soms realiseert ze zich dat ze iemand een tijdje niet gezien heeft en de bijbehorende bewoner ook niet. Gestorven ongetwijfeld, moet ze dan concluderen, de dood is hier ook een vaste bezoeker. Laatst was ze na enige tijd iemand tegen het lijf gelopen, die nog even kwam buurten om te kijken hoe het met een achtergebleven bewoner of met iemand van het personeel ging. Opvallend was de metamorfose die hij ondergaan had: jonger, minder krom en ze verbeeldde zich zelfs minder mank.

Als ze de centrale hal betreedt, schrikt ze. In een hoekje achter een tafeltje zit mevrouw Kapteijn. Ze zit in een rolstoel en Judith herkent haar nauwelijks, zo mager is ze geworden. Ze is in gezelschap van haar man, die net als Leo alleen nog maar kan brabbelen, en een onbekend echtpaar. Judith aarzelt, maar besluit er toch even naartoe te gaan.

'Hé, lang niet gezien. Dit ziet er niet zo goed uit. Wat is er aan de hand?'

'Kanker.'

'Jezus. En nu?'

Ze gebaart dat Judith haar even uit het gezelschap moet rollen. Wat volgt is een lang verhaal over de ontdekking van een knobbeltje in haar hals, eindeloze chemokuren en worstelingen met eten dat ze niet binnen kon houden. 'En nu kan ik ook nauwelijks meer lopen. Ik voel me gewoon te zwak.'

Judith weet niet heel veel meer te doen dan meelevend te knikken, schudden en fronsen. 'Wat zeggen de artsen over de vooruitzichten?'

Ze haalt haar schouders op. 'Eigenlijk had ik al dood moeten zijn, geloof ik.'

Het valt even stil. 'Weet je wat ik het ergste vind? Ik vind het 't ergste voor Menno. Wat moet die nou zonder z'n steun en toeverlaat?'

Niet bepaald in de stemming voor een feestje komt Judith de woning van Leo binnen. Het is er precies zoals ze zich heeft voorgesteld: de slingers, de taart, het gezelschap rond de grote eettafel en de geforceerde opgewektheid van het verzorgend personeel, die wordt ingezet als het niet gezellig wil worden. ‘Goedemiddag dames, dag liefste van me.’

Ze buigt zich voorover om Leo een zoen te geven, maar hij wendt zich af.

Leo herkent haar niet vandaag.

‘Ja,’ zegt de vrouw die dienst heeft en die ze overigens niet kent, ‘Leo is vandaag jarig, hè, Leo? Vanochtend hebben we voor je gezongen en nu eten we lekker taart.’ Leo voelt zich zo te zien niet aangesproken.

‘Ik neem hem zo dadelijk wel even mee uit wandelen, het is prachtig weer,’ zegt Judith.

‘O, wie bent u?’

‘Eh, sorry, ik ben Leo’s vrouw.’

‘O, dat wist ik niet. Dat is goed, hoor.’

‘En wie bent u? Want we kennen elkaar geloof ik niet?’

‘Nee, ik val in.’ Dan is het kennelijk niet belangrijk hoe je heet, denkt Judith, maar ze heeft geen zin verdere moeite te doen. Leo heeft z’n taart op. ‘Kom, schat, we gaan naar buiten.’

Het is vakantietijd en dat betekent dat het in Leo’s instelling wemelt van de flexwerkers. Personeel van buiten, meestal zzp’ers die worden ingehuurd om het rooster kloppend te maken. Uitzonderingen daargelaten is het verschil met het vaste personeel enorm. Ze kennen de bewoners, hun nukken en specifieke behoeftes uiteraard niet. In het begin, toen Leo daar pas zat, had Judith het moeilijk gevonden hem daar achter te laten, toe te vertrouwen aan mensen die hem niet kenden, niet wisten waar ze hem een plezier mee deden of hoe ze hem op z’n gemak moesten stellen. Dat hele kennismakingsproces, dat hele proces van leren vertrouwen en loslaten had enkele maanden geduurd. Die onzekerheid van het begin duikt weer op in de vakantietijd met al die 'flexen', zoals ze hier worden genoemd. Het kan natuurlijk niet anders, maar het geeft Judith het ongemakkelijke gevoel dat ze de afwezigheid en de aandacht van het vertrouwde personeel moet zien te compenseren.

Ze wandelen over het terrein, dat wil zeggen: Leo sloft, zij slentert. Hij is luid hele verhalen aan het vertellen tegen niemand in het bijzonder. Ze neemt tenminste aan dat de klanken die hij aan één stuk door uitstoot verhalen zouden hebben gevormd als ze gearticuleerd zouden zijn geweest. Plichtmatig gooit ze er zo nu en dan een 'ah' doorheen, of een 'o, ja?' of 'zeg dat wel'. Het lijkt hem aan te moedigen, want hij begint nog luider te roepen. Dat is nou ook weer niet de bedoeling, dus probeert Judith hem af te leiden. Ze gaat voor hem staan, probeert zijn blik te vangen en zegt dan: 'Hé, schat. Zullen we wat gaan drinken?' Leo reageert niet en probeert door te lopen, haar daarbij achteruit en opzij duwend. Ze probeert het nog een keer. 'Hé, Leo.'

'Ja, schat.'

Ja schat? Ze weet niet wat ze hoort. 'Zullen we wat gaan drinken?'

Hij antwoordt niet, maar hij is wel even stil en glimlacht naar haar. Ze neemt hem bij de hand en voert hem mee naar het terras. Zitten wil Leo niet. Hij vindt het waarschijnlijk te druk met al die kinderen, dus neemt ze hem mee naar binnen, het restaurant in. Hier is het stil, want iedereen zit buiten. Zoals gebruikelijk wordt Leo verwelkomd met een chocolaatje. Ze drinken een glas appelsap. Leo kijkt in het niets, Judith kijkt naar buiten, naar al die mensen die er het beste van trachten te maken, maar die allemaal het liefst ergens anders zouden willen zijn.

Al dat leed, verpakt in quasi-alledaagse dingen en opgewektheid. Ineens vliegt het haar aan. Wat doet ze hier? Waarom zit ze met dit prachtige weer niet op een terras? Waarom maakt ze geen lange fietstocht? Of een boswandeling? Frisse lucht! Hoe heerlijk zou het nu zijn in de bergen! Judith schrikt van haar eigen gedachten. 'Wat moet Menno zonder zijn steun en toeverlaat?' Dat zinnetje van mevrouw Kapteijn komt eensklaps als een boemerang terug. Daarnet liep ze nog een beetje te simmen over het tekort aan vertrouwd personeel en zich voor te nemen wat meer aandacht aan Leo te besteden. Nu fantaseert ze over hoe heerlijk het zou zijn om ergens anders dan hier te zijn. Onwillekeurig pakt ze Leo's hand, maar hij trekt hem terug en begint weer een onbegrijpelijke reeks klanken en halve woorden over haar uit te storten. Afwisselend knikt ze, glimlacht ze hem toe of probeert ze met een enkel woord te reageren op wat Leo allemaal aan het betogen is. Wat zou Leo moeten zonder zijn steun en toeverlaat? Ze wil het niet meer horen. Mag ze zo langzamerhand ook weer eens aan zichzelf denken? Zij doet het al jaren zonder haar steun en toeverlaat. Meteen schaamt Judith zich voor die gedachte. Dat verdomde schuldgevoel. Nou ja, dat is het niet eens, zij kan er niets aan doen dat Leo alzheimer heeft. Verantwoordelijkheidsgevoel dan. Maar ze heeft de verantwoordelijkheid voor Leo's welbevinden al ruim drie jaar geleden uit handen gegeven. Ze is hem al minder gaan bezoeken dan voorheen en hij maakt niet de indruk dat hij daaronder lijdt. Waarom zou ze hem niet een weekje helemaal toevertrouwen aan zijn verzorgers? Die flexen zijn ook gewoon professionals. En hij heeft altijd mevrouw Hamersma nog, nietwaar?

Judith kijkt op de weer-app op haar telefoon. Allemaal zonnetjes de komende week in de Alpen. Een weekje Zwitserland. Lekker even weg en toch thuis. Hoe heerlijk zou dat zijn. Alhoewel. Alleen, zonder Leo? De kans dat ze zich er eenzaam zal voelen is natuurlijk vrij groot. Aan de andere kant: wat maakt het uit, hier is ze ook eenzaam, daar is ze nu zo langzamerhand wel aan gewend. En wat is een weekje helemaal? Het is niet ver, als het haar niet bevalt of er is iets met Leo dan is ze zo terug. Even weg. Even afstand nemen. Even lekker zwelgen in al die goede herinneringen die daar liggen. Herinneringen aan haar tijd met Leo. Aan haar jeugd, toen ze Leo nog niet nodig had gehad om gelukkig te zijn. Misschien idealiseert ze het, maar wat maakt het uit. Ze besluit het gewoon te doen. 'Kom, Leo, ik breng je naar je huis.'

'Mevrouw?' zegt ze tegen de invalster. 'Kunt u in de overdracht zetten dat Leo's echtgenote... dat ik even een weekje op vakantie ben? En dat ik iedere avond even zal bellen om te horen hoe het met Leo gaat? Dank u wel.'

27

DE LAATSTE KEER dat ze koffers had gepakt, was geweest om Leo's kleren over te brengen naar z'n nieuwe woning. De keer daarvoor was de laatste keer dat ze op vakantie waren gegaan. Leo had het inpakken altijd graag aan haar overgelaten. Nu pakt ze voor het eerst sinds tijden uitsluitend haar eigen kleren in. Haar bergschoenen staan nog naast die van Leo, die kunnen nu wel weg. De rugzak bevat nog een paar petten van Leo, die moeten ook maar de deur uit. Z'n zakmes kan erin blijven zitten. Ze had het altijd graag gedaan, koffers pakken. Het gaf haar voorpret, bracht haar in vakantiestemming. Die blijft nu uit. Normaal zou ze nu uit eten zijn gegaan met Leo om het begin van de vakantie te vieren en opdat er geen vuile vaat zou achterblijven en ze morgenochtend vroeg zouden kunnen vertrekken. Nu wordt het een broodje en vroeg naar bed.

Om vijf uur gaat de wekker. Tot haar verwondering heeft Judith goed geslapen. Ze heeft geen zin om te douchen. Tandenpoetsen en hop, vertrekken maar. De straat ligt er verlaten bij als ze haar bagage in de kofferbak gooit. Dat was voorheen een kwestie van passen en meten, nu is er ruimte zat.

De stemming zit er nog niet helemaal in. Vroeger reden ze om beurten, de laatste jaren reed Judith en ging Leo over het snoep en de muziek. Muziek. Rustig beginnen, het is nog vroeg. Ze doet de pianowerken van Janáček in de cd-speler, *On an Overgrown Path* en rijdt de straat uit, de slapende stad door.

Judith houdt van autorijden, het geeft haar een onbestemd gevoel van vrijheid. De mogelijkheid om eindeloos door te rijden, je geplande bestemming voorbij, tot je ergens komt waar het je bevalt. Niet dat ze dat ooit had gedaan, de mogelijkheid alleen is al voldoende. Heel langzaam bekruipt haar een gevoel dat erop lijkt. Ze passeert wat vrachtwagens, een enkele auto met sleurhut, het is nog rustig. Bij Arnhem is er al meer verkeer op de weg, de cd begint van voren af aan. Leo zou gevraagd hebben wat ze nu wil horen. De dubbel-cd met Franse chansons of liever Bruckner? Ze besluit tot de chansons, ter verhoging van haar vakantiestemming. De afstand tot Leo wordt iedere kilometer groter. Op de Duitse Autobahn wordt het gaandeweg drukker, ze is al ruim twee uur aan het rijden, dus tijd voor een kopje koffie en een croissant in zo'n verschrikkelijke *Raststätte*. Luidruchtige en dreinende kinderen, prikkelbare ouders die overduidelijk aan vakantie toe zijn en die je bijna ziet denken 'Moet ik dit nog twee weken verdragen?', echtparen in alle leeftijdscategorieën die achter een kop koffie op een broodje zitten te kauwen. Weinig tot geen mensen die alleen zijn. Misschien dat een paar van die ouders haar nu met enige jaloezie bezien, maar die zijn al met al nog beter af dan zij, denkt Judith. Ze mist Leo. Hoeveel leuker was het geweest door zijn ogen naar al die mensen te kijken. Hij zal nog wel slapen.

Kom, tijd om weer verder te gaan. Rond lunchtijd is ze al bijna bij Bazel. De negende van Bruckner met z'n meeslepende ritmische thema schalt door de auto en daar is, uit het niets, dat onbeschrijfelijke gevoel van vrijheid. Van ongebondenheid. Van zorgeloosheid. Vasthouden nu.

Bij aankomst in Lauterbrunnen wordt ze opgewacht door de Jungfrau en de Staubbach, de twee blikvangers van het dorp. De Staubbach valt vanaf een overhangende rots bijna 300 meter recht naar beneden. 's Zomers waaien er warme winden in het dal, waardoor het water overal heen stuift, wat een omvang suggereert die behoorlijk bedrieglijk is. Judith zal nooit vergeten hoe teleurgesteld ze was toen ze als kind ontdekte dat het in werkelijkheid maar een klein riviertje was dat de waterval voedt. Zo klein dat hij 's winters vaak droog ligt of bevroren is. Aan het zomerse stuiven dankt de waterval zijn naam en faam. Goethe zou erdoor geïnspireerd zijn tot een gedicht waarvan Judith zich nog alleen de eerste strofe kan herinneren. Haar in Goethe gespecialiseerde grootvader zou zich in zijn graf omdraaien.

Des Menschen Seele
Gleicht dem Wasser:
Vom Himmel kommt es,
Zum Himmel steigt es,
Und wieder nieder
Zur Erde muß es,
Ewig wechselnd.

Ze parkeert de auto, om straks het treintje te nemen naar Wengen, het autoloze, in de schoot van de Männlichen gelegen dorp waar ze al vanaf haar derde jaar komt. De kroeg bij het stationnetje, waar ze in afwachting van de komst van de trein een *Stange*, een bier van de tap bestelt, heeft een andere naam gekregen. Verder is hier op het eerste gezicht weinig veranderd. Het grind in de tuin, de ongemakkelijke houten stoeltjes, de chagrijnige bediening, de klandizie die bestaat uit de conducteurs en sjouwers van het stationnetje en vermoeide, net van een bergtocht teruggekeerde wandelaars: het is alsof ze hier gisteren nog was. Toch mist ze het gevoel van thuiskomen, dat haar normaal overviel zodra ze de eerste hap van het schuim van haar bier had genomen. Misschien romantiseert ze het wel.

Hoe zou het met Leo gaan? Ergens in haar hoofd knaagt een licht schuldgevoel. Over haar opluchting dat ze zich ook zonder hem eerder vandaag zo prettig had gevoeld, om niet te zeggen bijna gelukkig. Over haar egoïsme om toe te geven aan een impuls, zonder rekening te houden met wat het voor hem zou betekenen. Was het egoïsme? Eerder een drang tot zelfbehoud. Zou hij haar missen? Natuurlijk niet. Of wel?

Ze probeert de gedachte aan Leo uit te bannen en zich te concentreren op de grote sint-bernardshond, die met veel kabaal een kom water leeg slobbert. Wat zal dat beest het warm hebben.

De Postauto uit Stechelberg arriveert en laadt een grote groep toeristen uit. Je kunt meteen de wandelaars van de dagjesmensen onderscheiden aan hun schoeisel en hun rugzakken. De mensen op gympen en met een plastic tas komen waarschijnlijk van de Trümmelbach Fälle, een soort gletsjerravijn met een tiental watervallen die vanaf de weg aan het oog onttrokken zijn, omdat ze zich in het binnenste van de berg bevinden. Via een lift, gangen, paden, tunnels en platformen is het ravijn toegankelijk gemaakt voor het publiek. Het is een donderend geraas en je wordt er vrij nat, maar dan heb je, tegen betaling, ook het idee dat je midden in het natuurgeweld staat. Slechts weinigen weten dat er vijftig meter verderop een smal en steil paadje is dat naar een punt 350 meter hoger leidt, waar je minstens zo'n fantastische ervaring hebt, maar dan zonder dat tientallen mensen zich schreeuwend verstaanbaar trachten te maken om hun enthousiasme te delen over zoveel natuurschoon op loopafstand. En het is bovendien een prachtige klim, maar dat zou dus meer iets zijn voor die andere groep passagiers, met de bergschoenen en de rugzakken. Langzaam maar zeker begint Judith zich te verheugen op morgen. Vanavond eens bedenken waar ze heen zal gaan. Nog niet te ver, eerst even inlopen en acclimatiseren.

Het treintje naar boven zit vol. Ze wil opstaan voor een rood aangelopen en transpirerende dame op leeftijd, die zich nog net voor het fluitsignaal naar binnen hijst, tot ze bedenkt dat ze zelf inmiddels behoort tot het gilde der oudere dames en dat het dus meer voor de hand zou liggen als ze dit soort voorkomendheid over zou laten aan zo'n hinderlijk knap, jeugdig en sportief type als op het bankje tegenover haar zit. Gelukkig is er verderop een vader die bereid is z'n peuter op schoot te nemen. Zo lossen dilemma's zichzelf soms op, denkt Judith, en ze besluit te genieten van het uitzicht, voor zover dat tussen de bomen door zichtbaar is en niet wordt onderbroken door een van de zeven tunneltjes op het traject. Het traject maakt in de laatste tunnel een bijna onmerkbare bocht, waardoor je aan het einde plotseling het dal en het uitzicht aan de andere kant hebt. Het levert de gebruikelijke verbijstering op bij enkele passagiers. Ook dat is niet veranderd. Evenmin als de aankomst in Wengen, waar personeel van de verschillende hotels hun gasten staan op te wachten met hun elektrische wagentjes om hun bagage naar het hotel te brengen.

Even overweegt ze om, voordat ze naar haar eigen hotelletje in de dorpsstraat loopt, nog een Stange te drinken op het terras van het hotel aan het spoor, maar als ze de eigenaar er ziet bedienen besluit ze dat ze nog geen zin heeft om diens vragen te beantwoorden over haar afwezigheid de afgelopen vier jaar. En die van Leo nu.

Ha, daar is nog steeds de vertrouwde koude windvlaag als je de hoek van de dorpsstraat om komt. Ook hier is op het eerste gezicht niet veel veranderd: links het café van Hugo, de patissier en de fotowinkel, rechts het evenemententerrein met de tennisbanen. Verderop ook nog de bekende winkeltjes, de bank, de kapper, de delicatessenzaak die blijkbaar nog steeds kon concurreren met de Coöp, de hotels, kroegjes, terrasjes en sportwinkels. Alleen het boekwinkeltje is ter ziele. Vervangen door een souvenirzaak, of liever gezegd: opgeslokt.

Daar is haar hotelletje, vlaggen met het wapen van Bern – een zwarte beer met een rode fallus die in veel gevallen wordt weggeretoucheerd – wapperen van de balkons, de borden met Zwitserse specialiteiten en dagschotels moedigen haar aan hier haar honger te komen stillen. Judith checkt in, roept dat ze de weg weet, bestelt een drankje en stommelt met haar bagage naar de eerste verdieping.

Pas nu, nu ze hier zit met uitzicht op de Jungfrau en met een glaasje Chrüter, een naar steranijs en venkel smakende kruidenbrandenwijn, verzuipt ze ineens toch bijna in de nostalgie. Hier had ze na de dood van haar moeder herinneringen zitten ophalen met haar vader. Hier had ze na de dood van haar vader herinneringen aan haar ouders zitten ophalen met Leo. Hier hadden ze samen zitten genieten van het uitzicht, de lucht, een drankje, de heerlijke loomheid na een schitterende wandeling. Weer beseft Judith hoe bijzonder het was geweest dat Leo haar naar Zwitserland was gevolgd. Voor hem waren de bergen indertijd slechts aantrekkelijk geweest om te skiën, niet om te wandelen. Skiën was stoer, wandelen was in zijn ogen meer iets voor ouderen en geitenwollensokkentypes, voor mensen die zich hadden aangesloten bij de Natuurvrienden en die elkaar vonden in slogans als 'Eerlijk, groen, sociaal en verdraagzaam'. Maar toen je er ook lekker bij bleek te kunnen en mogen eten en drinken, was hij al snel gezwicht. Waar Judith vroeger met haar ouders koude thee en limonade meenam op de wandeling, werd dat nu een half flesje wijn, de smeerkaasjes voor op het brood werden aangevuld met een half kippetje of lekkere worst, maar verder had hij zich moeiteloos aangepast. Drie generaties hadden hier dus jaar in jaar uit, gedurende een ruime eeuw naar de Jungfrau zitten kijken. Voorbij, voorbij, zou Leo nu hebben gezegd.

Leo was nu ongetwijfeld z'n rondjes aan het lopen. Of een kopje thee aan het drinken met iets lekkers erbij. Zou de smaak van Chrüter nog iets bij hem oproepen?

Judith vermant zich. Ze tuurt naar de Jungfrau. De berg is zwarter dan ze hem ooit heeft gezien. En wat is het Kriegsloch groot geworden! Het Kriegsloch is de naam van een zwarte rots midden in de Jungfraugletsjer. Op afstand ziet het eruit als een groot gat in de sneeuw. Het fenomeen stelt de bewoners van het Lauterbrunnental sinds jaar en dag voor een raadsel. Want waarom sloot het gat zich tijdens de Eerste Wereldoorlog? En opnieuw aan de vooravond van de Tweede? Waarom werd het weer zichtbaar toen beide oorlogen waren afgelopen? Hoe is het mogelijk dat hetzelfde gebeurde bij het uitbreken van de Cubacrisis, de Zesdaagse Oorlog in het Midden-Oosten en tijdens de Balkanoorlog? In het Berner Oberland vormen dit soort onverklaarbare fenomenen een rijke voedingsbodem voor een groot aantal mythen en sagen. Judith is er dol op. De mythe vertelt dat de rots een soort groeve is, waarin de duivel op gezette tijden een toevluchtsoord zoekt. Als zich ergens ter wereld een grote oorlog voordoet, dan zijn er voldoende duivelse gebeurtenissen om satan in staat te stellen eventjes met verlof te gaan en zich terug te trekken in het gat in de bergwand, dat hij achter zich sluit met het ijs van de gletsjer. Als het vrede is, dan is er weer werk aan de winkel en moet hij zijn hol verlaten om opnieuw ergens tweespalt te zaaien.

Waarschijnlijker, maar dat spreekt een stuk minder tot haar verbeelding, heeft het iets te maken met overhangend ijs, dat op gezette tijden afbreekt of smelt. Dat zou in ieder geval verklaren waarom het gat nu zo gegroeid is. Ook elders op de berg kun je met het blote oog zien dat er beduidend minder sneeuw ligt dan voorheen en dat de gletsjers zich terugtrekken. Zelfs de twee Silberhörner glanzen van het smeltwater in de middagzon. Het is aan die twee toppen, die iets boven het midden van de berg naar boven steken als pronte, maagdelijk witte borsten, dat de Jungfrau onder meer haar naam ontleent. In oude tijden was die naam bovendien een knipoog naar het feit dat geen mens haar witte sneeuw ooit bezoedeld had. Maar het kon natuurlijk niet uitblijven dat de berg op een gegeven moment ontmaagd werd en bestegen door een zekere Herr Maier, wat haar ook wel de bijnaam Frau Maier opleverde.

Als kind vond Judith dit soort mythes en vertellingen rond geheimzinnige natuurverschijnselen in de bergen fascinerend. Judiths moeder, die altijd koude handen en voeten had, droeg haar steentje bij door te vertellen dat ze vroeger een beekje was geweest op de Jungfrau, maar dat ze zo gefascineerd was geweest door al die mensen die zich hadden gelaafd aan haar water dat ze de Jungfrau had gevraagd of ze alsjeblieft een mens mocht worden. Na lang nadenken had de Jungfrau toegestemd, maar ze had er een straf aan verbonden: haar moeder zou altijd last hebben van dode vingers en wintertenen, ook in de zomer, waarmee dat raadsel ook meteen was opgelost.

Ach, haar moeder. Judith probeert zich haar voor de geest te halen: een knappe, blonde, elegante vrouw met een stralende lach en prachtige, hoewel dus altijd koude, handen. Ze realiseert zich dat ze nu eigenlijk haar foto voor ogen heeft, een beeld zonder fysieke sensatie. Ze is ook al meer dan vijfendertig jaar dood. Als klein kind had ze altijd bij haar moeder op schoot gezeten, niet bij haar vader. Haar moeder had haar gestreeld als ze verdrietig was, haar voorgelezen en verhaaltjes verteld. Zij was boos geworden als ze iets stouts had gedaan, niet haar vader. Leo had haar nooit gekend, wat Judith altijd jammer had gevonden. Zonder dat ze precies wist waarom was ze ervan overtuigd dat Leo en haar moeder het goed zouden hebben kunnen vinden met elkaar.

Het had weinig gescheeld of Judith had Zwitserland nooit gezien. Haar moeder, opgegroeid in armoede en nooit over de grens geweest, droomde van vakanties aan verre tropische stranden. Dat haar echtgenoot haar mee wilde nemen naar Zwitserland zinde haar helemaal niet. Maar omdat de liefde toegeeflijk maakt, stemde ze toe, mits hij haar de volgende keer mee zou nemen naar de Rivièra of naar de Spaanse kust. En als hij maar niet dacht dat ze ging wandelen. Voor haar was vakantie lui liggen aan het water. Dus nam haar hij haar mee naar het Vierwoudstedenmeer, naar een mooi hotel aan het water, met ligstoelen met uitzicht op de Pilatus, een berg aan de overkant van het meer.

Na een dag vroeg ze: 'Die berg daar. Hoe heet die?'

'De Pilatus.'

'Kun je daar op?'

'Jazeker.'

'Hoe kom je daar dan?'

'Er gaat een tandradbaan naar boven, de steilste tandradbaan ter wereld zelfs.'

'Heb je daar een mooi uitzicht?'

'Prachtig. Bij helder weer biedt de berg een fantastisch mooi panorama van de Berner Alpen.' Hij vertelde er niet bij dat het niet vaak gebeurt dat het zo helder is dat je er de Alpentoppen kunt zien, omdat de Pilatus bekendstaat als een verraderlijke berg, waar het weer van het ene moment op het andere kan omslaan.

'Waarom doen we dat dan niet?'

'Nou, jij hebt me bezworen dat vakantie voor jou een ligstoel aan het water was met een drankje en een goed boek.'

De volgende dag hadden ze dus het treintje naar boven genomen. Het weer was prachtig en haar moeder sprakeloos vanwege het inderdaad schitterende uitzicht. Eenmaal boven vroeg ze: 'Moeten we nu dezelfde weg weer terug?'

'Ja, van zo'n tandradbaan is er natuurlijk geen tweede.'

'O.'

'Kun je ook naar beneden lopen?'

'Jazeker,' zei haar vader en vanaf dat moment was haar moeder verkocht. Ook zij wilde nooit meer anders in de zomer dan wandelen in de bergen. Judith moet er nog steeds om glimlachen. Leo had zich wel herkend in het verhaal. Het had hem postuum toch een beetje met haar moeder verbonden.

De schaduw van de ondergaande zon kruipt langzaam tegen de gletsjer omhoog. Het dal ligt al in de schaduw. Zal ze eerst bellen of eerst gaan eten? Ze besluit tot het eerste.

28

JUDITH WORDT WAKKER door het immense kabaal van koeienklokken. Niet het ongestructureerde geklingel zoals je dat op de alp kunt horen, maar een sonoor en ritmisch gebeier. Ze trekt een T-shirt aan en loopt het balkon op. Door de dorpsstraat trekt een stoet in Berner klederdracht gestoken boeren in zwarte broeken en witte overhemden met daaroverheen een zwartfluwelen jasje versierd met geborduurde alpenbloemen, de mouwen van de overhemden opgerold tot aan de korte mouwen van de jasjes. In beide handen een leren draagband met daaraan een enorme koeienklok, die beweegt bij iedere pas die ze maken. Het is de traditionele opening van het jaarlijkse dorpsfeest. Straks komen de vendelzwaaiers en alphoornblazers, de fanfare, de volksdansgroep, en het jodelkoor, die zich allemaal verzamelen bij het stationnetje en dan in optocht door de dorpsstraat naar het feestterrein trekken. Er maakt zich een onbestemd gevoel van ontroering van haar meester. Jeugdsentiment, denkt ze half geërgerd, half vertederd. Ze kleedt zich aan en gaat de trap af naar de ontbijtzaal. Lekker, er zijn *Gipfeli*, de Zwitserse versie van de croissant.

Wat zal ze straks eens gaan doen, eerst gaan wandelen

of eerst wat oude kennissen opzoeken? Ze kan ook gaan zwemmen met dit schitterende weer. Een beetje kleur opdoen in het openluchtbad met het mooiste uitzicht ter wereld en de klank van de alphoorns op het dorpsfeest op de achtergrond. Ze twijfelt. Geen Leo om aan te vragen waar hij zin in heeft. Of om voor te verzinnen wat hij het leukst zou vinden, zoals ze de afgelopen jaren gewend was geweest.

Voor het dorpsfeest hoeft ze in elk geval niet thuis te blijven. Het is ongetwijfeld weer de gebruikelijke folklore, vooral gericht op toeristen en door de dorpelingen slechts aangegrepen om zich 's avonds in de feesttent vol te laten lopen met sterkedrank. Ze moet denken aan een voorval tijdens de eerste vakantie dat Leo hier was. Ze waren net terug uit de feesttent, de bar van het hotel was nog open, haar vader was al naar bed en Leo en zij namen nog een afzakkertje, toen er ineens enkele ongewone en luide klanken door de nacht schalden. Een geluid als van een jachthoorn, alleen enigszins onzeker, alsof degene die erop blies fanatiek aan het oefenen was om er een vaste, constante toon uit te persen. Met de hotelier en enkele late gasten liepen ze naar buiten en speurden de lucht af. 'Het lijkt wel brandalarm,' zei de hotelier, 'maar het kan net zo goed een dronken feestganger zijn die een grap denkt uit te halen.' Plotseling hield de muziek op en weer klonk het hoornsignaal. 'Het is brand,' besloot hun hotelier, 'laten we gaan kijken.' Ze waarschuwden haar vader, die toch niet had kunnen slapen vanwege de luide muziek en gedrieën voegden ze zich bij de stroom mensen die zich in de richting van een inmiddels goed zichtbare rookkolom in het lagergelegen deel van het dorp begaven. Onder hen ook de leden van de vrijwillige brandweer die allemaal op het feest waren geweest en straalbezopen in de weer waren met het ontrollen van allerlei brandslangen en tegelijkertijd probeerden de toeschouwers op afstand te houden. Het was hotel Bären dat in lichterlaaie stond. De chaos van door elkaar heen rennende mensen van wie niet duidelijk was of ze hielpen het vuur te blussen of ervoor op de vlucht waren, de opgewonden kreten, de geur van brandend hout, die tegelijkertijd aangenaam en beangstigend was, de rook en die ondanks alles prachtige fik, ze had er nog weleens naar van gedroomd. Wonder boven wonder vielen er geen gewonden, maar het hotel lag de volgende ochtend volledig in de as. Sindsdien heeft de vrijwillige brandweer corvee en een drinkverbod op feestdagen. Niettemin brandt er nog met enige regelmaat een huis af. Ze zijn allemaal van hout, dus een simpele kortsluiting is vaak al funest. En vuurwerk niet te vergeten.

God, wat sneu. Zit ze hier een beetje in haar eentje herinneringen op te halen. Straks gaat ze nog hardop in zichzelf praten, als ze niet uitkijkt. Voorbij, voorbij.

Judith besluit een korte wandeling te maken, bovenlangs het dorp, door het bos. Dan kan ze de terugweg nemen langs het zwembad en alsnog even een duik nemen. Ze pakt haar rugzak, met daarin standaard een kleine verbanddoos, een setje aluminium bekertjes en dunne regenkleding, besluit dat dit laatste echt onzin is gezien de wolkeloze hemel, en vervangt de regenkleding door een flesje zonnebrandolie. Badpak, handdoek, telefoon en geld, meer heeft ze niet nodig. Behalve dan wat water en proviand, maar ze komt toch langs de kaaswinkel op haar weg naar boven, dus dat komt wel goed. Bergschoenen heeft ze nu niet nodig, gympen volstaan. Toch makkelijk dat ze het hier zo goed kent, denkt ze, en ze levert haar kamersleutel in. Op dat moment komt de eigenaar binnen. 'Hallo, jij hier, dat is lang geleden. Een jaar of vier toch minstens. Hoe gaat het met je, waar is je man?'

Daar was ze dus al bang voor geweest. Al die vragen te moeten beantwoorden en steeds hetzelfde verhaal te moeten vertellen, hetzelfde ongemak te moeten ondergaan en hetzelfde medelijden te moeten incasseren. Maar het was niet anders en bovendien goedbedoeld, dus ze begint met: 'Dat is een lang verhaal.' Verder komt ze niet. 'Kom, ik trakteer je op een koffie,' zegt hij, troont haar mee naar de stamtafel in de gelagkamer en steekt twee vingers op naar de ober. Die heeft blijkbaar aan dit woordeloze gebaar genoeg om te weten wat er bedoeld wordt en komt even later terug met twee *Kaffee fertig*, koffie geserveerd in een glas met suiker en schnaps erin. Daar gaat m'n wandeling, denkt Judith en ze begint te vertellen.

Een uur, drie Kaffee fertig en een heleboel nostalgische herinneringen later moet Uli – ergens halverwege herinnert ze zich weer zijn voornaam – naar een vergadering van plaatselijke hoteliers. Ze heeft nog niet eens tijd gehad om te informeren naar zijn vrouw en dochter, denkt ze. Gelukkig maar, ze vermoedt dat de drank dan niet aan te slepen zou zijn geweest. Een andere keer dus maar.

Een wee gevoel herinnert Judith aan de overheerlijke

hamburgers die ze serveren op het terras van het zwembad. Ze moet echt iets eten. Wandelen kan morgen ook nog.

Wijn en hamburger smaken haar maar matig. In haar eentje eten vindt ze nog steeds niet prettig. Er is genoeg om naar te kijken, daar niet van, maar eetlust verhogend is dat niet bepaald. Wat zijn veel mensen toch lelijk.

Het is bloedheet, het water glinstert haar tegemoet. Het bad is vol spelende, ballende en spetterende mensen, die plezier maken met elkaar. Zoals Leo en zij vroeger. Baantjes trekken is er niet bij, dan had ze hier eerder moeten zijn. Even erin en eruit dan maar, om af te koelen.

In dit zwembad kreeg ze haar eerste zwemlessen in het pierenbadje. Ze had een zwemband in de vorm van een zwaan die ze 'flaan' noemde omdat ze de z en de w nog niet achter elkaar kon uitspreken. Hoe komt het toch dat de herinneringen aan haar jeugd hier steeds scherper lijken te worden, terwijl ze steeds meer moeite krijgt de beelden van haar jaren met Leo op te roepen? Haar herinneringen aan die tijd lijken eerder te vervagen, in de zin dat het beeld van Leo nu, als schuifelende, brabbelende man, de beelden van de decennia daarvoor vaak overstemmen of soms zelfs dreigen te verdringen. Zou er tijd overheen moeten gaan om hem, om hen samen, weer duidelijker op haar netvlies te krijgen? Of zouden zich ook bij haar de eerste tekenen van alzheimer openbaren?

Wat zou Leo nu doen? Ze belt.

29

DE VOLGENDE OCHTEND wordt Judith weer gewekt door klokken, deze keer van het protestantse kerkje een eindje verderop, waar haar bekeerde grootvader altijd ter kerke was gegaan als hij in Wengen was. Het had het kerkje in haar kinderlijke taal de naam 'de klinkebel van opa' opgeleverd. Het is zeven uur. Het is nog fris, het dorp ligt nog in de schaduw, de zon klimt pas rond een uur of negen boven de Männlichen uit, maar de top van de Jungfrau is al zonovergoten. Ze haalt diep adem.

Hoewel ze het dorpsfeest heeft overgeslagen, heeft ze een licht katterig gevoel. Het kan onmogelijk van de drank zijn, na het glaasje wijn in het zwembad heeft ze de hele dag verder alleen water en appelsap gedronken. Ze herinnert zich vaag dat ze gedroomd heeft van Leo, maar ze weet in de verste verte niet meer wat. Misschien heeft het daarmee te maken. Eerst maar eens een douche en een ontbijt, dan zal het wel verdwijnen. En dan vandaag haar plan van gisteren uitvoeren.

Een uurtje later loopt ze door het dorp. Het is zondag en nog vrij stil op straat. Ze groet een enkele vroege wandelaar en de kaasboer die met zijn elektrische wagentje al een paar boeren langs is geweest om de melk op te halen. De lucht tintelt. Ze voelt zich beter. Weer haalt ze diep adem, alsof ze door dat regelmatig te doen haar longen kan zuiveren van het fijnstof van de stad. Ze loopt langs het Engelse kerkje naar boven, het dorp uit. Drie kerkjes heeft dit bergdorp, er is ook nog een katholiek gebedshuisje, en alle drie luiden ze 's zondags om het hardst hun klokken. Opa's klinkebel doet dat trouwens ieder uur, ook 's nachts, wat een mens die de slaap niet kan vatten tot wanhoop kan drijven.

Ze klimt verder naar boven, langs een gedenksteen gewijd aan componist Felix Mendelssohn, die Zwitserland graag schijnt te hebben bezocht om er te wandelen en tekeningen te maken van de natuur. Hij schijnt bovendien gefascineerd te zijn geweest door de kunst van het jodelen: 'een harde en onaangename manier van zingen als het wordt gedaan in een kamer, maar prachtig en een typisch onderdeel van het Zwitserse landschap als het in de vrije natuur wordt beoefend, beantwoord door de echo's van de bergen'. De gedenksteen heeft Mendelssohn te danken aan het feit dat hij in 1842 op die open plek in het bos een schets van het dorp en de Jungfrau had gemaakt, die nu geldt als de oudste bewaard gebleven afbeelding van Wengen. Daarnaast mag hij zich postuum verheugen in een wandelweg en een jaarlijkse *Musikwoche* die naar hem is genoemd. Dit alles in een poging van de plaatselijke VVV om Wengen in de zomer net zo aantrekkelijk te maken als het 's winters al sinds jaar en dag is.

Judith kent het gebied in beide seizoenen. Ze houdt van

de bergen in de zomer, met hun steeds veranderende landschap, de witte toppen en gletsjers, de zwarte en ruwe rotspartijen van de lagere bergen en de nog lagergelegen glooiende en met bloemen bezaaide alpenweiden. De serene stilte zo nu en dan, afgewisseld met het donderende geraas van de rivieren en watervallen. De wolkenpartijen die soms de meest sprookjesachtige doorkijkjes bieden op de alpentoppen of zich als een wollen deken beneden je uitspreiden. En niet te vergeten de dieren die onverwacht kunnen opduiken: de vlinders, de roofvogels, de vossen, de gemzen en steenbokken.

In de winter daarentegen is dit een monochrome wereld, zeker als het bewolkt is. Een zwart-witfoto, gemaakt met een grijsfilter. Dat is eigenlijk wel een adequate metafoor voor hoe zij het leven ervaart zonder Leo, bedenkt Judith. Er zit een grijsfilter voor de lens waarmee ze de wereld bekijkt, die het licht tegenhoudt en alles een zekere matheid geeft.

Over een stenig pad wandelt Judith verder omhoog, de eerste lagen kleding kunnen alweer uit. Ze moet regelmatig even stoppen om op adem te komen, maar met de zon in haar gezicht en het uitzicht is het een genot om uit te hijgen, al moet ze toegeven dat haar conditie belabberd is.

Ze komt op het punt waar Leo en zij een jaar of tien geleden plotseling waren gestuit op een kudde gemzen. Het had even tevoren onbehoorlijk geplensd en ze hadden geschuild bij café Oberland. Het miezerde nog een beetje toen ze besloten terug te keren. Het pad was smal, Leo liep voorop en plotseling hoorde ze hem de adem inhouden en stond hij stokstijf stil, gebarend dat ze vaart moest minderen. Het was op een hoek, vlak voor het pad zou afbuigen naar het bos, de wind kwam van de andere kant, en daar stonden ze te grazen. Ze konden ze letterlijk bijna aanraken, Judith was in haar hele leven nog nooit zo dicht bij een kudde wilde dieren geweest. Het merkwaardige was dat ze elkaar in de ogen keken zonder dat er een reactie kwam. Pas na wat een eeuwigheid leek zette de kudde zich langzaam in beweging. Leo en zij bleven verbijsterd achter. Ze hadden niet eens de tegenwoordigheid van geest gehad het fototoestel uit de rugzak te halen. Sindsdien speurt Judith altijd de rotsige omgeving af, zonder succes. Logisch, eigenlijk was het te laag voor zo'n kudde in de zomer, wanneer er voldoende voedsel was in hogergelegen regionen. Waarschijnlijk was het vanwege het noodweer geweest dat ze toen waren afgedwaald.

Leo. Ze moet glimlachen bij de herinnering aan die middag en tegelijkertijd vecht ze tegen haar tranen. Zou ze ooit in staat zijn aan hem te denken zonder een mengeling van verdriet en... ja, van wat? Vertedering misschien. Blijdschap ook. Om wat ze samen hebben gehad.

Gisteravond had ze nog gebeld naar zijn woning. Er was weinig te vertellen geweest, het ging goed met hem, hij had met smaak gegeten, schuifelde nu weer zijn gebruikelijke gangetje van het kastje naar de muur en zou dadelijk naar bed worden gebracht. Ze moest zich vooral geen zorgen maken, alles was oké. Min of meer gerustgesteld was ze naar bed gegaan en had vervolgens kennelijk van hem gedroomd. Ze kan zich nog steeds niet voor de geest halen wat ze heeft gedroomd.

Judith loopt verder, naar het nieuwe café Oberland, een honderdtal meters boven het oude gelegen. Het oorspronkelijke café was ruim tien geleden tijdens een herfststorm totaal verwoest. Meegesleurd door een lawine van modder en rotsen. De eigenaresse, een potige, energieke vrouw met een sonore alt, en haar dochter waren in hun slaap overvallen en hadden het niet overleefd. Het dorp sidderde driekwart jaar later nog na. De puinhopen waren inmiddels opgeruimd, wat over was gebleven was de stenen onderkant van het gebouw, die nu dienstdeed als opslagplaats voor een aantal installaties voor het spuiten van kunstsneeuw.

Nog minder dan een halfjaar en dan gaat het wintersportseizoen hier weer van start. Elk jaar wordt er meer rivierwater omgeleid voor die sneeuwkanonnen, aangezien sneeuw voor dit skigebied van levensbelang is. Slecht voor het milieu, maar goed voor het toerisme omdat het zorgt voor sneeuwzekerheid en dat is nodig omdat dit skigebied het hele jaar moet teren op de winterse inkomsten. Judith kan zich er enorm aan ergeren. Het streven naar economische voorspoed dreigt ook hier, juist ook hier, te leiden tot ecologische rampspoed, maar net als elders in de wereld hoopt men dat de voortschrijdende wetenschap de ondergang zal weten af te wenden. Het blijft een keuze. Hoewel ze hier direct worden geconfronteerd met de gevolgen van hun eigen gedrag, geven ze er de voorkeur aan hun kop in het zand te steken.

Het is nog vroeg en hoewel ze zo nu en dan redelijk buiten adem raakt, besluit Judith nog niet terug te keren naar het dorp, maar verder te klimmen tot de Wengernalp, waar zich een uitspanning bevindt waar je kunt genieten van een eenvoudige lunch, eventueel geserveerd met een glaasje wijn. Dat heeft ze dan wel verdiend, denkt ze, en ze klimt langzaam verder, door het bos, langs de biologische varkensboerderij, voorbij de boomgrens. Ze komt langs een alpenwei vol bloeiende alpenrozen, gaat onder een bruggetje door waaroverheen 's winters de skipiste loopt, tot ze bij het punt komt waarvan ze weet dat om de hoek plotseling een adembenemend uitzicht verschijnt: het indrukwekkende trio Eiger, Mönch en Jungfrau. Daarna is het nog een stief kwartiertje, voordat ze haar inmiddels behoorlijk vermoeide benen kan strekken.

Judith rammelt en besluit een bordje *Hobelkäse* te bestellen, een extra harde, uit rauwe melk en boven een houtvuur bereide bergkaas uit het Berner Oberland, die twee jaar heeft gerijpt. De kaas is zo hard dat je 'm alleen met een handschaaf te lijf kunt gaan, waardoor er – net als bij hout – dunne krullen ontstaan. Zo wordt ze ook opgediend. Judith neemt er een glas rode Dôle bij.

Hoewel Leo altijd beweerde dat hij niet erg gecharmeerd was van de Zwitserse culinaire traditie, vond hij de kazen en de worsten heerlijk. Ook een kalfsbraadworst met rösti en uiensaus was zeer aan hem besteed geweest. En hij smulde van de vers gevangen forellen en egli, een typische zoetwatervis die in Zwitserland overal op de kaart staat, en waarvan ze vermoedt dat hij tot de familie der baarzen behoort.

Haar lunch wordt gebracht. Nu is het alleen nog wachten op de lawines, die 's zomers rond het middaguur, als de zon een bepaalde stand heeft bereikt, met donderend geweld naar beneden razen.

Ze probeert op de Mönch de Guggihütte te ontwaren. Een beetje gedesoriënteerd, omdat de gletsjer, die zich nog niet eens zo lang geleden had uitgestrekt tot beneden de hut, zich zo heeft teruggetrokken dat hij er nu naast ligt. Haar naam moet nog in het gastenboek staan, onder die van Hans. Ach ja, Hans. Ze had Hans leren kennen toen ze achttien was en haar ouders bij hem en zijn vrouw een appartement hadden gehuurd. Hij nam haar mee de bergen in, hoger dan ze ooit geweest was. Hun eerste tochten eindigden horizontaal in een alpenwei. Dat hij getrouwd was en minimaal vijfentwintig jaar ouder had haar toen niet gestoord.

Hans was ooit werknemer geweest in het fabriekje waar berg- en skischoenen werden gemaakt. Rond z'n veertigste had hij een miljoenenerfenis gekregen en ontslag genomen. 's Zomers doodde hij de tijd met het helpen van de boeren, als het gras moest worden gemaaid en het hooi binnengebracht. 's Winters hielp hij met het prepareren van de skipistes en voor het overige bracht hij de tijd door met drinken. Dat laatste had hij gemeen met veel mannelijke dorpsgenoten. Evenals een chronische zwaarmoedigheid. Melancholie was volksziekte nummer één in Wengen. Niet heel gek als je bedenkt dat er buiten de seizoenen, in de herfst en in de lente, werkelijk niets te beleven valt, het dorp vrij geïsoleerd ligt en dagen achtereen in een wolk gehuld kan zijn die tegen de berg blijft hangen, waardoor de horizon op armlengte afstand komt te liggen.

Leo had het goed met Hans kunnen vinden, niet in de laatste plaats vanwege het feit dat ze allebei van een goed glas wijn hielden. Ook nadat ze hem verteld had dat de tochten met Hans het eerste jaar ook weleens waren geëindigd in het gras. Die zomer raakte Judith desondanks ook bevriend met zijn vrouw, waarna ze er een punt achter had gezet. Met z'n drieën hadden ze de zomers daarna lange bergtochten gemaakt, soms vergezeld van de jongste zoon Peter.

Peter was een jaar of vijf jonger dan zij en had blijkbaar sportieve ambities, want elke dag aan het einde van de middag trainde hij onder het toeziend oog van zijn vader door op de fiets een bepaald bergachtig traject af te leggen in een zo mogelijk nog snellere tijd dan de dag ervoor, wat uiteraard gedoemd was te mislukken. Verder was het een aardige, stille jongen die heel voorkomend zijn pas inhield als met name Judiths spieren protesteerden tegen een al te snel genomen helling.

Hans was op een gegeven moment gestorven aan een leverkwaal, maar nog lang daarna waren Leo en zij contact blijven houden met Margrit. Judith weet eigenlijk niet of ze ooit geweten of vermoed heeft dat Hans en zij zich aanvankelijk niet uitsluitend hadden beperkt tot het maken van bergwandelingen. Ze weet zelfs niet of Margrit nog leeft.

Ah, daar is de eerste lawine, niet eens zo'n grote, vanuit hier lijkt het net een uit de kluiten gewassen waterval. Door de afstand klinkt het geluid nog na als de lawine al niet meer te onderscheiden is.

Judith overweegt het treintje terug naar Wengen te nemen, maar het is nog vroeg en daar is toch niet veel te beleven, dus ze besluit te voet te gaan, via een andere, kortere maar steilere weg. Even aarzelt ze nog, als ze wat moeizaam en stijfjes opstaat. Kom op, niet zo kinderachtig, wandelen is goed voor je, spreekt ze zichzelf toe en daar gaat ze weer. In haar eentje wandelen was eigenlijk nog het minst confronterend. Veel hadden ze toch niet tegen elkaar gezegd, bezig als ze waren hun adem te controleren, of op te letten waar ze hun voeten zetten.

'Ga je lekker?'

'Heerlijk.'

Dat was het wel zo'n beetje.

30

GODSAMMEKRAKEPITTEN, wat heeft ze een spierpijn. Strompelend daalt Judith de trap af naar de ontbijtzaal. Het weer is onverminderd mooi, de bergen lonken, maar een wandeling zit er vandaag niet in. Wat dan? Leo zou geroepen hebben dat ze zich niet zo moet aanstellen en dat die spierpijn verdwijnt als je 'erdoorheen loopt'. Ze zouden elkaar hebben uitgelachen, een bestemming hebben verzonnen – waarschijnlijk een leuk restaurant met lekker eten en een prachtig uitzicht – en ze zouden op weg zijn gegaan. Maar Leo is hier niet. Weer wordt Judith overvallen door een somber gevoel van eenzaamheid, dat ze zo goed kent uit de tijd toen Leo net het huis uit was en ze niet wist wat ze met zichzelf aan moest. Dat was niet de bedoeling van deze trip. Ze had juist afstand willen nemen, ze had zichzelf weer enig perspectief willen bieden door zich voor te houden hoe stevig de fundamenten van haar leven zijn. Dat haar leven een overvloed aan gebeurtenissen en ervaringen bevat om blij van te worden. En dat ze wel degelijk het vermogen en de veerkracht heeft om het leven weer naar haar hand te zetten. 'Kom op nou!' zou Leo zeggen.

Haar oog valt op de voorpagina van een ochtendblad. Er staat een grote foto op van een groep olifanten die een bad nemen in de Vierwaldstättersee, met de Pilatus, de berg van haar moeder, op de achtergrond. Circus Knie is neergestreken in Luzern. Ach, Circus Knie. Ondanks haar stemming moet ze glimlachen. Over goede herinneringen gesproken. Met haar ouders ging ze vroeger elke vakantie een keer naar Circus Knie. Een familiecircus waarvan inmiddels de achtste of de negende generatie, ze is de tel kwijt, in de piste staat. Haar vader, zelf ook al meegenomen naar Knie door zijn vader, was dol op het circus, vooral op de dierennummers en de clowns. De typische geur van zaagsel, vermengd met die van de uitwerpselen van de paarden en olifanten: het staat haar nog zo levendig voor de geest dat ze het bijna kan ruiken. Ze leest het uitgebreide bijschrift bij de foto. Olifanten en wilde dieren mogen niet meer optreden in het circus, maar Knie heeft ook een eigen dierentuin, en de olifanten gaan nog steeds mee op tournee. Bij een standplaats aan een meer – en daar zijn er veel van in Zwitserland – is het traditie dat ze buiten mogen spelen en een duik mogen nemen.

Judith was nooit een voorstander van het verbod op wilde dieren in het circus. Sterker nog: ze vindt het verbod behoorlijk modieus. En hypocriet bovendien, in een wereld waarin supermarkten nog steeds adverteren met kiloknallers, miljoenen kuikens levend een gehaktmolen ingaan, plofkippen worden ingeblikt, en varkens in megastallen elkaars staarten afbijten.

Circusdieren zijn in het circus geboren, worden over het algemeen heel goed verzorgd en weigeren op te treden als het ze niet zint. Menige hond is slechter af als hij moet opzitten en pootjes geven en op z'n donder krijgt als hij in de keuken, waar hij 's nachts wordt opgesloten, een drol draait. Logischer leek het haar een wet te maken die duidelijke regels stelt voor de verzorging, voeding, huisvesting en het reizen van circusdieren.

Zes jaar lang heeft Judith het circus van dichtbij meegemaakt. Het was een krankzinnig toeval dat de familie Knie op een gegeven moment, het zal nu ruim dertig jaar geleden zijn, werd uitgenodigd om bij het honderdjarig bestaan van het Amsterdamse Theater Carré de oorspronkelijke functie als circusgebouw weer in ere te helpen herstellen met het samenstellen van het programma van het Wereldkerstcircus. Even toevallig was het geweest dat Judith als journalist was aangezocht om de publiciteit voor het eeuwfeest te doen, dat er een *company manager* voor het circus werd gezocht en dat haar kennis van het *Schwyzertüütsch* en liefde voor het circus haar daarvoor de aangewezen persoon maakten.

Ze had geen idee gehad van wat er allemaal bij kwam kijken. Het begon ermee dat Fredy Knie, die behalve de regie samen met vrouw en dochter de paardendressuur voor zijn rekening nam, haar bij binnenkomst kwam vertellen dat de staljongen verging van de pijn aan zijn 'Hoden'. Judith had geen idee wat 'Hoden' waren, maar leerde al snel via gebarentaal dat het zijn ballen moesten zijn. Dus belde ze haar huisarts, die de jongen doorverwees naar het ziekenhuis, waar hij met spoed werd geopereerd. O ja, zei Fredy, en een van de paarden had een wond, opgelopen door de beet van een ander paard en of er een paardenarts kon komen om de wond te hechten. Waar moest ze in vredesnaam zo snel een paardenarts vandaan halen? Ze belde Leo. Wat dacht ze van de bereden politie, opperde die. Goed idee, ze legde de situatie uit, werd doorverbonden, legde het nogmaals uit, werd nog een keer doorverbonden en had het geluk dat degene die ze toen aan de lijn kreeg zojuist kaartjes voor het Kerstcircus had gekocht en haar geloofde. Binnen een halfuur meldde de arts zich. Hij vroeg of ze even wilde blijven, dan kon ze hem de injectiespuit en naald en draad aangeven, intussen het paard aaien en op z'n gemak stellen en dan was het binnen een mum van tijd gepiept. Een uur was ze nu company manager en ze had al aan twee crisissituaties het hoofd geboden, dacht ze tevreden.

Het was niets vergeleken bij wat haar nog allemaal te wachten stond. Zoals de groep acrobaten uit Noord-Korea, die via een slecht Engelssprekende tolk eisten dat ze in het theater hun eigen middag- en avondeten mochten bereiden. Dus schafte Judith een stapel potten, pannen en servies aan en toog met de hele groep naar de Albert Cuypmarkt om ze de kraampjes te tonen waar ze het best inkopen konden doen. De tolk begon, gesouffleerd door zijn hele gevolg, meteen te onderhandelen, wat niet bijster goed lukte en het gezelschap trok al snel veel bekijks. Later had Judith pas begrepen dat de hele groep onder staatstoezicht stond en de tolk een van overheidswege meegestuurde militair was, die er samen met enkele andere onduidelijke types op moest toezien dat niemand het in zijn hoofd haalde de benen te nemen.

Dag en nacht was ze in touw met het internationale gezelschap van Cubanen, Russen, Noord-Koreanen, Polen, Mexicanen, Duitsers, Zwitsers en een enkele Belg, om aan hun wensen te voldoen op het gebied van eten, drinken, attributen, medische verzorging of toeristische informatie.

Een halfuur voor aanvang van de première was Fredy Knie weer naar haar toe gekomen, in paniek deze keer. Een van zijn paarden had een koliek en moest *sofort* een injectie hebben, anders zou hij sterven. Judith had de paardenarts als dank voor zijn snelle hulp enkele dagen daarvoor vrijkaartjes voor de première gegeven. Ze vond hem en vroeg hem of hij toevallig zijn doktersspullen bij zich had. In de auto, was het antwoord. Binnen een kwartier was hij terug en nog voor de eerste klanken van het circusorkest door de piste schalden, stond het paard alweer hooi te eten.

Judith kwam slechts thuis om haar bed te zien, de rest van haar leven speelde zich die vier weken af in en rond de piste, in de stallen en achter de schermen. En niet te vergeten bij de Eerste Hulp van het Onze Lieve Vrouwe Gasthuis, als er weer eens een acrobaat een schouder van een collega had gemist en verkeerd terecht was gekomen, de koorddanser van twaalf meter hoogte naar beneden was gevallen of de staalkabel van diens koord was losgeschoten en tegen het hoofd van de dirigent gekomen. Breuken en kneuzingen waren aan de orde van de dag, maar bijna altijd werd er de volgende middag of avond weer opgetreden. Ze had slechts één dode meegemaakt en dat was een leeuw geweest, waarvoor ze een arts had geregeld bij dierentuin Artis en eerst nog twee weken dagelijks liters bouillon had helpen koken, maar die, ondanks hun goede zorgen, was overleden aan een bacterie in zijn darmen.

Ze was samen met Leo naar het abattoir gegaan om vlees te regelen voor de wilde dieren, en Leo had een deal gemaakt met hun eigen groenteman voor de dagelijks levering van een karrevracht wortelen voor de olifanten. 's Avonds na de voorstelling doken ze nog de kroeg in met de clown en een aantal van de acrobaten, wanneer die tenminste niet uit Cuba of Noord-Korea afkomstig waren, want die stonden onder streng toezicht van hun begeleiders. Wat de Cubanen er niet van weerhield een handeltje op te zetten in Cubaanse sigaren, tot grote vreugde van Leo, die ze toen nog met overgave rookte.

Wat zal ze doen? Zal ze naar Luzern gaan? Zal ze durven aankloppen en zeggen: kennen jullie me nog? Op haar telefoon zoekt ze het programma op. Geen wilde dieren uiteraard, Fredy staat ook niet meer in de piste, de paardendressuurnummers worden nu gedaan door zijn dochter, haar man en zijn kleinzoon. Zijn kleindochter, die pas een jaar of acht is, heeft een nummer met lama's, maar bepaalt zelf of ze wil optreden, dus dat programmaonderdeel is onder voorbehoud.

Judith besluit niet te gaan. Voorbij, voorbij, voorgoed voorbij.

Een stuk minder somber en lusteloos dan zo-even, maar met nog evenveel spierpijn, verlaat Judith de ontbijtzaal. Het belooft een zonnige, warme dag te worden. Ze kan de hoogte opzoeken waar het wellicht een paar graden koeler is dan hier, maar het nadeel daarvan is dat het boven de boomgrens is, wat een lange wandeling en weinig schaduw impliceert. Ze besluit naar beneden te gaan en van het vissersdorp Iseltwalt langs de oever van de Brienzersee en door een romantisch en sprookjesachtig bos te lopen naar Giessbach, een majestueus jugendstilhotel met uitzicht op een donderende waterval die zich in zeven etages van de berg naar beneden stort. Die wandelroute is een cadeautje van de overheid aan de bewoners in de omgeving van het meer, ter compensatie van het prachtige natuur- en wandelgebied dat ten prooi viel aan de aanleg van een snelweg in de buurt. Dit tochtje kunnen haar kuiten en dijen nog net aan, denkt Judith, aangezien het grootste deel vlak is en slechts hier en daar een kleine rotspartij moet worden overwonnen. Aan het einde lonkt een verse forel, vergezeld van een koperen pannetje met gewelde boter en een glaasje witte wijn. Voor alle zekerheid trekt ze haar badpak vast aan, voor als ze zin krijgt in een duik in het meer, hoewel ze weet dat het water van de Brienzersee vrij koud is, omdat het meer gevoed wordt met rivierwater dat rechtstreeks van de gletsjers komt. Ze kan zich er nu al op verheugen.

Vier uur later zit ze een 'blauw gekookte' forel te fileren, helaas geserveerd met geschaafde amandel, die ze eraf schraapt. Afgezien daarvan is het precies zoals ze zich had voorgesteld en voorgenomen, stelt ze voldaan vast. Dat frisse bad gaat ze ook nog nemen, op de terugweg, als de lunch wat is gezakt. Goed bezig.

Als Judith 's avonds terugkomt in het hotel ligt er een boodschap voor haar. Of ze even wil bellen met het verzorgingshuis. Nu pas komt ze erachter dat ze haar mobieltje vanochtend in het hotel heeft laten liggen. Het is niet ernstig, staat erbij. Toch slaat haar hart een slag over. Ze weet dat volgens voorschrift ieder incident moet worden gemeld, ook als het niets voorstelt, maar iedere keer dat dit gebeurt, schrikt ze. Bang dat Leo iets heeft gebroken, bang dat hij pijn heeft en niet kan begrijpen waardoor dat komt, zoals die keer – anderhalf jaar geleden – dat hij z'n schouder had gebroken door een val. Weer blijkt Leo te zijn gestruikeld. De dokter was erbij geweest en had vastgesteld dat hij deze keer gelukkig niets heeft gebroken, maar hij heeft wonden op zijn voorhoofd en rond z'n neus. Het ziet er erger uit dan het is, probeert de verzorgster van dienst haar gerust te stellen. Nee, ze hoeft zich geen zorgen te maken en al helemaal niet terug te komen, hij schuifelt nu alweer rond en lijkt nergens last van te hebben. Geniet lekker van uw vakantie, zegt ze en verbreekt de verbinding.

Een beetje verloren staat Judith met haar telefoon in de hand, als ze de hoteleigenaar haar naam hoort roepen. Of ze zin heeft in een Chrüter? En kent ze Peter nog?

31

JUDITH KIJKT IN het doorleefde en open gezicht van een stevige blonde man van iets meer dan middelbare leeftijd. Ze kent zoveel Peters, er gaat haar niet meteen een licht op. Hij geeft haar een hand. 'Ik ging vroeger weleens mee als je een tocht maakte met mijn ouders, weet je nog?' Jezus, die Peter! Al was ze over hem gevallen, ze zou hem niet meer hebben herkend. Hij lijkt in niets meer op de spichtige, verlegen jongen die zo hard trainde om kampioen te worden. Judith slikt nog net op tijd in dat ze gisteren nog aan hem heeft gedacht. 'Mijn god, Peter, hoe gaat het met jou? Woon je weer in Wengen?' Nou, dat was niet het geval. Zijn moeder was deze lente overleden en hij is een paar dagen over uit Bazel, waar hij inmiddels woont, om de laatste formaliteiten rond de erfenis af te handelen en het huis te verkopen.

Eigenlijk heeft Judith niet zo'n zin in deze ontmoeting. Ze voorziet een lang gesprek en ze verlangt naar een warme douche en schone kleren, dus zegt ze plichtmatig: 'Ach, gecondoleerd. Hoe oud was Margrit eigenlijk?' Margrit was net zevenentachtig geworden en slecht ter been, wat in een bergdorp nog wat onhandiger is dan elders, vooral in de winter, dus veel was ze de laatste jaren niet meer buiten gekomen. Er was wel burenhulp geweest, maar met twee van de drie kinderen en alle kleinkinderen in het buitenland en de andere zoon in Bazel met een drukke baan, was ze de laatste jaren nogal eenzaam en geïsoleerd geweest. Ja, zo gaan die dingen, voegt Uli eraan toe en bestelt nog een rondje. 'Voor mij niet,' zegt Peter, 'ik heb nog een afspraak. Blijf je nog lang hier?' wendt hij zich tot Judith en zonder haar antwoord af te wachten: 'Weet je wat? Laten we vanavond samen eten, ik ben rond een uur of acht wel klaar.' Dat vindt Uli een goed idee: 'Heel goed, dan kom ik er als jullie klaar zijn met eten nog even bij zitten. De twee vrouwen zijn gelukkig in Santiago, dus niemand die de hele tijd zegt dat ik niet zoveel moet drinken,' en zijn bulderende lach schalt door de gelagkamer.

Judith heeft niet de indruk dat het zelfs maar bij de heren opkomt dat ze de avond wellicht liever op een andere manier had willen doorbrengen en ze kan zo gauw ook geen smoes verzinnen, dus zegt ze slechts: 'Leuk, dan laat ik deze ronde ook aan me voorbijgaan en ga ik me nu even omkleden. Tot straks.' Blijkbaar zijn Pilar, de oorspronkelijk uit Chili afkomstige vrouw van Uli, en hun dochter Catherina het dorp ontvlucht. Straks hoort ze wel of dat al dan niet tijdelijk is. Ze bereidt zich voor op een lange avond vol persoonlijk leed, gedoemd te verdrinken in nostalgie en alcohol.

Als ze vijf minuten te vroeg beneden komt – ze is nou eenmaal altijd te vroeg, omdat ze een hekel heeft aan te laat komen – zit Peter er al. Onder de douche had ze zich gerealiseerd dat ze eigenlijk zelden met Hans en Margrit over hun kinderen had gesproken. Ze wist dat de oudste zoon naar het noorden van Canada was geëmigreerd en de middelste zoon naar Zweden en dat ze getrouwd waren en kinderen hadden, omdat hun foto's op de televisie stonden, maar over Peter wist ze niets. Vreemd eigenlijk, vindt ze nu. Omgekeerd zal dat dus ook wel het geval zijn, vermoedt ze. Laat staan dat Peter iets van het bestaan van Leo weet.

Judith gaat zitten. Ze heeft geen idee wat ze tegen hem moet zeggen. Hij vraagt of ze lekker gedoucht heeft en dat kan ze beamen. In arren moede vertelt ze over de spierpijn die haar vandaag noopte een kleine wandeling te maken. 'En hoe gaat het met jou?' verandert ze van onderwerp. 'Het moet inmiddels zo'n kleine veertig jaar geleden zijn dat we elkaar voor het laatst gezien hebben. Hoe oud was je toen? Een jaar of zeventien, achttien?'

Peter knikt. 'Niet lang daarna ben ik de dienstplicht ontvlucht en naar een oom gegaan in Duitsland.' Dat was waar ook, in Zwitserland geldt nog steeds de dienstplicht, wat welbeschouwd opmerkelijk is als je bedenkt dat het land tijdens de twee wereldoorlogen neutraal was. En als ze het zich goed herinnert is er niet alleen sprake van dienstplicht, maar krijgen alle mannen tussen de achttien en vierendertig jaar die geschikt worden geacht voor het leger, een geweer mee naar huis om te allen tijde te kunnen worden opgeroepen als reservist. Judith moet plotseling denken aan Christiaan Perler, die was getrouwd met de oorspronkelijke eigenaresse van het hotel waar ze nu zitten. Perler kwam uit het Franse deel van Zwitserland, werd aanvankelijk moeilijk geaccepteerd in het dorp, maar had zich op den duur in de sympathie van een deel van de dorpelingen weten in te drinken. Ook hij werd op den duur alcoholist. Op een avond zat Perler zijn geweer schoon te maken met z'n dronken kop, waarbij het afging en de kogel een hotelgast in de kamer boven hem op een haar na miste. Hiermee was de maat vol. Een scheiding kon niet uitblijven en van de man werd nooit meer iets vernomen. Peter was ongetwijfeld te jong geweest om zich deze geschiedenis nog te kunnen herinneren, dus vroeg Judith wat zijn ouders van Peters dienstweigering hadden gevonden. Ze waren woedend geweest en hadden het contact verbroken, ook met de oom die hem in Duitsland onderdak en een baan in zijn restaurant had geboden. Hij was getrouwd en had twee zoons gekregen, maar was tien jaar geleden gescheiden en naar Zwitserland teruggekeerd, waar hij in Bazel een eigen eetgelegenheid was begonnen. Met z'n vader had hij zich niet meer kunnen verzoenen voor diens dood, maar zijn moeder had hem weer in genade aangenomen, hoewel het contact nooit meer erg innig was geworden.

Nu Judith een tijdje met Peter zit te praten, ontdekt ze allemaal trekjes die haar aan zijn vader doen denken: dat open gezicht, dezelfde groenblauwe ogen, dezelfde aantrekkelijke glimlach, met die twee diepe vouwen aan weerszijden van z'n mond, de manier waarop hij zo nu en dan zijn hand door het dikke, blonde haar haalt...

En hoe zit het met Judith, wat doet ze zoal en komt ze nog ieder jaar haar vakantie hier doorbrengen, vraagt Peter. Ze vertelt kort dat ze journalist is, getrouwd, geen kinderen, en waarom ze hier nu, na een afwezigheid van vier jaar, alleen is. Ze probeert uit te leggen dat ze doende is zich te bevrijden uit de omstrengeling van Leo's alzheimer door terug te gaan naar een plek waar zoveel goede herinneringen liggen. 'Ik zou verwachten dat je het verleden juist achter je zou willen laten, dat je vooruit probeert te kijken. Dat je nieuwe plaatsen gaat bezoeken, waar je juist niet met Leo bent geweest,' zegt Peter.

Het is ook moeilijk uit te leggen, ze snapt het zelf ook niet helemaal, moet ze toegeven. 'Het is alsof ik mezelf eraan moet herinneren dat ik ook zonder Leo ooit gelukkig heb kunnen zijn en dat hij niet alleen mijn leven ingrijpend heeft veranderd, maar ik het zijne ook. Door hem te laten kennismaken met mijn wereld, bijvoorbeeld. En dat die wereld de moeite waard was, ook voordat ik Leo leerde kennen. Dat ik dus eens moet stoppen met mijn welbevinden en mijn geluk af te meten aan het zijne, omdat het al bestond voor hij in mijn leven kwam. En dat er dus geen reden is waarom ik het in mijn eentje niet naar mijn zin zou kunnen hebben.' Ze haalt haar schouders op: 'Ik weet niet hoe ik het moet uitleggen. Het is ook helemaal geen rationeel plan geweest om hier naartoe te gaan, maar meer een opwelling, een gevoel.'

'En, werkt het?'

'Pfff, dat weet ik nog niet. Ik ben er pas een paar dagen. Ja, ik denk het eigenlijk wel. Op sommige momenten. Misschien.'

'Maar heeft de zin van het leven voor jou dan alleen gelegen in je relatie met Leo?'

'Nee, natuurlijk niet,' zegt Judith, maar tegelijkertijd weet ze dat ze daar nog niet zo zeker van is. Dat ze hier is om zichzelf te bewijzen dat het leven zonder Leo ook de moeite waard is. Dat ze het ook alleen kan. Genieten. Gelukkig zijn. Of in ieder geval tevreden. 'Ik vind het moeilijk uit te leggen. Het is vooral ook de intimiteit die ik mis, denk ik. De geborgenheid ook, het gevoel van bij elkaar horen.'

'Ja, ik begrijp wel dat het een soort rouwproces is. Is dat niet het kenmerk van iedere scheiding? Ongeacht of die wordt veroorzaakt door ruzie, ziekte of de dood?'

'Dat zal best. Misschien is het een kwestie van tijd. Maar in mijn geval duurt het nogal lang, vind ik.'

'Misschien komt dat omdat hij nog leeft? Omdat je iedere keer dat je hem ziet weer wordt geconfronteerd met de herinnering aan hoe het was en de vergelijking met hoe het nu is?'

'Ja, dat zou kunnen. Dat is zelfs heel waarschijnlijk. Maar ik kan er zo weinig mee.'

'Nou, in plaats van op zoek te gaan naar oude herinneringen en naar een soort nieuwe autonomie, zou je ook op zoek kunnen gaan naar nieuwe intimiteit.'

'Ah. Ja. Ik begrijp wat je bedoelt. Dit gesprek wordt ineens wel heel persoonlijk, moet ik zeggen.'

'Vind je dat vervelend?'

'Nee, dat niet. Enigszins verrassend misschien. Ik ben het, geloof ik, niet zo gewend om met een betrekkelijke vreemde zo de diepte in te gaan.'

Peter moet lachen. Hij is leuk als hij lacht. 'Het is ook niet een gesprek dat ik dagelijks voer. Maar serieus, je komt toch weleens een leuke kerel tegen? Denk je nooit: hoe zou het zijn om het een keertje met hem te proberen? Heb je nooit behoefte aan seks?'

'Ja. Nee. Ja, natuurlijk kom ik weleens een leuke man tegen. Neem jezelf nou. Maar nee, het doet de lucht niet trillen, als je begrijpt wat ik bedoel. Het leidt niet tot dat aangename, fysieke gevoel dat nodig is – dat ik in ieder geval nodig heb – om m'n gereserveerdheid los te laten. Mentaal zou ik er misschien zo langzamerhand wel aan toe zijn, maar m'n lijf weigert me de nodige signalen te geven.'

'Misschien is het omgekeerd. Misschien moet je je gereserveerdheid laten varen om dat aangename gevoel te krijgen.'

Ze krijgt geen tijd erover na te denken, want Uli meldt zich, plompverloren en luid als altijd. 'Zo, zijn de tortelduifjes klaar met eten?' Tortelduifjes! Blijkbaar kijken ze allebei nogal verstoord, want hij voegt eraan toe: 'Als ik stoor kom ik straks wel terug, hoor.' Maar het is al te laat, het moment is voorbij. 'Hoe kun jij nu storen,' zegt Peter spottend en gebaart dat Uli moet gaan zitten. 'En hoe gaat het met jou, oude reus?'

Judith weet nog goed wat een bijzondere verschijning Uli was geweest in het dorp, nadat hij het hotel had overgenomen. Voor die tijd was hij coach geweest van het Zwitserse waterpoloteam. Tijdens een toernooi in Santiago was hij verliefd geworden op een Chileens meisje en had haar mee teruggenomen naar Interlaken, een stadje tussen de Thuner- en Brienzersee met, voor Zwitserse begrippen, redelijk mondaine trekjes. Daar was deze flamboyante, hooggehakte en in felgekleurde jurken en poncho's geklede Chileense schone niet bijzonder uit de toon gevallen tussen de Amerikaanse, Japanse en Europese chic. Hoe anders was dat in

Wengen geweest tussen de boeren, dorpelingen en bergwandelaars, waar het paar ieder middag rond een uur of vijf een wandelingetje maakte door de dorpsstraat, bovenover langs het zwembad en weer terug naar hun hotel. Ze hadden een trotse indruk gemaakt, wat door veel dorpelingen werd beschouwd als arrogant.

Pilar werd nooit helemaal geaccepteerd in het dorp. Het huwelijk tussen Uli en Pilar werd op den duur alleen nog bijeengehouden door de enige dochter, Pilar verloor al snel haar schoonheid en raakte verbitterd, Uli raakte aan de drank en daarmee was een status-quo bereikt die decennialang gehandhaafd zou blijven.

Hoteliers vormen een aparte kaste in het dorp. Ze hebben aanzien, omdat ze de brandstof zijn van de motor die het dorp zomer en winter draaiende houdt. Uli bezocht de maandelijkse vergaderingen van de hoteliersvereniging en speelde, toen zijn knie dat nog toeliet, curling met zijn collega's. Pilar mocht mee om hem aan te moedigen, maar moest het voor haar contacten vooral hebben van familie die zo nu en dan overkwam uit Chili. Echte vrienden hadden ze niet, voor zover Judith kon vaststellen.

'Ach, hoe gaat het met me,' zegt Uli, 'onveranderd slecht,' en daar klinkt weer die bulderende vreugdeloze lach. 'Al jaren last van m'n knie en last van m'n vrouw, maar die is gelukkig een paar maanden met Christina naar Chili, dus ik mag niet klagen,' en tot de ober: 'Drie bier en drie Chrüter.' Zo'n avond wordt het dus, denkt Judith, terwijl ze een barstende koppijn voelt opkomen. Ze laat de mannen praten over de veranderende tijden, het vreemdelingenbeleid van de Zwitserse regering en de steeds terugkerende discussie of het autoverbod in Wengen nu wel of niet bevorderlijk is voor het toerisme en de smeltende gletsjers, bedankt voor het volgende rondje en excuseert zich. De berglucht in combinatie met spijs en drank, het is wat veel van het goede vandaag, dat begrijpen ze zeker wel. Uli maakt nog een grap over het zwakke geslacht en dan zegt Peter: 'Ik ga morgen weer terug naar Bazel. Als je zin hebt om op de terugweg naar Nederland een keer langs te komen of zo? Je kunt altijd blijven slapen. Hier heb je mijn kaartje.' Ze zal van zich laten horen, zegt Judith, negeert de vette lach van Uli, wenst ze een goede nacht en vlucht naar boven.

Op het balkon haalt ze diep adem. De Jungfrau ligt er in het maanlicht kil en ongenaakbaar bij. Ze vraagt zich af of ze Peter aardig vindt. Best wel, denkt ze. En aantrekkelijk? Het kon minder. En na het stroeve begin hadden ze eigenlijk heel goed kunnen praten. Hoewel het ook iets weg had gehad van een sollicitatie. Hoe zou het zijn om het een keertje met hem te proberen? Dat waren z'n letterlijke woorden. Hoe zou het zijn, inderdaad? Ze loopt niet bepaald over van verlangen. En bovendien moet ze, als ze daarachter zou willen komen, langer in Zwitserland blijven. Langer van huis. Langer weg van Leo. En hoe zou het dan verder moeten? Stel, er springt toch iets van een vonk over. Nee, besluit ze. Bazel gaat het niet worden en Peter evenmin. Ze heeft trouwens helemaal geen man nodig om zichzelf weer te hervinden of om gelukkig te zijn. Stel je voor. Moet ze weer haar hele leven omgooien. Bovendien vindt ze mannen van haar leeftijd in het algemeen weinig aantrekkelijk. Doodmoe wordt ze van hun gezeur over veranderende rolpatronen, onzekerheid over wie ze zijn en hoe ze zich moeten gedragen. Van hun gebrek aan zelfkennis, hun zucht naar aandacht. Seks mist ze niet of nauwelijks en waardering, warmte en zelfbevestiging haalt ze wel bij haar vrienden. Judith realiseert zich dat ze voor het eerst sinds tijden in ieder geval weer de ruimte in haar hoofd heeft om te denken aan een andere man, neemt een aspirine tegen de koppijn en gaat naar bed.

32

GAMMEL. DAT WOORD komt het dichtst bij hoe ze zich vanochtend voelt. Judith heeft nog steeds een lichte spierpijn en de pijn in haar hoofd heeft plaatsgemaakt voor iets wat nog het meest lijkt op gevoelige haarwortels. Dit wordt een heel rustig dagje, neemt ze zich voor. Temeer daar het opnieuw bloedheet belooft te worden. Ze zou nu een boottocht over de Thunersee kunnen maken. Lekker lui liggen op het zonnedek, glaasje wijn binnen handbereik om de kater te helpen verdrijven, wind door de haren en een prachtig uitzicht. Onder meer op de Blümlisalp, dat prachtige uitgestrekte bergmassief rechts van de Jungfrau. Een grappige naam, als je bedenkt dat er op dit hele gebergte geen bloem te bekennen is, aangezien het bedekt is door een deken van eeuwige sneeuw. Judith probeert de legende van de Blümlisalp, zoals haar moeder die vertelde, op te diepen uit haar jeugd. Volgens die legende was er in vroeger tijden helemaal geen sneeuw op deze bergen, maar waren het grazige alpenweiden die tot de toppen bedekt waren met een zee aan geurige en kleurige bloemen. De herder op de alp behoorde tot de rijkste boeren in de omgeving, want hij kon zijn koeien wel driemaal daags melken. Maar de groeiende rijkdom deed zijn hart op den duur in steen veranderen. Voor zijn koeien had hij een stal laten bouwen ter grootte van een paleis en voor zijn geliefde bouwde hij een kasteel met trappen van louter kazen, zodat haar tere voeten de harde stenen niet zouden hoeven beroeren. Ze baadde zich dagelijks in verse melk en hij plaveide de weg naar zijn kasteel met boter. Maar zijn arme, met haar overige kinderen in het dal wonende moeder weigerde hij te laten delen in zijn overvloed. Nog geen aalmoes kon eraf. Op een dag beklom zijn hongerige moeder de alp en smeekte haar zoon om haar te eten en te drinken te geven. De herder bereidde haar daarop een mengsel van zand en zure melk en liet haar de smerige brij opeten.

Ondanks haar verzoek de nacht op de alp te mogen doorbrengen zette hij haar buiten de deur. Buiten zinnen door zoveel onbarmhartigheid sprak de moeder een vloek uit over haar zoon en nauwelijks had de vervloeking haar lippen verlaten of de aarde hulde zich in duisternis, donder en bliksem spleten de hemel, de regen veranderde in zware sneeuw en naarmate de moeder verder afdaalde naar het dal veranderde de berg in een grote sneeuwmassa en vulde de kloven zich met gletsjers. Razende gletsjerdraken stortten zich over de groene weiden naar beneden. Eenmaal beneden aangekomen viel de moeder dood neer en sindsdien vormt de eeuwige sneeuw op de Blümlisalp haar doodskleed. En nog steeds kan men op dagen dat de alp in nevelen is gehuld de herder en zijn vrouw om vergeving horen smeken, besloot haar moeder het verhaal. Om daaraan toe te voegen: 'Zo, tandenpoetsen en naar bed. Morgen gaan we varen. Vanaf de boot kun je die bergen goed zien. Dan kunnen we kijken of al die sneeuw er nog steeds ligt.'

Van nevelen is vandaag in ieder geval geen sprake, hoewel het vanmiddag weleens heiig zou kunnen worden met die hitte, zeker op het meer. Geen weer om mooie foto's te maken van het landschap, denkt Judith, om zich dan pas te realiseren dat ze er helemaal niet aan gedacht heeft een camera mee te nemen. Nou ja, wie heeft er een fototoestel nodig als hij een mobiele telefoon heeft. Bovendien heeft ze niemand bij zich om een foto van te maken en van plaatjes van het landschap heeft ze er haar hele leven al genoeg geschoten om alle Zwitserse verkeersbureaus van materiaal te voorzien.

Het is druk op de boot. Het lijkt dit jaar een goed toeristenseizoen te zijn, na enkele magere jaren, toen Zwitserland zich uit de markt had geprijsd door de dure frank. Bovendien is het Berner Oberland kennelijk ontdekt door rijke Arabieren, te oordelen naar de vele modern geklede en met designer zonnebrillen uitgeruste jongemannen die door Interlaken slenteren met in hun kielzog twee of drie in chador of zelfs boerka weggestopte vrouwen. Judith blijft die combinatie van moderniteit en traditie een vervreemdend gezicht vinden, helemaal in zo'n omgeving van voornamelijk sportief en schaars geklede hedonisten. Op de boot verkiezen ze het restaurant boven de plaatsen op het buitendek.

Na enige aarzeling, omdat ze in het algemeen niet gewend is eerste klas te reizen, koopt Judith toch een kaartje voor het zonnedek boven, waar het nou eenmaal een stuk minder druk is. Ze installeert zich, sluit haar ogen en valt in slaap.

Judith wordt wakker als er om haar kaartje gevraagd wordt. Ze hebben het kanaal van Interlaken al achter zich gelaten en zijn op open water. Als ze opzij kijkt wordt ze vriendelijk spottend aangekeken door een knappe vrouw van middelbare leeftijd in de stoel naast haar. 'Zonde om je ogen dicht te doen met dit mooie uitzicht,' zegt ze met een glimlach. 'Of woont u hier en kunt u het uitzicht dromen?'

'Dat eerste niet, het laatste wel,' antwoordt Judith en ze raken in gesprek. Judith vertelt dat ze uit Nederland komt, en dat ze hier is *on a sentimental journey*, waarvoor ze zo snel geen Duitse vertaling weet. De vrouw, Vreni, woont in Zürich en is voor een paar dagen de drukte en de hitte van de stad ontvlucht.

'Nederland?' zegt ze. 'Interessant. Ik volg al heel lang de discussie in uw land over euthanasie.'

Judith kijkt haar vragend aan. 'Beroepshalve of uit persoonlijke interesse?'

'Allebei. Wat doet u?'

Judith zegt dat ze journalist is. 'In Zwitserland is euthanasie toch ook toegestaan, net als bij ons?'

'Nee, we hebben hier geen euthanasiewet, zoals jullie. Ik ben jurist,' voegt ze eraan toe, alsof ze zich wil excuseren voor haar belangstelling voor het onderwerp.

'Wat merkwaardig. Ik meen laatst iets gelezen te hebben over een Australiër die naar Zwitserland ging om te sterven, omdat hij daar in zijn eigen land geen hulp bij kon krijgen.'

Vreni knikt. 'Dat klopt. Hij kwam hier voor hulp bij zelfdoding, maar dat is niet hetzelfde als euthanasie. Bij hulp bij zelfdoding verstrekt de arts de dodelijke middelen en neemt de patiënt de middelen zelf in. Bij euthanasie dient de arts de dodelijke middelen aan de patiënt toe. Dat laatste is hier wettelijk niet toegestaan, terwijl hulp bij zelfdoding onder bepaalde voorwaarde niet bij wet verboden is.'

'Hoe bedoelt u?'

'Dat zal ik u zo uitleggen. Ik werk bij een organisatie die Dignitas heet. Wij strijden voor het recht van mensen om over hun eigen leven en dood te beslissen.' Ze kijkt Judith vorsend aan, als om in te schatten hoe ze daarop zal reageren. 'Wij vinden de beste methode om het lijden van mensen te verzachten als je ze de keuze geeft op een waardige manier te sterven, zodat ze niet van een flat of voor een trein hoeven te springen.'

'O, wat goed.' Judith vertelt over de ophef in Nederland over de mogelijke verstrekking van een zelfmoordmiddel door Coöperatie Laatste Wil aan haar leden: 'Op een gegeven moment hadden ze bedacht dat leden tegen betaling van 180 euro een kluisje opgestuurd konden krijgen. Daarmee moesten ze naar de Coöperatie, waar ze een geheimzinnig middel zouden ontvangen, dat ze onder toezicht in de kluis moesten stoppen, die vervolgens verzegeld zou worden met een persoonlijke vingerafdruk. Welk middel het was wilden ze niet bekendmaken, dus al spoedig kwamen er allerlei speculaties in de media. Bijvoorbeeld dat het geen middel zou zijn waarmee normaal euthanasie wordt gepleegd, maar een gif.'

‘Hmm. Ja, dan zou het wel eens natriumazide kunnen zijn. De werking daarvan lijkt een beetje op cyaankali. Dat leidt inderdaad niet in alle gevallen tot een zachte dood.’

‘Hoe dan ook, het Openbaar Ministerie dreigde met vervolging, dat plan met die kluisjes is nooit doorgegaan en nu zijn we, geloof ik, weer terug bij af. Behalve dan dat het ledental van de Coöperatie inmiddels vertienvoudigd is. Is er toch nog iemand beter van geworden.’

Vreni vertelt dat het in Zwitserland ook genuanceerder ligt dan velen denken: ‘In de Zwitserse wet staat dat hulp bij zelfdoding strafbaar is wanneer die hulp uit zelfzuchtige motieven wordt geboden. Dat betekent dat de omgekeerde redenering ook moet gelden: dat als je geen zelfzuchtige motieven hebt, die hulp dus niet strafbaar is. Iedere Zwitserse burger, dus niet alleen artsen, mag onder die voorwaarde een ander helpen sterven. Daarnaast moet de hulpvrager wilsbekwaam zijn, moet zijn doodswens vrijwillig, consistent en weloverwogen zijn, en moet hij zelf de handeling uitvoeren.’

‘En hoe stel je dat dan allemaal vast?’

‘Dat is inderdaad soms een probleem. Ook de vraag of iemand die “klaar” is met leven mag worden geholpen, leidt hier tot veel discussie. Net als in Nederland is het afhankelijk van hoe de arts je situatie inschat. Ik ken een voorbeeld van een hoogbejaarde weduwnaar die diverse lichamelijke klachten heeft en dood wil omdat hij niet zonder zijn vrouw kan. Die mogen we niet helpen.’

‘Dus ik zou niet bij jullie terechtkunnen,’ zegt Judith lachend, om niet te verraden dat het nog niet zo lang geleden was dat zelfdoding een serieuze optie voor haar was geweest. Weer die scherpe blik van Vreni. Dan lachend: 'Nee, maar je maakt gelukkig ook niet de indruk dat je een potentiële klant zou kunnen zijn.'

In het treintje terug naar Wengen zit Judith in een wagon met een grote groep nogal luidruchtige orthodoxe joden. De mannen met hun hoeden, pijpenkrullen en gebedsmantels en de vrouwen met hun lange rokken en pruiken trekken veel besmuikte en, naar Judith zich verbeeldt, afkeurende blikken, ook als ze later door de dorpsstraat lopen op weg naar hun hotel, even voorbij het hare. Het hotel adverteert inderdaad met koosjer eten en de aanwezigheid van een synagoge. Blijkbaar richten ze zich in Wengen op nieuwe toeristische doelgroepen.

Als ze haar sleutel ophaalt ligt er een briefje van Peter. Hoe leuk hij het had gevonden haar te treffen, hoe fijn ze hadden gepraat en hoe plezierig hij het zou vinden als ze langs zou komen in Bazel. Lief, maar ze dacht toch maar van niet.

Hoe zou het met Leo zijn?

Hoewel die vraag soms wel tien keer per dag en op de meest onverwachte momenten in haar opkomt, realiseert ze zich met een licht gevoel van gêne dat ze vandaag de hele dag niet aan hem gedacht heeft. Meteen maar even bellen. Het gaat goed, hij lijkt geen last te hebben van zijn val van gisteren en hij zit nu een bord nasi te verorberen.

Wat rozig van een hele dag in de zon op het water zit Judith met een Chrüter op haar balkon. Ze drinkt hier een stuk meer dan in Nederland. Judith besluit dat op te vatten als een teken dat ze zich lekker aan het ontspannen is.

Vanaf de Männlichen zweven enkele paragliders naar beneden. Ze moet denken aan de oude eigenaar van hotel Eden, wiens hobby het was om rondjes te cirkelen boven Wengen en daarbij tegelijkertijd op een kleine jachthoorn te blazen.

Paragliden was een ware rage in de bergen. Ze had vaak met Leo gefascineerd zitten kijken hoe sommigen erin slaagden steeds hoger te komen en eindeloos in de lucht te blijven. Op een van hun wandelingen hoorden ze op een keer iets langs zich zoeven. Het was een tandemvlucht geweest, een piloot met een passagier, die vlak boven hun hoofd de afsprong hadden gemaakt. Dat wil ik ook een keer, had Leo verrukt geroepen. Dus had ze hem en zichzelf voor zijn verjaardag getrakteerd op een tandemvlucht boven Grindelwald, aan de andere kant van de Männlichen, waar het dal en het uitzicht weidser zijn dan in het dal van Lauterbrunnen. Ze waren met hun piloten met het baantje omhooggegaan naar 2200 meter, waarna de parachutes werden uitgespreid, Leo en zij een helm kregen omgegespt, ingesnoerd werden in een soort harnas met een zitje eronder en vastgemaakt werden aan de piloot. Ze waren naar de afgrond gerend en hop, ineens voelde ze geen grond meer onder haar voeten en daar zweefden ze. De wind suisde zachtjes door de lijnen van de parachute. De kunst is de thermiek te vinden. Lukt dat niet, dan is er nog niets aan de hand en zweef je langzaam naar beneden. Lukt het wel en kom je in een warme luchtbel terecht, dan kun je met een beetje geluk en stuurmanskunst ongekende hoogten bereiken.

Judith, die een lichte neiging heeft tot luchtziekte en in vliegtuigen altijd een pilletje slikt om te voorkomen dat ze bij grote turbulentie of tijdens het landen misselijk zal worden, had zich niet gerealiseerd dat dit nu wellicht ook verstandig zou zijn geweest. Met behulp van zijn stuurlijnen ging haar piloot op zoek naar warme lucht. Al draaiend werd Judith kotsmisselijk, moest ze haar piloot verzoeken de zwaartekracht z'n werk te laten doen en na vijfentwintig minuten waren ze geland op het daartoe speciaal aangelegde landingsveldje. Nu was het wachten op de komst van Leo, die ze inmiddels uit het oog waren verloren. Pas na anderhalf uur kwamen ze aangezweefd, zwaaiend en euforisch, zij het een tikje verkleumd.

Leo's piloot was het al snel gelukt de juiste thermiek te vinden. Als een roofvogel waren ze omhoog gecirkeld, steeds verder en verder, tot ongeveer 3.500 meter. Een zeldzame ervaring, ook voor Leo's piloot. Die had Leo gevraagd of hij er bezwaar tegen had wat langer in de lucht te blijven dan gepland en hem vervolgens een splinternieuw gletsjermeer laten zien, in een reusachtige kuil van ijs. Het meer zou nog maar enkele jaren daarvoor ontstaan zijn uit het smeltwater van de Untere Grindelwaldgletscher, die in snel tempo aan het slinken was. Volgens de berekeningen zou het meer zonder maatregelen over vijf jaar al aangezwollen kunnen zijn tot meer dan 9 miljoen kubieke meter. Dan zou het dal vollopen en daarom was men bezig om een gigantische afvoer voor het gletsjermeer te bouwen. Leo was er wekenlang diep van onder de indruk geweest. Een grote foto van zijn vlucht, ogenschijnlijk op gelijke hoogte met de besneeuwde bergtoppen en met zijn schoenen op de voorgrond in beeld ten bewijze dat het zijn eigen ogen waren waarmee hij al deze schoonheid had aanschouwd, hangt nog steeds aan de muur van zijn kamer, al heeft hij geen idee meer wat het voorstelt.

Uiteindelijk is dat wat er overblijft van een mens. Een foto en enkele mooie verhalen die anderen over je vertellen. Als het goed is.

33

OPA'S KLINKEBEL SLAAT vier. Judith moet naar de wc. Ze stapt het balkon op. Zo klinkt stilte, zo ruikt schone lucht. In het maanlicht steken de bergen hard af tegen de wolkeloze lucht. Als ze achttien was geweest, zou ze zich nu hebben aangekleed en de Männlichen op zijn geklommen, om de zon te zien opkomen op de toppen van de sneeuwbergen. Rond een uur of zeven zou ze boven zijn geweest, net op tijd om het hotel de deuren te zien openen en er een kop koffie te drinken met een Gipfeli. Ze wordt al moe bij de gedachte en stapt weer in bed.

Vijf uur. Ze is klaarwakker. Daar ligt ze dan, in een oud hotelletje in een bergdorp op 1300 meter hoogte, herinneringen op te halen aan vroeger toen ze nog niet doorlopend dacht: waar doe ik het allemaal voor? Misschien was dat wel de verkeerde vraag. Misschien was de vraag eerder: voor wie heb ik nog betekenis? En misschien is het antwoord op die vraag nog wel pijnlijker dan het antwoord te moeten schuldig blijven op de vraag naar de zin van het leven.

Gek wordt ze soms van al die vragen naar het waarom en het waarvoor. Waarom heeft ze er niet genoeg aan om elke dag gewoon de kat te eten te geven en de planten water, een boek te lezen, te luisteren naar mooie muziek en zo nu en dan iets aardigs te doen? Vragen, vragen, vragen. Rot op met je vragen! Ze draait zich nog eens om, maar het helpt niet. Ziehier de essentie van haar bestaan teruggebracht tot één vraag, die blijft resoneren in haar hoofd: voor wie heb ik nog betekenis? Niet voor Leo meer, dat is waar, maar daar zou ze nu toch zo langzamerhand aan gewend moeten zijn. Of zou rouw verslavend zijn? Nee, besluit Judith, maar zelfmedelijden wel. Laat ze liever eens gaan bedenken wat voor nuttigs ze nog kan doen. Of iets onverantwoords, voor haar part. Een daad stellen, iets waar de wereld beter van wordt. Ze kan zo gauw niets bedenken. Ja, iets krankzinnigs als het vermoorden van een gevaarlijk politicus of zo, maar ze is principieel tegen geweld en bovendien helpt het niet.

Leo uit zijn lijden verlossen en vervolgens zelf uit het leven stappen? Hou eens op, zeg.

Judith staat op. In bed krijgt ze toch maar rare ideeën.

Vandaag maar weer eens een mooie wandeling maken. Ze heeft zin om met de auto naar Stechelberg te gaan, naar boven te klimmen het Sefinental in, daar een groet te brengen aan de plek waar ze de as van haar vader heeft uitgestrooid, om verder te lopen naar het eind van het dal en bij die prachtige grote zwerfkei aan de rivier te picknicken en de meegebrachte drank te koelen. En daarna misschien nog een eindje de gletsjer op.